유금호 장편소설
만적

유금호 장편소설
만적 ❷

ⓒ 유금호, 2004

지은이 | 유금호
펴낸이 | 김래수

초판 인쇄 | 2004년 10월 1일
초판 발행 | 2004년 10월 5일

기획·편집 | 정숙미·김성수
북 디자인 | N.com(749-7123)
분해·제판 | 성광사(2272-6810)
인쇄 | 청송문화인쇄사(2676-4573)
제본 | 청우바인텍(031-955-0500)

펴낸 곳 | 도서출판 이유
주소 | 서울특별시 동작구 상도5동 103-5 성은빌딩 3층
전화 | 02-812-7217 팩스 / 02-812-7218
E-mail | eupub@hanafos.com
출판등록 | 2000. 1. 4 제20-358호

ISBN 89-89703-57-3 04810
      89-89703-55-7 (세트)

저자와 협의하에 인지를 생략합니다.
잘못된 책은 본사나 구입하신 서점에서 바꿔 드립니다.

유금호 장편소설

만적 ❷

여·는·글

금소예(琴簫隷), 당신에게 보내는 편지

멧돼지의 간(肝)을 화주(火酒)에 곁들여 날로 씹고 있는 소예, 당신에게서 야생동물의 냄새가 납니다.
골짜기와 계곡을 뛰어달릴 때, 당신에게서는 깊은 산 풀꽃의 체취……, 한겨울 내려 쌓인 눈밭 위, 가죽옷을 벗어 팽개친 당신 어깨를 타고 눈발들이 이슬같이 미끄러져 내리는 것을 봅니다.

불과 얼음.
사랑했던 사내의 시신 앞에 꿇어앉아 손가락 끝에 불을 붙이고, 다시 기름을 발라 불을 붙이는 소지공양(燒指供養). 당신의 사랑을 나는 젊은 날부터 참 오랜 세월 지켜보았던 듯 싶습니다.
당신이 새끼손가락 끝에 불을 붙이며 꿇어앉은 동굴 밖으로 그 때 쏟아져 내리던 빗줄기와 바람 소리를 나는 지금도 듣고 있습니다.

《高麗史節要 14券》神宗靖孝大王 元年에 기록된
'……私 萬積, 味助伊, 延福, 成福, 小三, 孝三 等 六人, 樵于北山, 招集公私奴隸, 謀曰:"國家, 自庚癸以來, 朱紫多起於賤隸, 將相 寧有種乎, 時來則亦可爲也, 吾輩安能勞筋苦骨, 困於 楚之下, 諸奴皆然之 乃剪黃紙數千, 皆鈒丁字爲識, 約以甲寅, 聚興國寺……."……以告忠憲, 逐捕萬積等百與人, 投之江…….'

이 몇 줄로 외로운 사내, 만적(萬積)을 만나면서, 고뇌와 분노, 그의 침묵의 행간에서 나는 뜻밖에도 원시의 순수, 처연한 사랑의 소예, 당신을 만났습니다.
당신은 넘쳐나는 용암이고, 천년설(千年雪), 서늘한 냉기였습니다.

어차피 800여 년 전, 1198년 초여름의 그 날, 바윗돌에 묶여 예성강 강바닥에 가라앉은 만적의 생애를, 그 1170년대에서 1190년대의 역사를 복원하는 것이 가능한 일도 아니고, 그러한 시도로 컴퓨터 앞에 앉지도 않았습니다.
신종(神宗) 원년, 최충헌(崔忠獻)의 집권 시절, 만적의 저항은 100여 명의 수장(水葬)으로 끝난 매몰된 패배의 역사, 한 페이지일 수도 있습니다.

세밀한 계획 없는 무모한 분노와 열정이 만든 그 좌절에 대한 연민도 아닙니다.
　만적의 깊은 영혼에 자리했던 그 원초적 자유에 대한 갈망, 세월과 상관없이 순치되지 않는 생명력과 조우하는 동안, 그 곁에 금소예, 당신이 있었습니다.

　어느 시대, 어느 조건에서도 억압은 침묵과 복종으로 위장되지만, 그 자유에 대한 꿈은 지하수나 용암 같은 것이어서 깊은 곳으로 흐르고 흐르다가 한순간 지표로 솟아오릅니다.
　역사의 저편, 그 휴화산의 침묵, 보세요. 3·1운동 때도, 광주항쟁 때도 만적은 우리 곁에 살아 있었습니다.
　로마의 콜로세움, 무너져 내린 돌담 사이에서도, 몽골 초원의 보랏빛 지츠꽃 사이에서도, 치첸이사, 저물어 가는 마야문명 석주(石柱) 사이에서도 나는 만적의 그림자를 보았습니다.
　일요일이면 가끔 찾는 가까운 작은 절, 선법사(善法寺), 석간수 곁, 보물 981호의 1,000년 넘은 마애불(磨崖佛) 곁에서도 나는 만적의 냄새를 맡았으니까요.

　만적이 우리 곁에 살아 있듯, 불임과 거세의 시대, 사막화되어 가는 우리 가슴 한 쪽, 손가락 끝에 불을 붙이는 소예, 당신의 원시적 생명력은 꿈인 듯 살아 있습니다.
　역사의 기록에 토를 달기 위해 책상 앞에 앉은 것이 아닙니다.
　공상적 무협의 소일거리를 제공하겠다는 생각 역시 없습니다.

몇 줄, 역사의 그 행간, 순치되지 않는 영혼에 대해서, 소예 당신의 그 야생의 순수한 체취를 이 불모의 세월 속에 잠시 공유하고 싶었던 것입니다.

금소예(琴蕭隷), 우리가 만적을 만나는 동안 당신 역시 우리 곁에 머물 것이라는 믿음으로 당신에게 편지를 쓰고 있습니다.
산짐승으로, 풀꽃으로, 얼음과 불꽃으로 당신이 우리 곁에 남아 있을 것을 믿습니다.

'이유' 출판사의 채근이 아니었으면 금소예, 당신과 만적을 만나는 일이 미루어졌을지도 모른다고 생각하면서 정숙미 실장께 감사의 마음을 전합니다.
또한, 귀한 작품을 표지 그림으로 내주신 현장미술가 최병수 님께도 감사드립니다.

2004, 초가을,
높아진 하늘이 아름다운 날에……

유금호 장편소설
만적
제 2 권

차례

◉ 뿌리 찾기　　　　　　　　11

◉ 음산한 바람　　　　　　　58

◉ 노비 시장　　　　　　　　91

◉ 반기(叛起)　　　　　　　130

◉ 몇 가닥 사랑의 방식　　　143

◉ 문둥이탈과 금화충(金花蟲)　201

◉ 최충헌과 책사 두두을　　225

◉ 삭풍의 계절　　　　　　　244

◉ 매 사냥　　　　　　　　　277

뿌리 찾기

바람을 가르며 작은 표창이 시들어 버린 풀숲에 박혔다.
"흠."
마른 억새풀 사이에서 만적은 나자빠진 산토끼를 집어올렸다. 갑자기 허기가 들었다. 긁어모은 마른 나뭇가지에 부시로 불을 붙이고 그는 품 속에서 소금 한 줌을 꺼냈다. 그 때서야 종일 아무것도 먹지 않았다는 생각이 들었다.
까치 한 마리가 깍깍거리며 그의 머리 위를 날았다. 인가가 가까운 모양이었다. 그는 까치를 흘겨보고 나서, 막대기에 통째로 꿴 토끼를 불 위에 올렸다.

동경을 떠난 지 나흘.

가을걷이가 한창인 농부들이 이제 충청도 경계를 들어섰다고 말해주었다. 고기 익는 냄새와 연기로 나른한 피로가 몰려왔다. 태백산 암자를 나선 것이 한 이십 일 남짓 된 듯싶었다. 그는 소나무에 기대어 눈을 감았다. 눈꺼풀에 저녁햇살이 어른대면서 여러 개의 무지개가 생겨났다.

쉭, 쉭.

본능적으로 뱀이지 싶어 몸을 튕겼는데, 어떻게 발소리 하나 내지 않고 다가왔는지 한 사내가 뱀 머리를 엄지손가락과 검지로 붙들고 바로 만적 앞에 서 있었다.

"헤헤헤! 요놈."

팔 길이와 거의 엇비슷한 독사가 사내의 팔목을 칭칭 감아올라 갔다. 사내는 만적이 모닥불 앞에 앉아 있는 것을 개의치 않는 듯 순식간에 뱀 껍질을 훌렁 벗겨 버렸다. 뱀은 금방 허연 백사가 되어 온몸을 뒤틀었다.

사내는 만적을 못본 듯이 허연 뱀을 위에서부터 손으로 쭈욱 훑어내렸다. 그러자 뱀의 꽁지 쪽에서 작은 밤송이 같은 것 두 개가 튀어나왔다.

"이것이 살무사 좆이여. 좆⋯⋯."

사내는 히죽 웃더니만 그걸 입으로 우드득 깨물어 목에 넘기고서야, 그의 곁으로 다가와 앉았다. 얼굴이 까맣고 눈빛이 몹시도 반짝거리는 사내였다.

"나무를 좀더 모아야겠구먼그랴."

사내는 주섬주섬 나뭇가지를 끌어다 불 위에 놓고 불꽃이 좀 사위어 들자, 남은 토끼고기 곁에 허연 뱀을 나란히 걸쳐 놓았다.
"소금 있남?"
사내는 다시 헤헤 웃더니,
"이럴 때 화주가 있어야 궁합이 맞을 텐디……. 이것이 왕살무사라, 물렸다 하면 일곱 걸음 못 가서 바로 극락이여. 해도 요것이 입으로 해서 뱃속으로 들어가기만 허면 몸에는 고만인겨. 한 점 혀봐."
뱀이 구워지자 그는 가운데 반 뚝 잘라 꼬리쪽을 만적에게 내밀었다.
"구렁이덜은 말여, 좆이 두 개라 한번 붙었다 하면, 이거 한 개가 하루 낮씩이거딩. 요것이 교대로 그걸 혀 갖고는 하루 낮, 하룻밤을 붙는 게라. 이걸 날걸로 열 마리만 뜯었다 허면…… 구렁이하고 똑같지는 못해도 반은 허지. 하루 낮은 계속허는 거여. 암, 헤헤헤."
사내는 새까만 얼굴에 눈빛을 반짝거리면서 열심히 뱀살을 씹어댔다.
"먹지 뭘 그려? 체면 차릴 행색도 아니구먼, 씹을 때 잘 씹어. 살무사 가시란 것이 워낙 독혀서 잇몸에 박혔다 하면 그것도 황천 문전이여. 그런디 이 산 속에는 웬 일이여? 쫓기는 몸인감?"
"개경으로 가려고."
"개경? 건 왜?"
"찾을 사람이 있어서."
"계집 찾어 나섰구먼. 그럼 여기서 독사 좆이나 몇 개 더 먹고

가. 날걸로 열 마리만 묶었다 하면 뚝 소리 나는 거니께. 헌디……, 내 상(相)을 좀 볼 줄 아는디 말여, 암만 해도 지금 바로 가서는 좋은 일보다는 궂은 일이 더 많겠구먼. 그러니께……."

사내는 작은 눈으로 만적을 빤히 쳐다보더니만 손가락으로 만적의 이마를 쿡 찔렀다.

"이것이 표여. 표."

만적의 얼굴빛이 금방 변했다. 전에 이의민이 칼로 그어 놓은 흉터였다. 만적의 일그러지는 표정 같은 것엔 관심도 없는 듯 뱀을 맛있게 다 먹고 나서 그는 다시 히죽 웃었다.

"다 속여도 내 눈은 못 속여. 나도 주인 놈 불알 걷어차서 병신 맨들어 놓고 튀어나온 놈이여. 과부 속은 과부가 아는 게여, 참 내 이름은 망이(亡伊)여. 망이……, 헤헤헤. 됐남?"

"망이?"

"어째 이름이 이상혀? …… 홀애비 속 홀애비가 아는 거니께. 내 움막으로 가자구. 한데서 서리맞는 것보다야 날 거여. 길 나서서는 쭉 한뎃잠이었겠구먼. 그런디, 그 쪽도 이름이 뭐 있을 거 아녀?"

"만적이여."

"만적?"

"왜 이름이 이상해?"

둘은 마주 보고 훅 웃었다. 잠시 마음이 푸근히 놓였다.

"내 구렁이 얘기가 거짓말 같거들랑 직접 먹어보면 알 거구먼.

늦가을 요새 짐승이 또 최고인겨. 주인 치고 도망온 놈, 남의 계집 덮치고 도망한 놈, 이 산 속으로 기어든 놈들 만나면 구렁이 몇 마리씩 보신시켜 보냈구먼. 헤헤헤. 헌디 나이도 비슷한 거 같은디 몇이여? 나는 스물넷이구먼두."

나이 같은 건 잊고 지낸 몇 해였다. 눈을 뜨면 무예, 무예였고, 더러 잠이 들지 않는 밤이면 골짜기에 버려진 노비들 시체와 분이와 매영이 생각을 가끔 했었다.

"스물셋인가? 아마 그러는 성싶어."

"나보다 하나 밑이구먼. 일어서지. 산 속은 금시 추워지니께. 헌디 아까 몸 날리는 것 보니께 한 가닥 하는 거 같던디, 내 눈은 못 속이니께……."

"도망 나왔다가 태백산에서 좋은 스승 만나 조금 배웠어."

"부럽구먼. 난 그저 한 가지 재주밖에 없는디."

"무슨 재주길래?"

"후다닥 튀는 데는 날 따를 사람이 없어. 그래 내 별호가 바람이라고 바람, 전부터. 헤헤……."

산길이야 만적 역시 뛰는 사슴을 따를 수 있었지만 망이의 걸음은 확실히 그에 못지않게 빨랐다. 그것도 힘들이지 않고 가볍게 움직여서 땅을 전혀 밟지 않고 가는 듯싶었다.

"그래, 만적이는 무슨 무공을 익혔남?"

"이것저것……."

"난 튀는 재주말고, 구멍 후비는 재주도 보통은 넘어. 내가 먹은 구렁이 좆이 백 개는 넘거든. 헤헤헤. 그걸 알아야 혀."

"그것두 재주여?"

"암, 재주지. 한꺼번에 서너 계집은 아침에 못 일어나게 허지. 헤헤헤. 이 산 속에서 양식을 뭘로 구하겠어? 곡식이다, 술이다, 부러울 것이 없구먼."

골짜기를 거슬러오르다가 후닥닥 풀숲을 뛰어나온 살쾡이 한 마리를 만적이 단검으로 쓰러뜨리자 망이는 작은 눈을 반짝이며 손바닥을 쳐댔다.

"아까 몸 날리는 거 보고 알긴 알았지만……. 거기다 말여 구렁이로 보신을 조금만 해두면 말여……, 어딜 가도 안 굶고 잘 살아가겠어."

"구렁이 보신?"

"사내란 건 계집만 다룰 수 있으면 나머지는 다 굴러드는 게여. 아! 시험삼아 내 말만 들으라니……. 구렁이란 것이 원래 영물이라 죽은 것, 더러운 것은 입도 안 대는 것만 봐도 알잖여? 말했지 않남? 한번 붙었다 하면 하룻밤, 하루 낮을 계속 한다니께. 사내가 반만 그리 해 봐. 세상이란 것이 언제고 계집 안 끼는 곳이 없는디……. 그 재주만 있으면 죽을 자리에서 사는 수가 있고, 배고플 때 안 고플 수 있잖겠어?"

망이의 움막은 바위틈에다 얼기설기 나무를 얽어 그 위를 풀로 덮은 반 움집이었다.

"여기서 한 십여 리 내려가면 집들이 있어. 거기 내려가면, 나 내려오기 눈 빠지게 기다리는 과부년들이 수두룩 혀. 찬바람 불고 하면 한숨께나 쉴 거구먼."

방문을 열자 지독한 비린내가 확 풍겼다. 뱀 냄새였다.

"저런, 제미럴."

투덜거리며 방안으로 들어가 집어드는 걸 보니 한 발도 넘어 보이는 누런 구렁이였다. 항아리 속에다 넣어 두었는데 빠져나왔나 보았다.

"첨엔 비린내가 나는 듯해도 이 구렁이 냄새가 다정해지기 시작하는겨. 내 마누라 년도 며칠 지내고는 이 냄새가 구수하다고 하더라니깐."

"마누라?"

"언청이 계집년 하나 구해다 살았지. 한 달 좀더 살다가 내뺐구먼. 그 때는 그저 맨날 한 우물만 팔 때인지라, 하룻밤에 대여섯 번씩 치마를 들추었드니만, 제명에 못 죽지 싶어 튄 모양이여. 헤헤헤."

모처럼 만적도 허리를 펴고 같이 웃었다.

"칠점사 끓여 놓은 게 있을 거구먼. 화주도 있고……. 내 이리 살아두 없는 것이 없어."

망이는 만적을 암벽에 붙여 만든 방 안으로 데리고 들어가서는 부시럭거리며 질그릇 하나와 화주병을 내왔다.

"가만 있어라, 이놈들……. 손님이 오셨으니……, 이거 한 마리 굽고, 끓여 놓은 것 데우고 해서 말여……. 이 황구렁이는 내가 한 해를 키운 거구먼."

"구렁이를 길러?"

"왜? 추야장(秋夜長) 긴긴 밤 혼자 불두덩 움켜쥐고 잘라문 이놈들 쉭, 쉬익 우는 소리라도 들어야 잠이 들지, 잠이 오남? 원채 죽은 거는 안 먹는 영물이니께. 쥐를 살려서 잡아다 대느라고 속깨나 태웠어."

만적은 산에서도 뱀은 잡아먹지 않았지만 아무려면 어떠랴 싶었다. 칠점사를 데우고 구렁이를 가죽 벗겨 굽고, 토끼와 살쾡이 고기까지 볶아서 화주를 놓고 마주 앉으니 갑자기 부자가 된 듯 싶었다.

하기야 만적에게 언제 대등한 입장에서 정을 나눈 친구가 있었던가. 친구라면 감마라 한 사람이었다. 그러나 감마라는 늘 한 발 앞서 있었다. 집을 튀어나올 때도 그랬고, 마라가 지닌 그 쇠붙이의 뜻을 알고부터 만적 스스로도 늘 그런 자격지심이 들었다.

"구렁이를 끓이면 말여. 이렇게 기름을 말짱 걷어내고 먹어야 하는 거여."

만적은 마음이 편해지면서 망이가 하는 언동이 점점 재미있어져서 참 오랜만에 히죽거리며 웃었다.

"배암 기름 마시면 아랫도리가 차게 되어서 계집들이 놀라거든. 헤헤헤! 어서 먹어. 쌀도 있고, 좁쌀도 있고, 걱정 없으니께."

화주 탓이었는지 뱀고기 맛도 괜찮았다. 망이는 작은 눈을 빛내면서 억세게도 먹어댔다.

옛날 곰노인집 움막에서 억세게도 먹어대던 감마라같이.

"훌훌 단신인감?"

"어매는 나 어렸을 적 죽었고."

"종놈 신세 피붙이는 뭘 혀? 천민들은 혼자 몸이 제일 존 거여. 내가 왜 우리 주인 놈 불알을 걷어차고 도망 나온지 알어?"

"나는 친구 놈 송장 내다 버리고 나서, 태백산으로 튀었어."

"송장?"

"사냥 나갔다 노루몰이 잘못했다고 주인이 활로 쏘아 죽였지. 그 친구 송장을 버리러 갔다가……."

그 도련님도 죽었고, 그 도련님 송장을 내 손으로 묻어 주었네, 그렇게 말하려다가 그는 입을 다물었다.

"그 죽은 놈 여동생이 동경 난리통에 개경으로 팔려 갔다기에 그래도 한번은 만나야지 싶어서……. 감마라는 친구는 앞서 서경으로 갔고."

"난 말여……, 그래도 애비, 에미 한방서 살았잖여? 헌디 주인 놈이 한밤중에 방문 앞에 와서 커음커음 하고 기침을 하는 거여. 애비는 끙 한번 목구멍 소리를 하고 나서 에미를 한번 건너다보는 거여. 그 때 에미 눈에 괸 눈물이 뵈어……. 그런 다음 주인 놈이 방안으로 기어들어와선 에미한테 그 짓을 하는 거여."

"……."

"걸핏하면 몽둥이찜에다, 작두에 손발 잘린 놈들도 있는데, 어쩔 거여? 그저 자는 척 있을라문 어찌 그리 물어대는 것들도 많은지……. 한 일곱 살 되었었나? 주인 놈이 막 우리 에미 배 위에서 요동을 치는 참이었는데……, 하도 발등이 가려워서 벌떡 일어난 게 주인 발을 밟았구먼. 이튿날 애비가 안 죽을 만치 맞았어. 나만 멀리 팔아 버린다 했는데, 팔려가는 것은 어찌어찌 면했

뿌리 찾기 19

지만 다음부터는 밖에서 주인 놈이 커음커음 하면 내가 앞서 애비 꽁무니를 따라 밖으로 나왔어. 별도 총총하고 바람도 억세게 불었어……. 내가 물었구먼. 아부지, 주인 나리가 지금 뭘 하누? 구렁이 좆을 묵었단다. 구렁이 좆 말이여……. 애비는 그러고는 가래침을 캑 뱉었어. 그래서 생각을 한 게여. 나도 커서 구렁이 좆을 수도 없이 많이 묵을 거다, 그렇게 말여. 한 잔 들어. 커어, 술맛 좋은데…….”

"소원 이루었네."

"애비, 에미 죽고 나서, 그 주인 밑에서 종년 하나하고 짝을 채웠지 않았남? …… 한 열흘 같이 살았나. 사내, 계집이란 게 그런 거구나, 열심히 우물을 파는데 한밤중에 이 주인 놈이 우리 방 밖에서 커음커음 하더란 말여……. 옛날 에미 생각이 벌컥 나는 거여. 꿈쩍 않고 자는 척했더니 머리도 허연 게 방안으로 들어서더니 바지부터 까내리는 거여. 그리고는 내 엉덩이를 걷어차는 거여. 나가라는 거겠지. 옛날 어매 얼굴이 푸르르 떠오르고……. 에라 모르겠다. 사람이 한 번 죽지, 두 번 죽나? 무릎팍으로 주인 놈 아랫도리를 힘대로 한번 내질렀더니만 윽 소리, 한번에 거꾸러지더구먼. 그러고 나서 죽어도 같이 죽고 살아도 같이 살겠다고 마누라년 손을 잡아끌었지. 그런디, 이년이 뭐란 줄 알어? 헤헤헤. 한 잔 더 마셔야겠구먼."

"……"

"내 손을 뿌리치는 거여. 왜 자기꺼정 끌어들이냐는 거여."

만적은 불현듯 분이를 떠올리며 불덩이가 확 목구멍을 치밀어

오는 것을 삼켰다.

"만적 같았으면 그 때 어찌 허겼어?"

만적은 대꾸 없이 어금니를 물었다.

몇 사람을 죽인다 해서 없어질 일도 아닌 일……. 그 자신 김정의 시체까지도 묻어주지 않았던가.

"만적이, 그 이마빡 숭터 말여……."

누구에게 붙잡힌다 해도 열이나 스물쯤은 겁날 것은 없었다. 그러나 태백산 속에 있는 동안에도 그의 노비 신분이 바뀐 게 아니라는 생각이 들자 만적은 두 손으로 제 머리칼을 움켜쥐곤 했었다.

이튿날 오후 늦어서야 둘은 움집을 빠져나왔다.

"뭘, 한두 마리, 꿩이나 그런 것으로 잡을 수 없겠남?"

산마루로 올라온 망이가 고개를 갸웃하더니 키들거리기 시작했다.

"나야, 살무사에 능구렁이밖에 못 잡으니 안되겠구 말여."

"배도 안 고픈데?"

"조금 있으면 알게 될 거구먼."

만적이 덤불을 향해 돌멩이 한 개를 던졌다.

장끼 한 마리가 후드득 날아올랐다.

"허!"

망이가 무릎을 쳤다.

날아오르던 꿩이 금방 만적의 표창에 맞아서 떨어진 거였다.

"귀신의 경지여."

다시 토끼 한 마리.

"오늘밤 좋은 일 한번 해주자구. 좋아할 거여. 튼실한 사내 하나 달구 가면."

공물 바치기에 지친 양민들이 산 속으로 기어들어 화전을 일구며 숨어 사는 마을이 있다고 했다.

"계집만 둘 사는 집이 있거든, 시퍼런 나이에 서방을 잃고……. 과부가 과부 속을 안다고 저희들 둘만 사는데 불쌍들 허잖여?……. 나허고 동서 한번 해볼텨?"

망이가 히힉 웃어댔다.

"사람이란 게 이상한 거여……. 배가 좀 부르다, 해야 색(色)이 있는 거 아녀? 배가 너무 고파 봐. 더운 거, 찬 거가 어딨어? 마찬가지여. 사내 계집도."

어스름이 덮여 가는 골짜기를 내려가면서 망이는 혼자 계속 히죽거렸다.

외따로 있는 게딱지 같은 작은 집 한 채가 얼마 안 가서 눈에 띄었다.

"여기는 말여. 누구 눈치 같은 거 안 보고 사는 데여. 장작개비로 이빨을 쑤셔도……. 그건 남의 일이여. 홍시감을 불에 구워 먹어도……, 그것도 남의 일이여."

망이는 그렇게 말해 놓고 두리번거리며 주변을 살폈다.

"그래도 말여. 사내 계집 만나서 허는 짓은 꼭 사람 안 보는 데서 하거든."

망이는 또 히히힉 웃고 나더니, 그의 옷소매를 끌고 어스름이 덮여 오는 억새풀 지붕의 마당으로 끌어들였다. 그가 크음 큼 기침을 했다.

"누구래?"

작은 방문이 열리더니 머리칼이 부수수한 여자 하나가 마당으로 내려섰다.

"하이고, 살모사 뼉다구 목에 걸려 칵 죽었나 비다 했구먼."

만적이 곁에 있는 걸 못 보았는지, 여자는 쪼르르 뛰어나와 망이의 손부터 잡았다.

"세월이 하도 지나 화주에 곰팡이가 다 피었구먼두."

"소금은 안 썩었남?"

"지어 놓은 좁쌀밥에도 싹이 나왔다니께."

"눈이란 게 보라고 뚫어진 거여."

망이가 만적 쪽으로 고개를 돌리자 그 때야 여자는 주춤거리면서 얼굴이 확 붉어졌다.

"니년들, 샛서방이여."

계집이 키익 킥 웃었다.

"워째, 비린 냄새가 난디야?"

"뭐여?"

"비린 냄새 말여, 히히익."

"처제 시집 보낼라고 내가 석 달 열흘, 헤매서 찾아낸 친구여, 친구. 이 삼한 땅에서 칼 솜씨 당할 사람이 없는 장수여……. 얼른 꿩하고 토끼 받지 않고?……"

수세미머리 여자가 만적의 손에 들린 토끼와 꿩을 냉큼 받아 부엌으로 도망치듯 들어가 버렸다.

"좋아서 입 찢어지는 거 봐……. 그저 저리도 고픈 거여. 목마르고 몸이 고픈 거여."

망이가 만적을 돌아다보았다.

뱀을 찾아나섰던 망이가 수세미머리 여자를 풀더미 속에서 범했고, 흥건히 땀을 흘리고 난 여자가 그를 이 집으로 데려오더니, 방으로 망이를 들여보내 놓고는, 잠시 후 같이 살던 더 젊은 여자를 그 방으로 들여보내더라는 이야기는 지난 밤에 들었다.

"서방 맛 알 만해서 괴질로 둘 다 서방을 잃었다느면."

여자도 여러 가지가 있지. 만적은 순간 그 생각을 했다. 한번 몸을 섞은 사내와의 인연으로 그 사내가 흙 속으로 돌아갈 마지막 밤, 제 손가락 끝에 기름을 발라 불을 켜고, 다시 기름을 칠해 불을 켜며 밤을 지새우는 여자도 있고, 제 좋아하는 사내를 골라 훌훌 앞서 옷을 벗는 여자도 있지. 몸뚱이는 몸뚱이대로 아무 사내한테나 내던져 두고는 감고 있는 눈꺼풀 속에 한 사내만을 그리는 여자도 있으리라.

그들, 겨우 사내를 알 만해서 서방 잃고 동병상련 의지해 사는 두 여자에게 색정은 그저 주림이었다. 즐기는 것도 방종도 아닌 목마름, 배고픔이었다.

"우리 주인 놈같이 에미에다, 그 며느리, 커음 커음, 큰기침 한 번으로 서방들을 방 밖으로 내몰고, 그 짓 하는 것만 아니면 말여, 사내하고 계집, 만나서 할 짓이 뭐가 있어? 아, 길가다 배고프면 과실도 따먹고, 구렁이도 잡아먹는 건디……. 사내 계집은 음이고 양이어서 그게 천린(天理) 게어, 천리."

"죽은 남자 앞에서 제 손가락에다 기름 발라 불을 붙이고 다시 붙이는 여자를 보았어……."

"고향 쌀뒤주에 쌀이 썩어가도 당장 내가 먹을 끼니 없으면 그건 없는 거여."

"그래도 나는 밥 생각이 없구먼……."

만적은 슬그머니 사립 밖으로 나와 버렸다. 가슴 속으로 스스한 바람이 소리를 치며 달려가고 있었다.

"저건 숫총각이란 말여."

망이의 낄낄거리는 소리가 바람이 되어 온몸으로 달려들었다.

"장가들라고 안 할 게니 들어와 이거나 좀 먹어."

망이의 목소리를 들으면서 만적은 오던 길을 천천히 더듬었다. 어쩐지 자꾸 눈물이 나올 듯싶었다.

망이의 움막에서 이틀을 더 지내고 나서 만적은 떠나야겠다고 했다.

"만적이야 무술이 있으니 찾는 계집 찾기야 허겄지……. 헌데 이 말은 헤어지면서나 할려구 했구먼. 구렁이 좆이나 뜯어먹고, 불쌍한 계집들 잠 못 자는 거나 거들어 주려고 나, 산 속에 있지는 안혀. 내 말 알겠남?"

"……."

"이 산 속에 있으면서 만난 사람들이 참 많어……. 그러다 보니, 나 말고도 불쌍한 천민들이 참 많이도 득실거린다. 절간 빈대 새끼들같이 천민들이 참 많이도 있구나, 그걸 알게 된겨……. 여럿을 만났어. 망소이(亡小伊)라고 힘이 천하장사인 고향 놈도 만났구먼. 집채만한 바윗돌을 불끈 들어 내던지지……. 닭소리 잘 내는 놈, 개소리 잘 내는 놈, 계집 잘 후리는 놈, 줄타기 잘하는 놈. 벼라별 놈들을 여기서 만나 가지고 내가 해줄 수 있는 게 뭐여? 몸 보신으로 뱀 좆 먹여 보냈어. 뱀 좆 나눠먹은 놈끼리는 쉬이 안 잊힐 거 아녀?…… 만약에, 만약에 말여. 만에 하나, 이 뱀 좆 묵은 놈들이 같이 있다고 생각해 봐……. 빗방울이 한 개 한 개 모이면 홍수가 되듯이……. 내 말 짐작되어?"

"홍수?"

만적도 가슴 속이 훅 뜨거워 왔다.

"빗방울 한 개는 작어. 참 작은디……, 그것들이 합쳐져 홍수가 되어."

"……."

"팔려간 계집 하나, 찾아서 빼올 수는 있을 거여. 헌디, 그런 계집이 이 삼한 땅에 어디 한둘이여? 지 마누라, 주인 놈한테 맡기고, 동지섣달 설한풍, 삽작문 밖에 쭈그리고 앉어서 주인 놈 돌아가기 기다리는 종놈이 나 하날 꺼여? 워디?"

노비의 무리들, 노비의 시체들, 노비의 죽음들이 갑자기 구름처럼 뒤섞여 머릿속을 뒤끓어 왔다.

"억울한 놈들, 불쌍한 놈들 맘을 합치면 사람도 홍수가 될 거 아녀? 만적이를 처음 보고, 내 맘 속 이 소리를 꼭 한번 하려니…….

그래서 붙들었던 게여."
 망이의 눈빛이, 그 헤헤거리던 처음 눈빛과는 다르게 섬뜩섬뜩 만적의 가슴 속으로 비수가 되어 파고들었다.
 마침 황혼이었다.
 불붙어 가는 저녁놀 속에 작달막한 키, 검은 얼굴의 망이의 모습이 점점 커다란 거인으로 변해갔다. 그 붉은빛 노을이 서서히 불타오르기 시작했다.

 고구려의 도읍지였던 서경(西京 : 平壤).
 곧 눈발이라도 뿌릴 듯 으스스한 날씨인데도 성안 장터거리는 사람들로 붐볐다. 말을 타고 지나는 무인들과 활과 화살통을 멘 젊은이들도 눈에 자주 띄었다. 빨간 댕기로 단장한 긴 머리를 오른쪽 어깨로 내려뜨린 젊은 여자들도 장터에 섞여서 저희들끼리 떠들어댔다.
 포장을 둘러치고 냉면을 파는 집, 보릿가루 부침과 화주를 파는 곳, 낫이며, 칼, 괭이들을 만드는 대장간, 떡집, 어물집.
 "이 꿩들을 닭이라 우기는 미친 놈도 있더라니……. 허, 참."
 다리 묶인 닭들을 새끼줄로 말뚝에 매어 놓고, 죽은 장끼 다섯 마리를 늘어 놓은 닭장수가 노랑 수염에게 어느 손님 흉을 보고 있었다.
 "꿩고기 냉면 맛도 모르나, 그놈은?"
 "겉은 멀쩡하더라니…… 헌데, 이 꿩들을 닭이라는 게여, 닭……. 아, 옛날 수탉을 보고 '이것 봉황 아니유?' 하는 놈이 있어서, 비싼 값에 판 사람이 있었다느먼……. 오늘은……."
 "아, 그럼 이 닭들을 꿩이라고 하고 비싸게 팔지, 그랬나?"
 "그리고 글쎄, 옛날 그놈은 그 닭을 유수에게 봉황이라고 바쳤다는 거 아니여?"
 "자네도 오늘, 관가에 끌려가 '네놈이 이 닭을 꿩이라고 팔았겠다?' 그래서 뺨 서너 대 더 맞고 받은 돈 몇 곱 물어 주었으면 좋을 걸 그러지 않았나?…… 흐흐흐."
 노랑 수염의 사내가 음흉하게 웃었다.
 "사내 놈을 계집이라고 판 놈도 안 잡혀가는데 내가 와 잡혀가? 사람 장사에 재미 붙이더니……. 그래, 낼은 몇이나 나온대나?"
 "한 열 명."
 사내 둘이 소리를 낮춰 낄낄거리며 웃는데, 닭장수와 노랑 수염의 사이를 비집고 들어와 앉은 젊은이가 죽은 장끼를 손가락으로 쿡 찔러대며 고개를 갸웃거렸다.
 "그 닭, 한번 곱다. "
 "또 왔네. 이 사람?"
 "이 닭들이 하도 곱게 생겨서요."
 젊은이가 꿩 꼬리 하나를 뽑아들고는 기지개 한 번을 켜더니 닭장수 곁, 화주집 안으로 들어가 버렸다.
 "아니, 저런 놈이?"
 얼굴이 벌겋게 된 닭장수가 푸르르 일어섰다. 그러자 노랑 수염이 닭장수에게 눈짓을 하고는 화주집 포장을 획 들추었다. 젊은이가 화주 한 잔을 홀짝 마시고 난 후였다.

"여기 술 잔 두 개만 더 주시구려……. 제, 결례 용서하시고 이리 와서 한 잔씩들 하십시다."

젊은이는 새로 나온 잔에 화주를 채워 따르고는 노랑 수염을 맞바라보았다.

"서경 장터에서, 이 노랑태 모르는 사람은 없을 겐데……."

젊은이의 눈이 다시 노랑 수염의 두 눈과 맞부딪쳤다.

"관에 나가면 벼슬이요, 시정에는 나이라는데…… 초면 실례가 많았습니다. 저는 감마라라고 합니다."

젊은이가 고개를 숙여 보이고, 술 따르는 아낙에게 은 조각 두 개를 건네주었다.

"나, 노랑태나, 장터 뻐드렁니라면 이 바닥에서 모르는 사람이 없소."

"첫인사, 무례하게 했습니다."

노랑 수염이 술잔을 집었다.

"도끼자루 썩는다고 아저씨네 기, 봉황새들, 다 날아가는 거 아닙니까?"

"날아가도 우리 집 오동나무에 앉아 있을 걸세."

몇 잔씩 술이 돌자 감미리가 노랑 수염의 직업으로 화제를 돌렸다.

"사내가 계집이 되어 팔렸다면서요?"

"우리 얘길 들었구먼……."

노랑 수염이 벌건 잇몸을 내놓고 끼르륵 웃더니 며칠 전 일을 꺼냈다. 자기는 더러 팔려나오는 노비들을 새 주인에게 맺어주는 거간 일을 한다고 했다.

　며칠 전 열대여섯 살 된 사내종 하나가 계집애처럼 생겨서 장난삼아 여자 옷을 입혀 장으로 데려왔다는 거였다. 그런데 어떤 영감이 계집애로 보고 덥석 데려갔다는 거였다.

　"베 두 필을 더 얹어주고 뒤도 안 돌아보고 데려가 버리니, 내 어떻게 하나?…… 계집애다, 사내다, 나는 한 마디도 안 했으니 잘못은 없는 게고."

　감마라의 얼굴이 잠시 굳어졌지만 아무도 그것을 눈치채진 못하였다.

　"헌데, 내 눈이 말일세……. 혹시……"

　노랑 수염이 정색을 하고 감마라를 똑바로 쳐다보았다. 잠깐 노랑 수염의 눈에 이상한 안광이 서려 있었다.

　"왜 그러시는데요? 저야 그저 떠도는 유민입니다."

　"그리 보이지 않으니 하는 말이지."

　서경(西京).

　묘청의 반기 이후, 서경을 반골의 땅으로 여기는 분위기도 있었지만 그것이 또 사람을 모으는 요인도 되어 무부나, 술사(術士)들이 서경 호족들 집을 찾아드는 일이 많았다. 당시 반군 주모자급들은 처형을 받고, 혹은 성 안에서 자결을 하기도 했지만 명종이 등극하고도 몇 년. 서부인 특유의 자존심이 살아나고 있었다. 거기에 무신들이 정권을 장악하고 나자 무(武)에 대한 관심은 전국적이었다.

"시장바닥에서 천하게 사람장사 하면서 사는 사람이네만 이 노랑태 의리 하나는 있네……. 사내를 계집으로 파는 건 파는 게고, 내 평소에도 이인(異人)을 만나 그대로 헤어지진 못하는 성미지."

같이 들이킨 술 탓이었을까. 노랑 수염의 눈이 번쩍번쩍 빛을 발했다.

"살인하고 도망나온 죄수같이 뵙니까?"

"무슨 말을……."

"무예 한두어 가지, 어깨 너머로 구경했지만, 그 뿐입니다."

노랑태가 고개를 끄덕였다.

감마라가 술잔이 놓인 두꺼운 나무탁자 위에 놓였던 손바닥에 지그시 힘을 주었다. 탁자 위에 손바닥 모양의 흔적이 희미하게 드러났다. 노랑 수염이 감마라의 손을 쥐었다.

"우리 집으로 가세나. 첫눈에 무슨 인연이 있지 싶었네."

노랑 수염네 집은 대동강이 내려다보이는 변두리였다. 집은 크지 않았지만 후원이 넓었다. 후원 한쪽, 젊은이 하나가 한참 활쏘기 연습을 하고 있었다.

"선대로는 무부였네. 우리 집도……."

"소문을 들었습니다."

씨잉!

씨잉!

젊은이는 시위를 당기는 데만 정신을 쏟고 있었다.

"자제 분인가요?"

"저희 조부 기질을 받았지 싶네, 저놈은."

노랑 수염이 자랑스러운 듯 또 잇몸을 내보였다. 열두어 개 화살이 다섯 대쯤은 중심 부근에, 나머지는 중심을 벗어나고 있었다. 젊은이는 가볍게 읍을 해 보이고, 쏘았던 화살을 거두어 와서는 감마라를 힐끔 쳐다보았다.

"대단한 솜씨인데요."

어깨를 한번 으쓱하고 청년은 앞마당 쪽으로 나가 버렸다.

"어떤가? 내 자식놈?"

"때가 되면 갑옷을 입겠습니다."

감마라는 젊은이가 두고 간 활과 화살통을 집어들었다.

"묘청선사 때의 이야기를 서경에 오면 들을 듯싶어 무작정 서경으로 왔습니다."

"날 찾아보라던가?"

감마라가 첫화살을 시위에 끼웠다.

한 대.

두 대.

석 대…….

시위를 언제 당겼나 싶게 획획 열 대의 화살이 무질서하게 과녁을 향해 날아갔다. 보통 두세 대의 화살을 날릴 시간이었다. 열 대의 화살은 과녁의 중심을 비켜 흩어져 꽂혔다. 잠시 화살이 날아가 꽂힌 과녁을 바라보던 노랑 수염의 얼굴에 경악의 빛이 떠올랐다.

중심을 비켜 멋대로 꽂힌 듯한 열 대의 화살. 그것들은 기묘하게도 사포 위에 붓으로 쓴 듯 정확히 마음 심(心)자를 만들어 놓고 있잖은가?

"조부께 말로만 들은 신기(神技)를 내 오늘에야 접했구먼."

노랑 수염은 과녁으로 뛰어갔다. 화살은 사포를 덮은 판자 위에 똑같은 깊이에 가지런히 박혀 있었다.

노랑 수염의 이름은 박웅(朴雄)이라 했다.

조부는 하급무관으로 당시 수비 업무를 맡았다가, 인종(仁宗) 13년, 서경성에 남아 경군과 대치하다 전사했고, 하급 군졸이었던 아버지는 그 길로 군을 떠났다고 했다.

"부친은 생전, 자식들에게 무예의 무(武)자도 입에 못 올리게 했네. 부친은 숯이나 굽고 한세상 살자고……."

박웅이 잠시 생각에 잠기는 듯하더니 벽장 속에서 한 자루 장검을 꺼내와 감마라 앞에 내보였다.

"조부가 쓰시던 칼일세."

손잡이가 은으로 장식된 장검을 뽑아들자 칼날에서 서늘한 검광이 뻗쳐올랐다.

天遣忠義

손잡이 바로 아래 칼날이 시작되는 곳에 새겨져 있는 네 개의 글자. 천견충의.

감마라의 얼굴빛이 잠시 해쓱해졌다.

"어떤가? 이 칼?…… 물려받은 농토도 없고, 숯 굽는 재주도 익히지 못해 나는 장사를 시작했네만…… 헛허허…… 헌데 핏줄이란 게……."
 노랑 수염은 저희 아들이 사라진 앞마당 쪽을 건너다보며 말을 더듬거렸다.
 "나야 살만큼 살아 여한 같은 것도 없는데……."
 감마라는 무릎걸음으로 노랑 수염 앞으로 한 걸음 다가앉았다.
 "이 칼 글자의 뜻을 아시는가요?"
 노랑 수염은 그 때야 검에 새겨진 글자를 유심히 살펴보더니 고개를 젓고 너털웃음을 웃었다.
 "나야 글을 배웠어야지."
 "이 칼……, 자칫 역신의 가솔로 화를 입을 수 있는 칼입니다. 한데……."
 스승에게서 들은 서경 이야기 속에 바로 이 '천견충의' 네 글자가 있었던 것이다. 천도 운동이 실패하면서 반란이 일어났고, '천견충의'는 그 반군에 가담한 서경군인을 일컫는 말이었다. '대위·천개'와 '천견충의'는 자주와 혁신을 내걸고 일어선 서경인의 상징이었다.
 "제가 나이 어리니 아저씨라 부르겠습니다."
 감마라가 벌떡 일어나 노랑 수염에게 큰절을 올렸다. 박웅이 황황히 손을 내저으며 감마라의 두 손을 마주 쥐었다.
 "이 칼에 새겨진 글 뜻을 스승께 들었습니다. 묘청선사가 대화궁(大花宮)을 세우고, 새 나라를 만들려 했을 때……."
 "부친께서도 장롱 속에 깊이 넣어두고 혼자만 몰래 꺼내보고 하셨네."

"그런데 이걸 어찌 저에게 함부로 보이십니까?…… 이 감마라…… 베 육십 필짜리, 도망 나온 노비입니다."

노랑 수염의 눈썹 끝이 꿈틀거렸지만 놀란 얼굴은 아니었다.

"천민 출신 이의민이가 장수가 되어 내려가서, 풍비박산이 되었다고 들었지만 경상도 동경 땅에 김풍 장군집이 있었지요. 이 감마라, 그 집 노비였습니다. 이마에 먹물을 뜬……."

"그래도 자네는 여기까지 물어물어 날 찾아왔지 않는가?"

"시장 바닥 기웃대다가 아저씨 이야기를 들었지요. 화통하고, 뼈대 있는 분이라고……. 내 핏줄이 이 서경, 어딘가 닿아 있는 것같은 짐작이 몇 년, 그저 막연하게요. 좋은 스승 만나 무술 흉내 좀 익히고 나서는 죽을 때 죽지, 그렇게 서경으로 무작정 왔습니다. 보살펴 주던 노인이 죽으면서…… 잘못 역신의 후손으로 몰리면 목이 열 개라도 감당치 못하리라 했습니다만……."

감마라가 품 속에 간직해 다니던 쇠붙이를 노랑 수염, 박웅의 눈앞에 내밀었다.

"이것이 천개(天開), 그 때의 연호이고, 이것이 국호 대위(大爲), 아저씨가 보관해 온 칼의 '천견충의'는 당시 무사들을 이름하는 것이라 들었습니다."

감마라의 눈 끝이 설풋 젖고 있었다.

밤새 한잠도 못 이루고 이튿날 감마라는 일찍 길을 떠났다.

"이 서경바닥은 내 손바닥이라니깐."

전날 아들 원복(原福)에게 후원에서 활 쏘는 법을 가르쳐 주던

뿌리 찾기 35

감마라는 박옹에게서 한 가닥 제 뿌리의 실마리가 될지도 모르는 소식을 들었던 것이다.

"경군의 총공격으로 그 때 죽지 않았으면 다 자결을 했다지 않은가?…… 그런데 대보산(大寶山)이라고 한 오륙십 리 길일 게야. 그 산 속, 그릇을 구우며 살고 있는 노인이…… 나이는 모르고…… 그저 백옹(白翁)이라고 한다는데…… 그릇장수 놈하고 이야기 끝에 그 노인, 한때 날리던 장수였는데, 그 난리통에 살아남았다는 말이 나왔구먼."

강궁(强弓) 하나에 화살통 하나. 홀가분하게 길을 나선 그의 걸음은 급한 마음만큼이나 빨랐다. 마라는 노랑 수염이 가르쳐 준 대로 서경을 나서서 곧장 서쪽을 향했다. 어쩌면 그 자신 뿌리의 실마리가 드러날지도 모르는 일이었다.

부모가 어떤 사람이고, 어디 묻혀 있나 라도 알고 싶었다. 작은 쇠붙이 하나. 그는 산길을 접어들면서 몇 번이고 그것을 손안에서 확인하였다.

끼르룩 끼르룩.

끼르룩 끼르룩.

계곡물 한 움큼을 움켜 마시고 땀을 식히다가 그는 문득 하늘로 눈을 주었다. 머리 위로 기러기 네 마리가 묏산(山) 자를 그리며 날고 있었다. 그는 제일 뒤쪽의 기러기를 향해 숨을 들이쉬고 힘껏 활시위를 한번 당겼다. 보통사람으로는 생각할 수 없는 높이였고, 잡아당길 수 없는 강궁이었다.

활을 내리기도 전, 뫼 산 자의 기러기 떼가 흔들리는가 싶더니 그가 노렸던 기러기 한 마리가 작은 언덕 너머로 몸을 흔들며 떨어져 내렸다. 그의 몸이 바람처럼 조그만 언덕을 치달아올랐다.

언덕을 올라 어림짐작으로 기러기를 찾던 그가 잠시 얼굴을 찌푸렸다. 언덕 아래쪽에 오색비단 치장의 가마 한 채와 십여 명의 군졸들이 쉬고 있는 것을 발견했기 때문이다. 기러기는 그 가마에서 십여 보 곁에 떨어져 내린 것 같았다. 그는 귀찮은 일이 생길지도 모른다는 생각이 들었지만 돌아선다는 것도 내키지가 않았다. 그는 하늘을 보았다. 아직 정오도 되지 않은 시각이었다. 혹 시비가 붙는다 해도 그리 급하게 쫓길 시각은 아니었다.

그는 천천히 가마 쪽을 향해 걸어내려갔다. 떨어진 기러기를 발견했는지 몇 명의 군졸들이 가마 한쪽으로 몰리며 떠들고 있었다. 활을 멘 그가 언덕을 내려가자 가마꾼들과 군졸들의 시선이 한꺼번에 그를 향해 몰려왔다. 그가 가마 곁까지 내려갔을 때는 기러기를 집어든 군졸들이 그를 둘러싸 버렸다.

"그 기러기는 내가 쏜 겁니다. 돌려주시구려."

기러기를 안고 있던 군졸이 제 동료들을 돌아보며 어깨를 으쓱했다. 그러자 십여 명이 한꺼번에 와르르 웃음을 터뜨렸다.

"남의 기러기를 내놓으라니 무례하기 그지없는 젊은이일세. 안 그런가? 다들."

왓하하…… 하는 웃음이 바람 소리처럼 일었다.

"자네가 쏘았다는 증거라도 있는 겐가?"

"술안주 하려고 기껏 우리가 잡은 걸 제것이라고 내놓으라니……, 마른 하늘에 소낙비 오겠네."
"그리 욕심나면 한 마리 못 드릴 것도 없소만은……."
감마라는 하늘을 올려다보며 담담하게 대꾸했다.
끼르룩 끼르룩.
끼르룩 끼르룩.
그 때 다섯 마리의 기러기가 또다시 바로 그들 머리맡을 지나고 있었던 것이다.
'백 번 싸워 백 번, 이기는 것이 최선이 아니다. 싸우지 않고 적을 굴복시키는 것이 최선의 병책이다(百戰百勝 非善之善者也 不戰而屈人之兵善之善者也).'
스승 허정의 음성을 떠올리며 감마라는 또 한번 활시위를 팽팽하게 당겼다. 강궁이 힘차게 화살을 일직선으로 날려 올렸다.
"이것도 내가 잡은 게 아니라고 하지는 않겠지요?"
제일 앞쪽을 날던 기러기가 가마에서 십여 보 자리에 다시 떨어져 내렸다. 순간 주위가 숨을 죽인 듯, 갑자기 조용해져 버렸다. 감마라는 기러기가 떨어진 쪽으로 걸음을 옮겨 제 몸의 반이나 되는 기러기를 집어들었다. 화살은 턱에서 골수 쪽을 정확히 꿰뚫었다.
감마라는 그 때 비단 휘장이 살며시 들리는 것을 보았다. 군졸들과 가마꾼들이 그의 움직임을 주시하고 있는 짧은 시간, 휘장이 반쯤 열리고, 젊은 여자의 얼굴이 드러난 것이다. 새까맣고 큰 눈이 그를 주시하고 있었다.
"놀라운 솜씨네요."

여자는 맑은 목소리로 말하고 살풋 웃었다. 눈이 마주쳤다. 젊은 여자의 눈이 다시 감마라의 눈과 마주쳤다.
"내가 기러기 고기를 워낙 좋아해서요."
그녀가 장난스럽게 말했다.
"그럼, 이건 아가씨 몫으로 드리겠습니다."
털썩 두 번째 잡은 기러기를 가마 곁에 떨구어 주고 그는 그대로 돌아서서 걷기 시작했다. 그 때서야 군졸들이 뭐라고 웅성거리는 소리가 들려왔지만 그는 뒤를 돌아보지 않고 걸음을 빨리 했다.

휘장 안의 여자와 눈이 마주쳤을 때 그는 한순간, 가슴이 덜컹 내려앉는 것 같았다. 유난히 눈썹 윤곽이 까맣고 뚜렷한 젊은 여자였다. 그 눈과 마주치면서 그는 저도 모르게 다리에 힘이 풀리는 것을 느꼈다.
"여보시오. 여보시오."
언덕을 치달아오르는 감마라의 뒤를 몇 사람이 뒤쫓아오는 듯 했으나 그는 뒤를 돌아보지 않았다. 그는 뛰듯이 휭휭 산길을 내달아갔다. 감마라는 숲길로 들어선 뒤에야 길게 숨을 내쉬고는 힘껏 허공을 향해 화살 한 대를 쏘아올렸다.
'여보시오. 여보시오.'
뒤따라오던 목소리를 지우기라도 하듯 시위를 떠난 화살이 다시 씨잉 소리를 내며 까마득한 허공으로 사라져 올라갔다. 나목(裸木)들 아래로는 낙엽들이 부수수하고 놀란 다람쥐들이 도토리를 줍다가 쪼르르 나무 위로 기어오르곤 했다.

그릇 굽는 나지막한 흙가마들이 서넛 보였을 때 그는 젊은 나무꾼 하나를 만났다. 지게 가득 통나무를 짊어지고 오던 중년의 사내는 그를 못본 듯 그대로 그 곁을 지나쳤다.
"말 좀 물읍시다. 혹시 백옹이라고 나이 드신 분이 그릇을 굽는 데가……."
그러나 나무꾼은 귀가 먹었는지 묵묵부답 그대로 그를 지나쳐 버렸다. 골짜기는 흙가마가 몇 개 뿐, 인적이 없었다. 노랑 수염 말로는 이 계곡을 거슬러올라가노라면 노인의 집이 있으리라 했다. 그는 잠시 다리를 쉬며 장끼 두 마리를 잡았다.
점심 나절이 가까운 듯해서 그거라도 구워먹을까 하는데 그는 다시 인기척을 느끼고 뒤를 돌아보았다. 희끗희끗한 머리칼의 나무꾼 한 사람이 역시 땔나무를 한 짐 짊어지고 내려오고 있었다.
"죄송합니다만……, 그릇 굽는 곳이 여기 말고 다른 골짜기에 또 있는가요?"
"뉘를 찾으시오?"
나무꾼은 지게를 세우더니 감마라의 아래위를 살폈다.
"이 부근에 나이 많은 노인 한 분이 사신다고 해서요……."
"노인이라……."
나무꾼은 그를 다시 아래위로 훑어보더니 더 위쪽을 가리켰다.
"저 언덕을 넘어야 할 게요."
"이거 한 마리는 아저씨 볶아 잡수세요."
나무꾼은 고개를 흔들면서도 그가 건네준 장끼를 손으로 받아

들었다.

"허…… 봉황새 한 마리 품 속으로 날아든 꿈을 꾸었더니…… 허허허, 참. 고맙게 받겠소. 헌데 젊은이는 어인 일로?"

"그 노인께 꿩이나 한 마리 드리고 가려구요."

"며칠 전, 그 영감 누가 올 것 같다고 하면서 연신 산길을 내다 보고 하더니만."

"누굴 기다리더라구요?"

"아, 아니오. 어서 가 보시오."

나무꾼은 몇 번 손을 내젓고서는 휭 하니 바쁘게 골짜기를 내려가 버렸다.

나무꾼 말대로 언덕 하나를 또 넘어가자 조그만 초가 한 채가 그릇 굽는 흙가마 곁에 엎드려 있었다. 마당 한쪽에 고령토가 한 무더기 쌓여 있고, 한쪽으로 흙물을 가라앉히는 작은 못이 있었다. 초벌구이가 안 된 붉은 빛 그릇들이 좁은 툇마루를 가득 채우고 있었다.

"이 골짜기에는 사냥감이 많지 않을 텐데."

머리와 수염이 하얗게 센 노인 한 사람이 흙가마 쪽으로 걸어 나오고 있었다. 읍을 하며 고개를 숙인 감마라를 힐끗 쳐다본 노인은 툇마루에 놓인 꿩을 발견하고 꿩을 집어들었다. 화살은 정확히 꿩의 머리를 꿰뚫고 있었던 것이다.

노인은 그가 멘 활을 눈여겨보더니 고개를 끄덕였다. 보통 힘으로는 다루지 못하는 강궁인 것을 알아챈 모양이다. 노인은 무엇을 생각하는지 고개를 갸웃하더니만 성큼 그 앞으로 바싹 다가섰다.

"원래 그릇 굽는 곳에서는 살생은 금물이다."

"소생, 그저 모든 게 마음이라 배운 것만 생각하고……."

"죽여놓고도 안 죽였다고 생각하는 게 마음이라더냐?"

"예?"

"지고도 이겼다고 우기고, 이기고도 사실은 진 것이라 우기고…… 네 스승이란 자가 거짓말만 가르친 게로구나. 왜 내가 틀린 말을 했느냐? 헛허허."

"제자된 자, 어떤 경우라도 스승을 욕되게 해서는 아니 된다 알고 있습니다만……."

"그깟 땡땡이중이 무슨 사부님이야?"

노인의 백발과 흰 수염 속에서 그 눈빛이 범접하지 못할 위엄으로 빛을 내고 있었다.

"그 땡땡이중이 제자 하나는 훤칠하게 잘 생긴 놈을 두었구나. 허허허."

이 노인이 사부님의 친구라니? 그는 저도 모르게 그 자리에 꿇어앉아 노인에게 큰절을 올렸다. 흙 냄새가 물씬 풍기는 좁은 방 안에서 감마라는 노인을 향해 무릎을 꿇고 앉았다.

"그런데 그 땡땡이는 네 이름을 가르쳐 주지 않았다."

"감마라고 불러왔습니다."

"감마라……, 감마라…… 그건 너희 허정 사부가 지어준 이름이더냐?"

"어렸을 때부터 그리 불려왔습니다."

"낮도깨비가 한두어 번 다녀가면서……, 설핏 네놈 이야기를 했다. 너희 사부 별호가 낮도깨비지."

노인이 설풋 웃었다. 그러나 그 눈은 감마라의 속마음까지 꿰뚫어 볼 듯 무섭게 빛을 발했다.

"너희 낮도깨비 사부가 날 찾아가라더냐?"

"아닙니다."

"그 친구는 늘 모든 게 인연이지. 헌데 맹랑한 놈이로군. 그래 내가 무슨 이야길 해주면 좋겠느냐?"

감마라는 품 속에 간직하고 다니던 쇠붙이를 꺼내 노인 앞에 공손히 바쳤다. 그것을 받아든 노인의 눈이 잠시 그의 눈을 쏘아보았다.

"불을 켜라."

들기름이 담긴 한지(韓紙) 심지에 불이 붙었다. 노인은 유심히 둥근 쇠붙이 둘레를 불 가까이에서 시선으로 더듬어갔다. 그러더니 노인의 얼굴이 한순간 굳어졌다.

시선이 맞부딪쳤다.

"이게 뭣이냐?"

"대강 짐작은 하옵니다만."

"이건, 이것은…… 역적의 신표(信標)다."

노인의 턱 끝이 부르르 떨리고 있었다.

"너희 사부, 나쁜 사람이로구나. 어찌 해서 이걸 버리도록 하지 않고……."

"저를 낳아준 제 아비, 제 할아비가 누군가는 알아야겠다고, 지난 6년, 수백 번도 더 맹세를 했습니다."
 감마라의 음성에 활활 불이 붙고 있었다. 노인은 잠시 신음하고 나서 무겁게 입을 열었다.
 "이게 네 손에 들어간 경로를 상세히 얘기해 보아라."
 감마라는 혹부리노인 이야기를 했다. 그의 임종 직전 부탁까지도. 이야기를 듣고 있는 동안 노인의 수염 끝이 몇 번의 경련을 일으켰다. 눈을 감고 있던 노인이 한숨을 한번 내쉬고 나서 소매자락으로 불을 꺼버렸다. 밖은 아직도 훤한 대낮이었음에도 방 안은 다시 눅눅한 어둠에 휘감겨 버렸다.
 "차를 한잔 마시고 싶다. 가서 저쪽 바위 밑 샘에서 물을 길어오너라."
 노인이 방문을 열고 손가락으로 작은 언덕을 가리켰다.
 "바위틈에 샘이 있다. 장마 들 때나, 가뭄에나 물이 늘거나 주는 일이 없지. 너희 사부도 여길 오면 저 물을 길어다 차를 끓여 마신다."
 그가 물을 길어 왔을 때, 노인은 청동화로에 불을 피워 놓고 있었다. 무어라 형언하기 어려운 차 향기가 곧 방안에 가득 퍼져 들었다.
 "김응수(金應守), 김현근(金賢瑾)……. 김현근이라는 이름을 들어본 적이 있느냐?"
 안개같이 은은한 차 향기 속에서 노인이 신음처럼 중얼거렸다.
 "네놈이 언제인가 날 찾아오리라 짐작은 했다. 내가 기다리고 있었다고 하는 것이 더 나을지……."

코끝에서 은은하게 퍼져드는 차 향기 속에서 노인의 이야기는 점점 안개 속 같았다.

초겨울 바람이 창문을 후렸다.

"김현근. 그 김현근이는…… 사십여 년 전, 나하고는 둘도 없던 친구였다."

노인은 눈을 감고 있었다. 그의 음성은 떨렸고, 차를 마시면서도 목이 타는 듯이 보였다.

바람이 자꾸만 창문을 후렸다.

"잊지 않고 있다. 그 해 2월, 그 날 어지간히도 깊은 안개가 끼었다. 성(城) 바로 아래로 경군(京軍)이 쌓아올린 토산(土山) 높이가 여덟 길, 길이가 칠십여 길……. 그 토산 위에서 서경성을 향해 경군은 궁노(弓弩)며, 석포(石砲)를 쏘아댔다. 성루(城樓)가 무너져 내리고, 운제(雲梯 : 사다리), 충거(衝車)가 한꺼번에 성벽으로 다가들었다."

"……."

"너 충(忠)과 역(逆)이 어찌 다른 것인지 아느냐?"

"……."

"세상일이란 천(天)과 지(地)와 인(人)이 합일되어야 이루어지는 것. …… 결국 서경인들은 반도(叛徒)로 몰려 그 안개 낀 저녁을 끝으로 큰 뜻을 펴보려던 꿈이 끝나고 말았다……. 김현근은 중랑장(中郞將), 나는 낭장이었다. 중랑장에서 한 계급을 오르면 장군이 된다. 철궁에 쌍도끼, 중랑장 김현근이라면 서경 성내에 모르는 사람이 없었다. 인물도 훤했고."

반군들의 정부군에 대한 마지막 저항의 서경(西京).

1년 전, 대장군 곽응소, 낭장 서정 등이 싸움의 대세가 기울자 묘청과 유황(柳晃)의 머리를 베어 그 목과 함께 조정에 죄를 청했었다.

그러나 투항한 장수들에게 큰칼이 씌워져 하옥되었다는 소문이 돌면서, 서경의 성 안 군사들은 다시 개경군에 죽기로 맞서게 되었다. 반군들에게는 그 때 다른 선택의 길이 없었다.

"좁은 대동강 수로를 조수(潮水)도 모르고, 서해 해도로 거슬러 들어온 경군 오십여 척 병선이 썰물이 되어 꼼짝 못하게 되자, 서경군들이 작은 배에 섶을 싣고 가서 병선에 기름을 뿌려 불태운 것도 그 때였다."

노인의 음성이 떨렸다.

그렇게 장장 1년 반.

성(城)을 에워싼 정부군은 접전 대신 지루한 지연전으로 서경성을 외부와 서서히 단절시켜갔다. 성(城)이 고립되어 갔다. 한바탕 격전을 치르려던 반군들의 울분은 시간이 지나면서 굶주림으로 지쳐가다가 마침내 부녀자와 노약자를 내보내고, 동료들의 시체까지 구워먹는 한계에 이르렀다.

드디어 그 해 2월, 몹시도 안개가 심했던 밤, 한꺼번에 몰아닥친 정부군에 의해 남아 있던 서경군은 제대로 싸우지도 못하고 전사하거나, 자결의 길을 택할 수밖에 없었다.

'서경 백성도 모두 과인의 적자……, 주동자 이외에는 피해를 입혀서는 아니 될 것이다.'

왕은 그렇게 명령을 내렸다고 했다. 그러나 싸움이란 살상이 생기고, 피 흘리는 동료들을 보면 물불을 안 가리는 무자비와 보복이 뒤엉키게 마련이다. 피 냄새는 새로운 피를 부르는 피의 제전이 된다.

총지휘자 조광이 제 집에 불을 질러 가족들과 타 죽으면서, 성(城)은 아비규환 속에 무너져 내렸다. 화염과 비명 속, 그 때 청년 장수, 김현근이 핏발 선 눈으로 백경용을 찾았다.

"자넨 노부모가 성 밖에 계시네. 무슨 말인지 알겠는가?"

"그래서?"

"지금은 충(忠)과 역(逆)을 따질 그럴 겨를이 없네. 효 역시 충과 더불어 인륜의 근본……, 시각이 급하네. 난…… 나는 부모가 안 계시지 않는가?"

"날더러 그럼?……."

"지금 다투고 있을 시각이 없어……. 나……, 난 알다시피 내 대(代)에 와서 어린 사내 자식 하나……. 그게 끊기지만 않으면 지하에서 조상들을 뵈어도 용시를 하실 걸세."

"……."

"어린 것이 살아남거든……, 이걸……."

대위(大爲), 천개(天開). 네 글자가 새겨진 쇠붙이 하나가 망연해 있는 백경용의 손에 쥐어졌다. 그것이 백경용 낭장이 살아서 김현근 중랑장을 본 마지막이었다.

드디어 정부군이 노도가 되어 밀려들고 성 전체가 미친 불길에 휩싸였을 때, 백경용은 무기를 버린 채, 친구 자식을 품에 안고 성벽 밑에 엎드려 있었다.

친구의 아들은 겨우 여덟 살. 이름은 김응수.

새벽이 되면서 성 밖이 조금 한적해진 틈을 타 백경용은 휘감겨 드는 안개를 헤치고, 집 골목까지 숨어들었다. 서경성 화염을 뒤돌아보면서, 그는 노부모와 처, 아홉 살짜리 외동딸 낭이가 떨고 있을 집 골목으로 기어들었다. 그러나 집안은 그대로 정적이었다.

어둠 섞인 안개만이 집안을 빽빽하게 채우고 있을 뿐, 인기척이 없었다. 밤 안개, 그 새벽 안개 속에서 희끄무레하게 눈앞에 다가든 것, 그는 아이의 손을 놓고 마당 한쪽 늙은 감나무로 내달았다. 아내가 혓바닥을 빼어 물고 감나무에 대롱대고 있었다. 아내는 싸늘하게 얼어 있었다.

역신(逆臣)의 가속은 열에 아홉, 공사 노비로 끌려가게 마련. 아내의 시신을 땅에 내려놓고 방안에 들어선 그는 나란히 숨져 있는 노부(老父)와 노모(老母)의 시신을 확인하고는 그 자리에서 단검을 꺼내 들었다. 그러다가 잠시 고개를 들었다.

친구의 아들, 김응수가 훌쩍이며 뜰 앞에 주저앉아 그를 올려다보고 있었던 것이다.

"널……, 널 어찌 한단 말이냐?"

아이를 끌어안으며 부들부들 온몸을 떨고 있는 그 앞에 누군가 가 쓰러지듯 부복하였다.

"주인마님……."

노복 혹부리가 아홉 살짜리 딸은 안은 채, 토방 아래서 기어나오며 꺼억, 꺽 목구멍 안으로 울고 있었다. 품 속으로 기어든 딸과 친구 아들을 한꺼번에 안은 채, 그는 허공을 노려보았다.

성 쪽에서는 화염과 안개를 뚫고 비명과 함성이 한없이 계속되었다. 안개만이 모든 것을 휘감고 있었다. 충(忠)과 역(亦)이 그 안개 속에 뒤섞여 흐느적댔다.

"죽을 수도 없구나."

노복 혹부리만 몸을 떨고 있는 주인 앞, 어둠 속에서 끼이 끼이 속울음을 울고 있었다.

부모와 아내의 시신을 집과 함께 불태워 버리고, 혹부리 노복과 함께 산 속으로 숨어들어 십여 년.

누이와 동생으로 자라던 친구 아들, 김응수와 딸 낭이가 서러운 혼례를 치루었고, 1년이 지나 사내아이가 태어났다.

"너희 할애비 모습이구나. 눈하며 입모습이……."

역신 가솔들이 공사(公私) 노비로 끌려갔다는 소식을 들으면서 그들은 더 깊은 산 속, 산 속으로 들어갔다. 그러나 딸은 아이를 낳고 시름시름 앓더니, 아이 젖도 제대로 못 먹이고 세상을 떴고, 아내가 죽자 사위는 혼이 나가서 말하는 것을 잊어버리고 날마다 허공을 쳐다보는 일이 많아졌다.

어린 외손자를 무릎 위에 올려놓고 그는 자주 눈을 감았다. 친구가 그의 손에 마지막 쥐어주었던 쇠붙이를 때로는 어린아이의 손에 놓아주기도 했다.
 "두 집 혈맥아 이제 어린 네놈 하나한테밖에 남아 있질 않구나. 그게 네 업이냐? 이놈아……."
 백경용은 생각들을 없애려고 지치도록 항아리를 빚어냈다.
 그러다 어느 날, 하릴없이 먼 산등성이를 바라보던 사위가 갑자기 흙 반죽을 시작하면서 눈빛이 번쩍이는 것을 보았다.

 계속해서 바깥 세상은 난세(亂世)였다. 각 지방에서 크고 작은 민란들이 끝도 없이 계속되었고, 어느 곳이나 없이 도적떼가 들끓고, 국경을 자주 범하던 거란족들까지 서경 가까이 기어들어와 민가를 약탈해 갔다.
 어느 날 거란족 화적떼 한 무리가 골짜기를 기어들어 구워 놓은 청자 그릇들을 휩쓸어가면서, 청자 그릇 위에 그림을 그리며 제 숙명을 살던 사위, 김응수를 집과 함께 불태워 버렸다. 허겁거리며 집으로 돌아온 백경용의 눈앞에서 마지막으로 지붕이 내려앉고 있었다.
 "떠나거라. 그 아이, 혹부리 네놈이 데리고 오랑캐 떼도적이 없는 곳으로라도 떠나거라. 나는……."
 백경용은 잿더미를 뒤져 감추어 두었던 장검을 찾아들고 머리를 산발한 채, 길길이 뛰기 시작했다.
 "내, 이 칼로 죽으리라. 원수를 갚고, 싸우다가 죽으리라."
 실성해 버린 장년 백경용이 잿더미가 된 산막을 뒤로 하고, 도적의 무리를 쫓아 신들린 무당춤을 추듯 숲길 속으로 사라졌다.

"사흘만에 그 원수의 무리들을 만났다. 사흘만에……."

"앞에 간 김현근의 혼이 칼에 실렸던지…… 네 애비, 에미 혼이 실렸던지 그놈들 목이 꼭 강냉이 대같이 우수수 떨어져 나갔다. 대장 놈, 간을 꺼내들고 산으로 돌아와 딸과 사위 무덤 앞에 놓고 나서야 혹부리가 양쪽 집 하나밖에 없는 혈육을 안고 어디로 갔는지 정신이 났다. 그 쇠붙이와 아이가 혹부리와 함께 어디로 흘러갔는지 몇 년을 수소문도 했다. 내 경솔한 짓을 땅을 치고, 통탄도 했고……."

감마라를 그윽이 쳐다보는 노인의 얼굴에서 눈물이 흘러내리고 있었다.

"네가 가진 그 쇠붙이 바퀴에 서른한 번째가 비어 있을 것이다. 네 할애비 김현근 중랑장이 그렇게 결사대의 서른한 번째 장수였다. 내가 서른여섯 번째……."

"외할아버님!"

참고 있던 울음이 봇물처럼 터져 감마라는 노인 앞에 그대로 쓰러져 버렸다.

'할아버님…….'

얼마나 입에 올려보고 싶었던 핏줄이었는가. 마라의 등을 토닥거리는 노인의 눈에서 흘러내린 눈물이 감마라의 목덜미로 떨어져 내려앉았다.

"네 스승에게서 네놈 얘길 듣고 긴가 민가……, 앞서서 찾아보고도 싶었다. 허나 참았다. 기다렸지. 이런 깊은 이야기를 알아들을 만큼 네가 자라도록 기다렸어. 이런 한 서린 이야기를 듣고 네놈이 길길이 가슴 쥐어뜯지 않을 만큼 큰 뒤에 보려고……."
"할아버님."
"네 성은 김(金)이다. 너희 조부는 서경 성 안에서는 다 알던 의리 있던 무인, 김현근 중랑장, …… 너의 아비 응수는 오랑캐 놈들에게 비명(非命)에 갔지만, 심성 착한 예인(藝人)이었다."
노인은 선반 위 청자항아리들을 둘러보았다.
"네 애비가 섞어낸 저 비취색에는 깊이깊이 한(恨)이 녹아 있다. 칼이고, 창이고, 그런 것에 한번도 눈을 못 주게 했던 내 말뜻을 제 속으로 삭이다가 쌓인 한(限)만 해도……."

해가 뉘엿거리는 황혼.
양지바른 언덕, 두 개의 작은 무덤 앞에 마라가 꿇어 엎드렸다.
저녁 햇살이 무덤 앞에 놓인 작은 쇠붙이에 내려앉고 있었다.
"아버님, 어머님."
그토록 알고 싶었던 부모. 그의 어린 시절 비명에 세상을 뜬 부모의 무덤 앞에서 그는 생전 처음으로 아버지, 어머니를 입 속으로 불렀다.
그는 잠시 친구 만적을 생각했다. 만적은 어렸을 때, 어미가 끌려가는 것만을 기억한다고 했다. 아비가 무엇을 했는지는 알 길 없다던 만적에 비하면, 제 뿌리가 어디에 닿아 있는지 그것이라도 알게 된 자신이 얼마나 다행인가. 철이 나면서 처음으로 마라는 끝없이 흘러내리는 눈물을 그대로 두었다.
노인은 어스름 덮이는 골짜기를 망연히 쏘아보고 있었다.

40여 년 진의 분노가 치밀어오르는 듯 노인의 눈빛이 활활 불이 붙어갔다.

"북쪽 오랑캐들은 네 아비뿐 아닌 이 고려 모든 백성의 원수니라. 같은 백성, 같은 형제를 개, 돼지로 여기는 놈들 역시 우리에게는 다 원수이니라."

"네, 할아버님."

"이 주전자와 대접의 색깔을 잘 보아라. 거기에 그려져 있는 그림도······."

노인이 마라 앞에 청자상감 주전자와 대접 하나를 내밀었다.

"색깔이 어떠냐?"

"곱습니다."

가을 하늘빛깔 같기도 하고 깊은 강물 속 어른대는 물빛 같기도 한, 그러면서도 그것들과는 다른 은근한 비취빛 위에는 난(蘭)이 그려져 있었다. 주전자와 대접 위에도 뻗어나간 난 잎새가 너울거렸다.

"이것도 자세히 보아라."

노인은 다시 감마라 앞에 주둥이가 긴 병 하나를 내보였다.

그윽한 푸른 빛. 보고 있는 사람이 그대로 빨려들어 갈 것 같은 신비한 푸른 빛 바탕에도 역시 난초 꽃이었다. 활짝 핀 꽃가지 곁으로 막 꽃잎을 벌리려는 꽃봉오리를 단 꽃대 둘이 학처럼 목을 뽑고 있었다.

"이 빛깔은 아무나 낼 수 있는 색이 아니다. 송나라 장사치들이 고려에 와서 너도나도 탐내는 것이 청자들이지만 이토록 오묘한 비색(秘色)이 아무 때나 나오는 게 아니야……. 서럽고 억울한 혼이 녹고, 녹아들어 빚어낸 색이다."

"……"

"그릇 위에 그린 그림들이 이상하지 않느냐?"

"전부 난초입니다."

"네 애비, 김응수는 한사코 그렇게 난초만 그렸다."

노인은 지그시 눈을 감고 고개를 끄덕였다.

청동화로 위에서는 물이 끓고 있었다.

"차가 마시고 싶구나."

"예."

한번도 얼굴을 그려보지 못한 아버지. 감히 상상조차 할 수 없었던 아버지의 손끝과 그 영혼이 응결된 그릇들이라 생각하니 감마라는 또다시 목구멍이 헉 막혀오고 눈앞이 흐려왔다.

그는 조심스레 차를 따라 두 손으로 노인 앞에 내려놓았다.

"이 푸른 빛이 그냥 푸른 빛이어서는 쓸모가 없는 게다. 혼을 빨아들여야 한다. 네 애비는 심약했지만 그래서 예인(藝人)이었다. 네 애비는 네 할애비의 한(恨)까지 이 속에다 다 쏟아 넣은 게야."

"네 어미가 죽고 나서……, 네 애비는 청자 위에다 난초만을 그렸다. 네 애비는 그림에다 꽃 냄새까지 그려 넣으려 했던 듯싶다. 앞서 간 네 에미를 그려 넣고 싶었던 게야."

"어머님을요?"

"차를 들어라."

찻잔을 들어올리자 문득 청자자기에서 난초 향기가 은은히 스며나왔다. 코끝이 아닌 등줄기 부근으로 예리히고 섬뜩하게 스쳐 온몸에 퍼져드는 난 향기……

'아버님……'

그는 한번도 보지 못한 아버지를 마음 속으로 불러보았다. 찻잔에 피어오르는 뿌연 김 속에서 세월을 건너뛰어 한 사람 젊은 도공의 모습이 되살아나고 있었다. 난초 꽃을 닮은 도공의 젊디 젊은 아낙 모습도 뿌옇게 떠올라왔다. 마라는 무의식중에 찻잔을 내려놓고 젊은 도공과 그의 젊은 아내를 두 손으로 붙들었다. 순간 손안에 매끄럽게 와 닿는 차디찬 감촉.

"흐흑―."

그는 결국 목이 긴 청자항아리를 두 손으로 안아들고 또 한번 참았던 울음을 터뜨렸다. 그 자신의 의지와 상관없이 눈물이 쏟아내려 서늘한 비수가 되고, 살얼음이 되고, 먹구름과 소나기가 되어 그를 휘감아 들었다.

"너희 애비는 예인이었다. 그리하지 않고는 살아갈 수가 없었을 게다. 사람이란 육신에 상처를 입어도, 진흙낭에 빠져도 무엇에고 기대고, 바라고, 빨려들 수 있으면 살아가는 게다. 너희 스승, 허정도 가슴 한가운데 품은 너무 큰 지략 때문에 낮도깨비로 그렇게 살아가지만……, 젊은 날 맺은 한 인연의 올을 못내 한(恨)으로 삭이며 그렇게 떠돌며 살지만……. 한 나라를 움켜쥘 만한 지략이 있는 사람도, 한세상 흔적없이 왔다가는 중생도 다, 마음 붙들어 맬 것이 없으면 바람 되고 구름이 되기 마련이다."

"……"

"네 애비는 그릇을 구우며 한(恨)을 달랬지만, 네 할애비와 나는 무인이었다. 무슨 말인지 알겠느냐?…… 분명히 얘기하지만 옛 서경성 봉기는 역(逆)이 아니었다. 알겠느냐?"

"예."

노인의 음성은 무겁게 떨리고 있었다.

"이 장검을 보아라."

노인이 벽장 속에서 장검 하나를 꺼내 그 앞에 밀어 놓았다.

"이 칼은 오랑캐들의 목만 자른 칼이다. 칼에도 혼(魂)이 있어 주인의 생각이 틀려 있으면 칼이 말을 안 듣는다."

아버지 김응수가 빚었다는 청자 그릇들을 조심스럽게 밀어 놓고, 노인은 검을 뽑아들었다. 써늘한 검광 속에 칼끝에서 초겨울 바람이 윙윙 울면서 넘나들었다.

손잡이에 양각된 '忠義' 두 글자가 선명하게 그의 눈앞에 확대되어 왔다.

"이 칼날을 들여다보고 있으면 어두워오는 귀에도 그 날의 함성이 들려온다. 불타던 서경성도 떠올라오고, 네 조부, 김현근의 그 불덩이 같던 눈빛도 떠올라오고, 너희 사부 허정의 너털웃음도 떠올라온다. 저 청자항아리들을 보고 있으면 네 애비, 에미, 얼굴이 떠오르듯 이 칼을 보면 젊은 날이 떠올라 온다. 오늘부터는 네가 지녀라."

공손히 꿇어앉아 두 손으로 칼을 받는 마라의 귓속에 멀리서부터 무수한 소리들이 들려 왔다.

"사내 놈이 진흙에 난초 꽃만 그리고 있어야 했던 네 애비 서러움도 네가 벗겨주어야 하리라."

 밖은 초겨울 어둠과 함께 써늘한 한기가 밀려오고 있었다.
 마당으로 나와 외할아버지에게 그가 익힌 몇 가지 무예를 보여주고 나서 마라는 작별을 고하며 무릎을 꿇었다.
 "이 할애비…… 산 속에 살아 있거니 마음 속 그 하나, 그것만 있어도 그리 서럽지는 않을 것이다."
 하룻밤이라도 곁에 모셔 밤을 새우고 싶었지만, 노인은 고개를 흔들었다.
 "이 할애비 세상과 연을 끊은 지 사십여 년, 남은 여생, 네 애비가 다 못 구운 그릇을 구울 게다. 너는 할애비가 살아 있으니 그것으로 살아라. 다만 무(武)라는 것이 기(技)요, 양(陽)이요, 화(火)이니, 양이 아무리 강해도 음에 닿으면 녹아들기 마련이고, 불길이 거세어도 물 속에 들면 무(無)가 되는 이치를 잊어서는 안 된다. 그것을 조화시키고, 그것을 넘어서는 것이 무엇인지 늘 생각해야 한다."

 훈훈히 타오르는 벅찬 가슴으로 마라는 천천히 골짜기를 걸어 내려왔다. 말라 버린 골짜기의 물줄기, 잎을 떨군 나무들, 쌓인 낙엽, 그 모두가 세상에 나와 오늘 처음 보는 것같이 새롭게 살아나서 움직이고 눈짓하고 수런거리는 것을 마라는 새삼 놀라워하면서 눈여겨보았다.
 모든 것이 전혀 다르고 새롭게 가슴 안으로 다가들었다.

음산한 바람

"멈춰라."

초겨울 저녁이 몰려드는 시간이었다.

마침 골짜기를 벗어나는가 했는데 본능적으로 섬뜩하게 조여 들어오는 냉기를 의식하며 주위를 둘러본 순간이었다.

언덕 위에 장검을 빼어든 사내 하나가 앞을 가로막고 서 있었다. 마라의 눈이 좌우를 재빠르게 살폈다. 주위는 지나치게 조용했다. 그러나 눈앞에서 똑바로 그를 겨누고 다가서는 인물 외에도 짓누르는 음습한 살기가 느껴졌다.

사십쯤, 중년의 사내였다. 아무런 설명도 없이 그 앞으로 내질러오는 날카로운 칼날이 예사롭지 않았다.

"사람을 잘못 보신 건 아니시오?"

그는 될 수 있는 대로 침착한 목소리로 상대를 쏘아보며 말했다. 그러나 사내는 찢겨올라간 눈꼬리조차 흔들리지 않고 이 쪽의 허점만을 싸늘하게 노리고 있었다.

"야잇!"

곧이어 짧은 기합과 함께 칼끝에서 살기가 뻗쳐나와 어지럽게 그를 휘감았다.

"싸우는 까닭이라도 알아야 할 게 아니오?"

맞상대를 하지 않고 몸을 피하면서 마라가 소리를 질렀으나 사내는 몸을 솟구쳐 거의 제 키만큼을 뛰어올라서는 그대로 아래로 칼날을 뻗쳐내렸다. 섣불리 볼 상대가 아니었다. 마라도 깊이 숨을 들이마셨다. 새롭게 눈을 뜨고 살아서 두런거리던 모든 사물이 새로운 기운이 되어 그의 심호흡과 함께 그의 전신으로 깊숙이 퍼져들었다. 상대의 칼날이 그의 목 가까이 몇 개의 반원을 그렸다.

"일검필살(一劍必殺)."

상대의 칼끝은 자웅을 겨루자는 도전이 아니었다. 기회를 노려 짧은 시간 내에 상대의 급소를 쳐서 생명을 끊겠다는 검범이었다. 주위를 둘러보았다. 나무 사이를 휘감은 어스름 속에는 칼날을 겨누어 오는 사내뿐이었다. 그러나 다가오는 칼날이 문제가 아니라 그를 향해 좁혀오고 있는 음습한 살기를 확실하게 느낄 수 있었던 것이다.

거의 완벽하리만큼의 정적. 지나치리만큼의 고요.

상대의 숨소리와 허공을 가르는 칼날 소리뿐……. 이토록 완벽

한 고요는 깊은 음모를 내포하는 게 보통이었다. 사물은 천지의 기운에 의해 항상 아주 작으나마 한 방향으로 움직인다. 그러면서 자연스러운 호흡을 한다. 그 자연의 흐름에 다른 것이 끼어 들면 그 흐름이 중지되면서 깊은 정적으로 가라앉는다.

칼날이 어지럽게 원을 그리며 그를 휘감아왔을 때 그는 노인에게서 받은 칼을 칼집에서 뽑아 들었다.

'이 칼은 오랑캐만을 베었던 칼이다. 이 칼을 보고 있으면 내 젊은 시절과 너희 할애비 얼굴이 떠올라오지.'

희미하게 노인의 음성을 들으면서 그는 어지러운 검광을 잠깐 사이에 흐트러 버렸다.

"누구냐? 도대체?"

상대도 뛰어난 검술이었다. 그러나 마라의 상대는 아니었다. 잠깐 사이 마라는 칼을 쥔 상대의 시선을 어지럽혀 놓고, 칼등으로 사내의 오른쪽 손목을 후려치면서 다시 칼등으로 상대의 배를 후렸다.

사내의 칼이 땅바닥에 떨어지면서, '윽!' 짧은 비명과 함께 사내는 배를 움키며 그 자리에서 거꾸러져 버렸다.

순간 그는 한 걸음 물러서 몸을 돌렸다. 그와 동시, 그의 주위를 둘러싸고 있던 음험했던 살기가 한꺼번에 형체를 나타내며 그를 포위해 버렸다. 십여 명. 마치 땅 속에서 불쑥 솟아난 것처럼 무기를 든 이십여 명의 장한들이 그를 둘러싸 버렸다.

"보통은 넘는 놈이구먼……."

칼을 지팡이 삼아 짚고 서서 대장인 듯 큰 몸집의 사내가 흐물거리며 웃었다.

"넌 이제 사람까지 죽인 살인범이다."

"도대체 왜들 이러는 거요?"

"사람을 죽여놓고도 왜 그러냐고?"

"이 사람, 죽지 않았소. 잠시 혼절했을 뿐……."

"무기를 버리고 어서 무릎을 꿇지 못하느냐? 노비 놈 주제에 칼을 들어?"

"뭐? 노비?"

마라의 눈앞에 순간 벌건 번갯불이 튀었다.

"날더러 노비라고 했소? 지금?"

혈관 속을 우우웅 밀어올라오는 퍼런 피의 격정. 불똥을 탁탁 튀겨 대며 곤두서기 시작한 핏방울들을 애써 누르며, 그는 칼을 칼집에 꽂고 상대를 노려보았다.

"저 노비 놈을 묶지 않고 무얼 하느냐?"

다시 건장한 사내가 왕방울 눈을 굴리면서 발을 굴렀다.

"노비라? 그래, 노비보다 역적의 자식이지……."

댓 걸음을 옆으로 옮겼을까. 뒤쪽에서 덤벼들던 댓 명의 장정들이, 몸을 돌려 순간 칼집을 휘두른 마라의 반격에 그대로들 나가 떨어졌다.

"무엇들 하는 게냐? 한꺼번에 덤벼들지 않고. 밥 버러지 같은 것들……."

대장이 호통을 쳤지만 어스름 속에서도 안광을 발하는 마라의 위세에 눌렸는지 앞을 가로막았던 놈들은 그가 걸음을 옮길 때

마다 같은 거리를 유지하면서 조금씩 뒤로 물러서고 있었다.
"노비의 씨가 따로 있다더냐? 역적의 씨도 따로 있고?"
그가 멈추어선 채 건장한 사내를 똑바로 올려보았다.
"야잇!"
한순간 집채같은 몸체의 사내가 그 앞을 막아섰다.
"이마빡에 먹물을 떠서 소꼴이나 베어야 할 주제에 감히, 칼이라니? 이놈아."
금방이라도 튀어나올 것 같은 큰 눈을 부릅뜨고 대장이 칼을 뽑아 들었다.
"네놈이 노비 아니면 역적인 걸 안 이상 붙잡아다 이마빡에 먹물로 뜸을 뜨려는 게다. 그걸 몰라서 그래?"
"핫하하하……."
갑자기 감마라는 커다랗게 입을 벌려 한번 웃어젖혔다.
섬뜩한 웃음이었다.
"나, 당신들 스물쯤은 이 자리에서 손목 하나씩을 잘라 병신을 만들어 줄 수도 있소."
"허."
"당신들 전부 이마빡 한가운데에 두어 줄씩 칼로 홈을 팔 수도 있고, 나불대는 혓바닥을 잘라 짖어대지 못하게 할 수도 있소."
"허, 저 노비 놈이 가죽이 모자라 찢어진 주둥이로 멋대로 나불거리는 게야?"
대장은 한 칼에 그의 목을 날려 버릴 듯 커다란 장도를 휘둘러 왔다. 대장이 칼을 휘두르는 걸 신호 삼아 나머지 놈들도 마라를 향해 제각기 창이며 칼들을 겨누어 왔다. 마라도 천천히 칼집에서 다시 칼을 뽑아 들었다.

겨울밤 냉기가 칼끝에 부딪치며 실낱같은 초승달이 그 칼날 위로 내려앉았다. 사실 한번쯤은 칼을 휘둘렀으면 싶기도 했다. 그래서 피보라를 뿌려보고도 싶었다. 그러나 문득 태백산 암자에서 연못 위 나무통을 물이 흔들리지 않도록 사뿐사뿐 딛고 건너게 하던 스승 허정을 생각했다. 나무꼭대기에 앉은 산새를 다치지 않게, 너무 놀라지도 않고 날아가게, 힘을 조절해서 화살을 날려보내도록 훈련시키던 스승의 얼굴을 생각했다.

"에이잇!"

"창! 창!"

드디어 그의 칼날이 왕방울의 칼과 맞부딪쳤다. 힘이 실린 칼이 마라의 칼날에 부딪치자 왕방울은 주춤한 걸음으로 물러섰다. 그러자 뒤쪽에서 그를 둘러싸고 있던 장정들이 한 걸음씩 다가섰다. 조금씩 움직이는 원 속에서 그가 옮기는 대로 포위망이 앞으로 옆으로 흔들렸다. 그러기를 얼마쯤, 포위망이 한쪽으로 이동해 갔다.

"받아랏! 이놈아!"

또 한번 왕방울의 칼이 그를 공격해왔다. 그러나 마라의 칼에 부딪치자 다시 포위망이 옆으로 움직여갔다.

그를 둘러싼 채로 몇 십리라도 그렇게 움직여갈 듯 포위망이 이동되고 있었다.

"아니?"

포위망의 이동이 이상스럽다고 느낀 잠시의 찰나였다.

왕방울의 장검과 부하들의 무기에만 신경을 쓴 탓이었다. 눈앞의 사내들만 의식하며 빈 곳을 찾던 그는 일순 발 밑이 텅 빈 느낌을 받았다. 땅을 박차고 뛰어오르던 순간, 마라의 몸은 아래로 곤두박질치면서 거미줄 같은 촘촘한 그물에 몸이 휘감겨 버렸다.

"똑똑한 줄 알았더니 신통치도 못하군."

커다란 몸뚱이의 사내가 웃어젖히고 있었다. 산짐승을 잡으려고 파놓은 함정에 질긴 그물을 깔아 놓았던 모양이었다.

허허실실(虛虛實實).

마라는 다시 허공을 차고 공중으로 치솟아 오르겠다고 생각했으나 늦어 있었다. 거미줄에 날개가 걸린 나비처럼 가늘고 질긴 그물이 그의 온몸을 조여들었다.

"핫하하하……."

'무(武)란 원래 불이지만 아무리 거센 불길도 물에 들면 무(無)가 되는 것.'

외할아버지가 조금 전 들려주던 목소리가 언뜻 떠올라왔다.

"도대체 당신들은 누구요?"

"힐리 밀리 킬리 일리 카탈레 케튜물……."

"아낭가 랑가……."

그들 중 누군가가 도무지 알아듣지 못할 주문 같은 소리를 중얼거렸다. 마라는 그들이 하는 대로 몸을 맡겨둔 채 양 어깨에 가만히 힘을 주어 보았다.

두두둑…….

그물 및 올이 작은 소리를 내며 끊겨져 나갔다. 그 때야 마라는 가만히 숨을 내쉬었다. 빠져나가려면 못 나갈 것도 없을 것 같았기 때문이다.

"오늘 사냥감은 큼직해서 칭찬 좀 받겠다."

"사라 사라 시리 시리 수루 수루……."

그들 중 누군가 다시 그 괴상한 소리를 냈다.

"누가 날 잡아가는지나 알려주구려."

"닫아라."

누군가가 다시 말했다. 그물에 갇힌 그의 몸뚱이가 순식간에 커다란 자루 속에 집어넣어졌다.

"붙잡다다 이마에 먹물이나 떠서 팔았으면 좋겠다만……."

건장하던 사내의 음성이었다.

"정신이 들었나? 이제."

누군가가 또 말했다.

"검법이 보통이 아니오, 그놈."

정신을 잃었던 사내가 이제야 일어난 모양이었다.

자루 속의 마라를 말 잔등 위로 옮겨 싣더니 일행은 산길을 치달아오르기 시작했다. 겨울바람 소리가 씽씽 들렸다.

행렬은 점점 깊은 계곡을 향해 빨려들어갔다.

"태워라……. 태우고 태워서 마침내 태우는 것마저 태워 버리고, 태워 버렸다는 그것마저 태워 버리고, 태워 버리고, 태워, 또 태워. 그렇다……. 태워라, 불타라밖에 없는 선(禪)……."

음산한 바람 65

자루가 벗겨진 뒤 마라는 눈앞의 광경에 꿈을 꾸고 있는 것인가 생각했다.

말 등 위에 흔들려 오기 한 식경.

그물에서 빠져나가 볼까 생각하던 마라는 생각을 돌렸다. 그를 붙잡아가는 사람들의 주문 같은 괴상한 대화들에 은연중 호기심이 일었기 때문이었다.

그러나 지금 눈앞의 광경은 너무 의외였다.

커다란 둥근 화로가 하나. 화로에서는 기름이 타는지 뱀 혓바닥 같은 불꽃이 높게 타오르고, 그 화로를 가운데 두고 흰옷을 입은 사람들이 그 불을 향해 합장을 하고 있었다.

"번뇌의 장작, 인연의 장작, 욕망의 장작, 은원의 장작…… 태워라……. 태워라."

머리칼과 눈썹이 허연, 검은 얼굴의 노인이 종이연꽃을 화로 속에 집어던지며 두 손으로 허공을 저으며 중얼거리고 있었다. 노인의 음성이 넓은 대청 안을 울려 퍼졌다.

"에헤이히 마하부타 데바리시…… 드비야…… 사아타마 아그리야…… 히타바아 아하우팀 아하람 아스민…… 사나히트 브하바 아그니에 하바야 카부야 바하나야 사바하……. 오라오라. 큰 실재(實在)여, 이 하늘, 이 땅에서 으뜸이시여. 여기 강림하시라. 헌물을 받으시라. 저 하늘에, 저 높은 하늘 끝에, 이 마음 받아가서 나의 이 바람, 나라 곳곳마다 불 비치게 하소서. 원하옵나니…… 이 바람……, 번개 치는 사이 열매 맺게 하소서."

태백산에서 스승 허정의 눈밭 단식참선을 구경한 바 있었지만 이런 의식은 너무 생소하였다.

널따란 대청이었다.

화로에서 타오르는 불길 외에 더 이상의 불빛은 없었다.

그래서 합장하고 앉아 있는 사람들 얼굴에 일고 있는 흥분과 열기가 더욱 두드러져 보였다. 그는 어깨에 한번 힘을 주었다.

뚜두둑…… 그물 올이 터져 나갔다. 묶인 손에도 힘을 주었다.

노인의 주문 소리가 점차 작아져 가고, 타오르던 불꽃도 얼마 후엔 점차 약해지기 시작했다. 드디어 둥근 화로 속, 불꽃이 거의 꺼져갈 무렵 마라는 묶고 있던 손발의 밧줄과 그물을 완전히 찢어냈다.

드디어 불꽃이 완전히 꺼졌다.

"잘 왔다. 제자여."

잠시 어둠의 정적 속에 모였던 사람들도 사라져 버렸고 노인 한 사람만이 바로 마라의 앞에 서 있었다.

"너는 호마법(護麻法), 우파니샤드…… 리그베다(Rigveda)에 참례한 것이다. 불이란 저 하늘과 인간을 맺어주는 사자(使者), 현상의 불만 아니라, 지혜의 불[知火] 속에 모든 것을 태우고 태워, 남는 것이 여래불(如來佛)……. 너는 이제 내 제자로 입문한 것이다."

노인은 중얼거리면서 마라의 머리에 그의 손바닥을 얹었다. 그 손바닥으로부터 무엇인가 뜨거운 한 가닥 기운이 전신으로 전해져 오는 것 같았다. 그는 빠르게 몸을 날려 서너 걸음을 뒤로 나와 노인 앞에 우뚝 마주 섰다.

"노인장은 누구시고, 왜 나를 여기까지 데려오신 게요?"
"너에게 육신성불(肉身成佛) 비법을 전수하려는 게다."
"누구시요? 노인장은?"
"쉽지는 않을 게다. 허나 사람의 육신이란 마야(幻影)인 것. 이 마야가 법신(法身)이 되도록 내, 너를 제자로 택했느니라. 아무 걱정할 게 없다. 네 스스로 네 환영을 태워 법신에 이르고 싶어할 때까지 기다리마. 이승의 세월이란 아무리 지루하고 길어도 그건 어디까지나 꿈이며 환(幻)인 것……."

 노인은 마라에게 이야기를 하는 것인지, 혼자 중얼거리는 것인지 모를 주문 같은 소리를 하고 슬그머니 그 앞을 떠나 버렸다. 마라로서는 모든 것이 이해되지 않았다.

 당장 죽일 것 같던 살기는 무엇이며, 또 그를 그물로 휘감아 이리로 데려온 건 누군가. 도대체 흰옷 입고 합장한 사람들은 누구며, 이 노인은 누군가.

 짧은 하루 동안 일어난 너무 많은 일 때문에 머릿속이 마구 뒤얽혀 왔다. 그러자 그 때 어느 틈에 들어왔는지 흰옷을 입은 중년의 사내 하나가 그 곁으로 다가왔다. 그는 본능적으로 경계 자세를 취했다.

"날 따라오게나."
"……."
"시간이 지나면 알게 될 테니."

 중년 사내가 앞장을 섰다. 대청을 빠져나오자 넓은 마당은 별빛이 쏟아져 내리고 있었다. 밤이었지만 사방은 울창한 수림(樹

林)인 듯싶었다.

"어디요? 여기가."

"서둘면 위험하네. 이 곳은……."

사내는 목소리를 낮춰 이야기하고는 뚜벅뚜벅 앞서 걷기 시작했다.

"내 뒤를 바싹 따라오게. 사방에 함정이 있어."

어둠이 눈에 익어왔다. 절벽으로 둘러싸인 깊은 계곡의 숲이었다. 통나무로 지은 산채가 대여섯. 산짐승 울부짖는 소리가 가까이 들려왔다.

"젊은이의 무예가 보통이 아닌 것 같은데……, 나도 눈만큼은 있다네. 잘 만났네. 나도 자네 같은 젊은이를 만났으면 싶었네. 그간……."

사내는 별채의 작은 방으로 그를 안내했다. 깡마르고 작은 키에 얼굴이 검었다.

"꺼릴 것 없네. 나도 비슷하게 여길 왔으니. 잡혀온 거지."

그는 침울하게 입을 열었다.

"뭘 하는 곳인가요, 여긴?"

"곧 알게 돼."

"전 마라, 예, 김마라(金麻羅)라고 부릅니다."

마라는 사냥을 나왔다가 사내들에게 포위되어 붙들렸다고만 했다.

"빠져나갈 수도 있었을 텐데……, 자네 정도의 무예라면?"

"그물에 갇히고 자루 속에 들어가는 바람에……."

"자넨 혼자 결박을 풀고 그물도 빠져나왔어. 더구나 이런 강궁은 보통사람은 다룰 수가 없지."
 언제 옮겨 두었던지, 그가 지녔던 활과 장검을 시렁에서 내려왔다. 사내의 눈이 그를 집요하게 건너다보았다.
 "얼마간이지만, 이 김보당, 허허허…… 이미 죽었어야 할 걸…… 부끄러운 삶을 살고, 그 동안 살고 있네."
 사내는 침울한 얼굴로 후 –, 한숨을 내쉬었다.

 김보당.
 마라로서는 김보당을 알 리가 없었다.
 전왕 의종 복위를 노리고, 거제에 가 있던 전왕을 동경으로 모셔내어 개경에 반기를 들었다가 이의민 군에게 참패를 당해, 생포되어 개경으로 압송되었던 인물이었다. 사형이 되었어야 할, 지금으로는 나라의 역신이었다. 압송되어 가던 중 숲길에서 엉뚱하게 이 곳으로 끌려왔던 것이다.
 "여기 한번 들어오면 빠져나가기가 힘들어. 아니지, 여기에 육신을 벗어 놓는다 생각하는 게 마음이 편할 거야. 나야 갈 곳도 없네만……."
 사내는 침울하게 고개를 저었다.
 "무인이란 제가 생각하는 충(忠) 앞에 목숨을 버리는 것이 가장 의로운 일이지. 허나 그 시기를 잃으면 목숨은 또 질기고 길어."
 "……."
 "나이에 비해 무예가 높은 듯싶으니 내, 하나만 묻겠네. 신하된

자가 주상을 시해하고, 한 손으로 권력을 휘두르면서 무수한 민생을 살상하는데도 그들이 칼을 쥐었다고 해서 고개를 돌리고 살아야 하는 건가? 아니면?"

"저는 잘 모릅니다. 다만……, 이 칼은 그래서……."

김보당은 질끈 눈을 감은 채 고개만 끄덕이고 있었다.

"아무래도 좋네. 허나 이 곳에 며칠만 있으면 현실과 몽환이 뒤섞여 버리네."

바로 그 때였다.

"……뚜테 아말레 뚜테 아말레 뷰테 비말레 뷰테 비말레……."

문이 벌컥 열렸다.

"뚜테 아말레 뚜테 아말레 뷰테 비말레 뷰테 비말레……(무구(無垢)한 것이여, 이구(離垢)한 것이여……)."

바람처럼 들어선 이는 조금 전 의식을 주관하던 노인이었다. 노인의 눈빛은 시퍼런 불꽃을 쏘아내고 있었다. 그 불꽃이 온몸을 뱀처럼 휘감아왔다.

"아직도 그대는 마음 속에 들끓는 업화(業火)를 끄지 못했는가? 아직도?"

마라를 안내해 왔던 사내가 당황한 얼굴로 두 손을 합장했다.

"새 제자에게 그대는 잡념을 끼얹었어. 돌아가라. 네 본래의 법신(法身), 네 본래의 대일여불(大日如佛)로 돌아가. 할!"

김보당을 향해 똑바로 손가락을 겨누며 나직이, 그러나 카랑한 음성으로 노인은 명령했다. 김보당의 얼굴이 흙빛이 되었다.

"태워라. 네 마음 속 의심과 네 마음 속 은원의 불길……. 자, 지화(智火)로 하여 태우거라, 태우거라, 태우거라."
 마라는 노인이 들어선 순간 경계 태세를 취했으나 쇳소리 같으면서 억양이 섞이지 않은 노인의 음성이 묘하게도 송곳처럼 귓속을 파고들었다. 노인의 음성은 귀에만이 아니라 전신을 감아 드는 그물 같은 느낌이었다.
 "난 가야겠습니다."
 "가 보아라."
 노인의 손가락 끝이 이번엔 마라를 정면으로 찌를 듯 세워졌다. 몸을 돌려 문을 향하려 했으나 온몸이 그대로 굳어진 듯 움직여지지 않았다.
 "내, 육신성불 비법(秘法)을 전하려고 너 같은 제자를 찾은 지 오래. 이미 내 호마법의 제자가 되었느니……. 에헤이히 마하부타데바리시……. 드비야사아타마……. 아그리아 히타비아 아하우덤 아아람."
 한 걸음 한 걸음 그의 앞으로 가까이 오며 주문을 외우고 있는 노인의 눈빛이 처음에는 산짐승처럼 두 개로 빛나더니, 점점 하나로 화해 조금 전 널따란 대청의 화로 불빛같이 낼름거리며 그의 전신을 감싸왔다. 마라는 정신을 모아 노인의 눈빛을 피하려 했으나 끝내 방안 가득 불빛이 차 올라 어떻게 할 수가 없었다. 노인의 손바닥이 또다시 그의 정수리 위에 놓여졌다. 뜨거운 화기가 머리 꼭대기로부터 발끝까지 스며왔다.
 "아함…… 크림 크림 함사르소함."
 노인의 주문을 꿈 속 소리처럼 들리면서 그는 깊이를 알 수 없는 어둠의 심연 속으로 천천히 빨려들고 있었다.

'제 할아비, 묘청의 난에 연유되었고…… 제 아비는 오랑캐에게 죽어…… 저는 동경에서 천민으로 굴렀습니다.'

어둠 깊이에서 던져오는 물음에 대해 그는 더듬거리며 대답하고 있었다.

'예……, 예……. 그물을 빠져나갈 수도 있었습니다만 무얼 하는 사람들이 왜 날 잡아가는지 궁금증이 일어…… 잠시 모른 체 있었지요.'

"육신이 있는 그대로 열반에 드는 길은 여러 가지가 있다. 그러나 그 중에서 이 육신성불 비법은……."

죽은 자의 영혼을 불러온다는 반혼향(反魂香)의 미묘한 향기가 퍼지고 있는 널따란 대청.

육신성불의 비법을 설하는 늙은이를 향해 이 산채 선원(禪院)에 들어와 있는 제자 중 십여 명이 단정히 합장을 하고 숨을 죽이고 있었다. 마라도 침을 삼키며 노인이 하는 양을 지켜보았다.

서쪽 하늘에 걸린 반달이 푸르스름한 달빛을 창문에 뿌리고 가끔 산짐승 울음소리가 절벽에 부딪쳐 메아리가 되었다.

"사람에게 제일 끊기 어려운 색정(色情)을 통해, 그 색(色)을 뛰어넘어 구원한 진리에 임하는 수련은 그리 쉬운 일은 아니다."

"우선 자격을 갖춘 샤그티[女性]를 구하는 것부터가 문제…… 재(才)와 색(色)을 겸하고, 진리의 비밀한 이치에 통해야 하고, 정숙하고 정조가 굳은 여성, 이런 여성을 다키니(Dakini)라 부르는 것이다. 이런 여성과 밀실에 들어 티끌만한 욕정도 없이 쌍입무별(雙入無別), 정신과 육신이 하나가 되는 무념무상 경지에 정신을 응집시키는 피나는 수련을 겪어야 하는 게다."

"본존불(本尊佛)을 모시고, 반혼향을 피운 후 청정한 마음으로 대일여불(大日如佛), 욕정 없는 마음으로 그 끝간 데 없는 수도에 들어가는 것이다."

말뜻을 알아들을 수 없었지만 기묘한 분위기였다. 이 곳 산채는 우선 사방 오 리가 모두 절벽이라 했다. 더구나 산채 주변 곳곳이 함정이고, 노인은 신통력이 있어 누구고 탈출 기미가 보이면 무자비한 살수(殺手)를 쓰기 때문에, 이 산채에 일단 발을 딛으면 쉽게 떠날 생각을 하지 않는 게 좋다고, 김보당은 잠시 넋을 놓았던 마라에게 주의를 주었다. 노인은 사람 해골 백 개씩을 모아서 그걸 빻아 그것으로 본존불(本尊佛)을 만든다고 했다.

사람이 죽으면 그 정기의 3할은 영계를 떠돌고, 7할이 육신에 머물러 있는데, 100명의 육신 정기들을 한 곳에 모아 정성을 바치면 받드는 자에게 커다란 신통력이 내린다는 것이었다.

이름하여 밀교(密敎).

"어떤 인연으로 노인의 제자가 되었거나, 우리같이 붙잡혀 온 사람들이거나 간에 대개 노인의 사술에 깊이 빠져 있네."

김보당은 마라가 정신이 맑아진 그 날 새벽, 소리를 낮추어 이 곳에 관한 이야기를 대강 들려주었다.

"꺼라. 꺼라."

갑자기 노인이 손바닥을 치면서 호통을 쳤다.

두 사람의 시동이 등불을 꺼버렸다.

"켜라. 시험하리라, 우선 시험하리라."

대청 마루가 어둠이 덮인 한순간 노인이 앉아 있는 휘장 뒤편에 불이 들어왔다. 뒤쪽에 불이 켜지면서 노인이 앉아 있는 얇은 비단휘장 뒤편에 실오라기 하나 걸치지 않은 젊은 여자의 모습이 환영처럼 나타났다. 비단장막으로 하여 촛불이 달빛처럼 푸르게 여자의 살결을 핥으며 미끄러져 내렸다.

합장을 하고 있던 사내들의 입에서 낮은 신음 소리들이 새어 나왔다. 처음엔 한 명이더니, 그 다음 둘, 셋, 넷, …… 벌거벗은 여자들의 몸이 얇은 휘장 하나를 사이로 이상한 율동 속에 흐느적거리기 시작했다.

마라는 헉 숨이 막혔다. 상상해 보지 못한 광경이었다. 한 여자도 아닌, 네 명의 젊은 여자들이 눈앞에서 벌거벗은 채로 흐느적거리고 있는 것이다. 그녀들의 움직임은 때로 풀잎을 가늘게 흔드는 미풍인 듯도 싶고, 잔잔한 시냇물인 듯하다가 거센 돌풍과 파도가 일렁이는 바다가 되고 있었다.

똑같이 빚어내기라도 한 듯 가는 허리에 부연 살결을 한 가냘픈 몸매들이었다. 그러나 춤이 격렬해져 가면서 가늘어 보이던 그 여자들의 육체는 솜뭉치처럼 풍요하게 부풀어오르는 듯이 보였다.

합장 자세로 앉았던 사내들의 입에서 여기저기 낮은 신음 소리들이 새어 나왔다.

"할!"

노인이 벽력같이 소리를 내지르며 손뼉을 쳤다. 순간 여자들이 춤추던 장막 저편의 촛불이 꺼지고, 이쪽 대청에 불이 켜졌다. 그러자 눈앞에 보이던 여자들은 거짓말처럼 사라져 버렸다.

"너, 무엇을 보았느냐?"

노인의 손가락이 똑바로 마라를 향하였다.

너무 창졸간의 일이라 마라는 잠시 전 광경을 꿈 속에서 본 것이 아닐까 고개를 쳐들었다.

"묻고 있지 않느냐?"

이마에 촉촉하게 배어 나온 땀을 손등으로 훔치며 마라는 꿈을 깬 듯 노인을 보았다. 노인의 두 눈은 활활 타고 있었다.

"무엇을 보았느냐?"

목구멍이 타들어 가는 것을 참고 그는 침을 삼키며 똑바로 노인을 맞바라보았다.

"계집들을 보았습니다. 벗은 계집들을요."

"그대도 말해보라."

노인은 손가락으로 김보당을 가리켰다.

"환(幻)……. 환, 그림자였습니다."

김보당이 작은 소리로 중얼거렸다.

그의 얼굴은 백지처럼 하얗게 변해 일그러져 있었다.

"너는?"

노인은 다시 또 옆 사람을 손가락으로 가리켰다.

"예, 전 아무것도 보지 못했습니다. 아무것도 없었습니다."

"너는 무얼 보았느냐?"

"저는 전생(前生)을 보았습니다."

노인은 거기 앉아 있는 사내들에게 일일이 조금 전 본 광경을 물었다. 어떤 사람은 짐승을 보았다고 했고, 어떤 사람은 꽃, 또 다른 사람은 불, 더러운 오물을 보았다고 했다.

"못난 놈들."

노인은 얼굴을 찡그리고 낮게 신음하더니 다시 손바닥을 딱 딱 맞두드렸다. 휘장 저편 촛불 속에서 다시 여자들의 벌거벗은 몸이 드러났다. 젊고 요염한 모습들이었다. 다만 그녀들의 얼굴에는 아무런 표정이 없었다.

마라는 허벅지를 꼬집으면서 휘장 저편의 여자들을 노려보았다. 헛것을 보고 있는 것이리라. 지금 노인은 그들 마음 속에 일고 있는 욕망을 제 멋대로 환영으로 보여주고 있는 것이리라.

'속지 않는다. 속지 않는다.'

그는 계속 제 다릿살을 꼬집으며 뇌까렸다. 그러나 비단 장막 저쪽의 촛불 속 네 명의 젊은 여자들은 여전히 유혹적으로 흐느적거리고 있었다. 그는 힐끗 옆 사람의 시선을 살폈다. 모두 거슴츠레해진 시선으로 여자들의 살갗을 훑으며 욕망의 극기에서 오는 낮은 신음들이 목구멍에서 그르렁댔다.

네 명의 여자들이 뒤섞이면서 몸을 비틀어대기 시작했다.

"에에잇!"

바로 그 때였다.

마라 곁에서 합장하고 있던 작은 몸집의 김보당이 자리를 차고 뛰어 일어났다.
"집어치우시오. 더 이상 도깨비 장난은……."
김보당이 노인 앞으로 다가서면서 소리를 내질렀다.
"할!"
노인도 튕기듯 일어서면서 김보당을 향해 손가락을 내뻗쳤다. 동시에 대청 안은 다시 불이 켜졌고, 장막 저편의 불이 꺼지면서 여자들의 모습도 사라져 버렸다. 노인 앞에 선 김보당의 얼굴이 창백하게 일그러져 경련을 일으켰다. 마라는 일순 대청에 불이 켜지며 몇 명인가의 사내들이 들어서면서 풍겨오는 긴박감을 의식했다.
"사술(邪術)로 사람을 현혹하는 일은 그만두는 게 좋겠소."
"헛허허……, 감히 이 선원에서 말을 함부로 할 자가 있단 말이냐? 헛허허."
"잘못된 나라, 잘못된 정치 속에 아직 목숨을 부지한 것도 부끄럽소. 한 가닥 환술에 나를 팔아 목숨을 연명하는 게 창피하다는 말이오."
"에헤이히 마하부타 데바리시 드비야 사아타바 아그리아 히타바아…… 아하우덤…… 아하람."
불을 내뿜는 안광과 괴기로운 주문 속에 버티고 서 있던 김보당의 몸뚱이가 휘청거렸다.
"뭣들 하느냐?"
네 명의 장정들이 김보당에게 다가든 순간, 마라는 저도 모르게 자리에서 튕겨 일어나 김보당의 앞을 막아섰다.

"가까이 오지 마시오."

마라의 눈빛도 싸늘하게 빛을 쏘아댔다.

네 사람의 건장한 사내들이 한 걸음씩 한 걸음씩 마라를 조여 들어 왔다. 산길에서 무작정 장검을 뽑아 들고 덤벼오던 사내, 그를 포위하여 그물 속에 떨어뜨린 사내도 그 안에 끼어 있었다.

"내 육신성불 비법을, 너에게 전수해 준다지 않았느냐?"

노인이 마라의 서너 걸음 앞에 와서 섰다.

"너만이 오늘밤, 겨우 육신성불 첫문을 통과한 것이다. 너만이 거짓없이 똑바로 눈에 보이는 것을 말한 자야."

"싫소. 나도……."

"벗은 계집을 벗은 계집으로 거짓없이 본 후에, 알겠느냐?…… 그 다음, 세상의 흔한 사내와 계집 아닌 쌍입무별(雙入無別)…… 제일 피하기 힘든 색(色)의 욕망을 색으로 다스리는 것이다. 산에 불이 났을 때, 맞불을 붙여 그것을 끄는 것과 같은 이치…… 욕정 없이 여자에 접하게 되는 때, 그 수련을 닦으면 대일여불(大日如佛)…… 살아 있으면서도 진정한 부처의 진수에 도달되는 게다. 헌데……."

노인은 낮은 음성으로 설득하듯 앞으로 한 걸음 더 다가섰다.

한 팔로 김보당을 싸안은 마라가 옆으로 한 걸음을 옮겼다. 노인의 뒤쪽에는 네 명의 장정들이 먹이를 노리는 굶주린 짐승처럼 마라를 노려보고 있었다.

"너는 다른 사람보다 열 곱은 쉽게 그 진수에 도달될 수 있는 자다. 사내와 계집이 그 몸과 정신이 하나로 합쳐져 문득 저 시원

(始原)한 부처의 참모습에 통할 수 있는 것이 이 육신성불의 원리인 게다. 어서 그 자를 이들에게 내어 주어라."

"싫소."

"네 자신 지화(智火)로 너는 이미 네 거짓 환영들을 태우지 않았느냐?"

"나는 중이나 도사가 될 생각이 없습니다."

"스스로 법신에 이르고 싶어할 때까지 내 기다리마. 네가 익힌 무예라는 것이, 네가 아는 세상사라는 것이 하잘 것 없는 꿈이고, 환(幻)이란 것을 머잖아 깨닫게 되리라."

"나는 가겠소……. 이 사람도 함께 보내주시오."

"헛허허허……."

노인은 목구멍 소리로 낮게 웃고 나서, 마라의 정수리를 향해 똑바로 손가락을 내뻗치며 웅얼웅얼 주문을 시작했다.

"…… 아스민…… 사니히토 브하하 아그니에…… 하바야…… 카부야 바하나야…… 사바하……."

그 주문과 동시, 귓속 깊은 곳을 찔러대는 날카로운 고통이 온몸을 엄습해왔다. 그는 어금니를 악물며 외할아버지의 얼굴을 떠올렸고, 눈발 속에서 이마에 김이 서리던 사부 허정의 모습을 그렸다. 만적이 내리쳤던 도끼날에 쇳조각이 잘려 나갔던 태백산의 어느 날도 떠올렸다.

"에잇!"

마라는 한순간 마루바닥을 박차고 김보당을 안은 채 노인에게서 서너 걸음을 빠져나왔다. 그러나 노인의 손끝에서 뻗쳐오는 한 가닥 기운이 온몸을 끈끈하게 휘감아드는 느낌이 왔다. 그 기운이 점점 밧줄처럼 온몸을 조여오는 듯싶더니 주문 소리가 천둥 같은 울림으로 변하면서 노인의 눈빛이 불꽃으로 일렁이기 시작했다. 김마라는 고개를 저었다. 할아버지를 생각했고, 아버지, 어머니를 떠올렸다. 그런데도 주문 소리가 안개처럼 머릿속을 덮어가면서 눈앞이 흐려왔다.

"모든 것이 한 가닥 환영……."

다가드는 노인에게서 몸을 돌리려 했으나 마라는 몸이 굳어가는 기분이었다. 노인의 손바닥이 그의 정수리에 놓였다.

"치우시오."

소리를 내질렀지만 이마로부터 내리꽂히는 뜨거운 열기 속에서 깜박 정신을 놓은 채 그는 깊은 어둠 속으로 잠겨들었다.

정신이 든 것은 온몸에 스며드는 음습한 한기 때문이었다.

석실인 듯했다. 손과 발이 석실 안 기둥에 뒤로 묶여 있었다.

"정신이 드는가?"

어둠에 눈이 익으면서 마라는 자기 곁의 김보당을 발견했다. 묶인 손발이 꿈쩍도 하지 않는다. 그는 고개를 저으며 어금니를 한번 갈고 다시 눈을 감아 버렸다.

모멸감. 자신에 대한 끝없는 모멸감이었다.

무예를 겨루어본 것도 아니고 사술(邪術)에 걸린 자신에게 표현하기 힘든 모멸감이 엄습했다.

"물고기도 모래밭에 뛰어오르면 맥을 못 추지."

"……."
"자네가 나를 알 리 없겠지만…… 이미 죽었어야 할 몸, 목숨을 부지하고 있는 게 치욕이네만……. 부모가 잘못이 있어도 제 부모에게 칼을 들이대지 못하는 것이 천리(天理)인 것같이 신하된 자, 임금을 쫓아내는 건 어떻게 말해도 역천(逆天)……."
"……."
"한낱 나는 변방의 병마사(兵馬使)였네만……, 역천을 바로잡아야 한다고 군사를 일으켰네. 의를 높이 사는 동지들도 많았지. 남로병마사(南路兵馬使) 유안준, 서해도병마사 배윤재, 동북면병마사 한언국, 녹사 이경직, 장순석……. 그러나 결국은 천운…… 그 동지들이 다 죽고…… 김보당도 죽었지……. 지금 그 김보당의 허깨비 한 쪽이 이 도깨비굴에 남아서 젊은이한테 제 어미 때려죽인 채장수 아들 놈한테 당했다는 옛날 이야기라도 전해주는 걸세."
"채장수 아들이라 하시었소?"
"……."
"이의민이를 말씀하시는 거요?"
"임금의 등뼈를 분질러 시해하고, 그것도 모자라 무쇠솥에 집어넣어 그 시신까지 연못에 던진 놈의 이름이 이의민일세."
마라는 순간 온몸으로 뜨거운 불길이 일었다.
어금니를 악무는 순간 묶였던 손목 줄이 부지직 끊겨 나갔다.
"임금을 시해하고, 문신들의 집과 첩을 탈취,…… 태후 여동생까지 협박, 통간하면서 나라를 좌지우지하는 그 역신들이 벌을 받고 쓰러지는 걸 보고 죽으려고 허깨비로 살아 있네……."

"이의민……."

"날개 끊긴 날짐승이 되어 죽게 되었을 때, 이 노인을 만났네……. 그놈들이 죽은 걸 보려던 욕심이 노인의 사술에 말려든 셈이지. 그러나 잘못 생각했어. 깨끗이 죽어 앞에 간 동지들을 만나봄만 못하게 되었으니……."

불교에도 몇 갈래의 흐름이 있다.

자신의 해탈이 역점인 소승불교에서, 보다 큰 대아(大我)가 추구되는 대승불교의 갈래 속, 신라 말에 인도, 티베트로부터 발생한 비밀 불교(密敎)의 한 갈래가 고려시대에 이 땅에 들어와 있었던 것이다.

불교를 포함, 보통의 종교에서는 세속적인 것의 포기 내지는 극기, 초월을 요구한다. 온갖 현세적인 것, 본능적 욕구의 억제로 맑고 청정한 정신의 피안에 도달된다고 가르친다.

그러나 밀교의 한 갈래에서는 욕망의 극기가 아니라, 그 원천적 욕망의 승화를 설파한다. 인간이 세속적인 욕구를 자제하고 초월한다는 일은 자칫 표리부동, 위선에 떨어진다는 것이다.

그래서 그들은 특히 남녀의 화합, 그 정사의 절정, 육체와 정신의 합일에 착안, 세속적 욕정을 넘어서는 육과 영의 합일이 이루어질 때 인간의 정신은 구원한 우주정신에 일치된다고 믿는다.

이러한 신념은 기존 종교에 위험으로 비쳐져 박해의 대상이 된다. 그래서 일부 밀교는 땅 속을 흐르는 물줄기처럼 지하로 숨어

들 수밖에 없다. 또 거기에 따르는 많은 비밀의식 역시 극히 제한된 소수의 신봉자와 그 제자들에 의해서만 이어지는 것이다.
　이 산채에서 김마라가 느꼈던 괴기로움도 밀교 수행자들의 의식이 상식으로 이해되기 어렵기 때문이었다.

"이 삼한 땅, 새 바람이 불어야 할 이 땅에, 신통력이라도 얻어 그것을 이룰 수 있을까, 어리석은 생각도 했네."
　김보당이 신음처럼 중얼거렸다.
"이의민이라고요?"
　마라는 의민의 이름을 듣는 순간부터 계속 푸들푸들 온몸을 떨고 있었다.

　이들은 그들이 모실 본존(本尊 : 신앙의 대상)을 만들기 위해 사람의 해골을 구한다고 했다. 그 해골 조각들을 조금씩 떼어내어 가루로 만든 다음 그 가루를 아교로 이겨 하나의 새 두개골을 만든다. 뼛가루 조각에 실려 있던 죽은 자들의 잠들어 있는 신성(神性)이 그 해골 위에 남자의 정수와 여자의 음수를 바르면 다시 깨어난다고 했다. 사흘에 한 번씩, 꼬박 열 달 동안 양수와 음수를 칠하여 말리고, 다시 칠해서 말린 뒤 이를 비단 보자기에 싸 본존으로 삼는다는 거였다.
"그 본존은 신통력이 생기고…… 그 해골의 원주인이 신장(神將)들이 되어 주인을 돕는다는 게야."
"그걸 믿으셨어요?"

"내 해골, 자네 머리조각도 쪼개질지 모르네."

마라는 잠시 어둠을 향해 웃었다.

"이들은 해탈을 위해서 남녀 교접을 공동묘지나 화장터, 시체 위 같은 데서 갖는다 하네. 그 황막함, 그래야 욕정을 떠난 법신에 이르는 길을 발견한다는 거야……. 내가 원했던 것은……, 호국(護國)이었네. 호국의 위력이 신통력을 통해 내게 전해질 수 있을까, 어리석은 생각을 했어."

"나는 왜 여기로 데려온 건가요?"

"자네 무술, 자네 출생, ……."

마라는 노인의 손바닥에서 전해지던 그 뜨겁던 한 줄기 섬광을 다시 기억하였다.

"나도 자네를 기다리고 있었고…… 죽기 전, 내가 한때 칼과 활을 들었던…… 이 나라 장래를 말해줄 사람이 필요했고……."

불빛이 가까워지는 듯싶었다.

발자국 소리가 들렸다. 석굴 입구로 등불을 든 사람이 가까워지고 있었다. 잠시 후 그들 앞에 나타난 것은 등불을 든 젊은 여자 한 사람이었다. 푸른빛이 도는 흰 피부의 여자가 그림자처럼 움직여 마라 앞에 등불을 내려놓고 나서는 마라를 그윽이 올려보았다.

"슈바여, 그대, 이제 다키니가 필요하지 않는가?"

멀리서 들리는 바람 소리나 물소리 같은 비현실적인 목소리였다. 커다란 눈이 그의 눈을 똑바로 올려보았다.

음산한 바람

"누구요? 당신은?"
"슈바여, 그대 잠을 깨라. 무엇이 그리도 두려운가? 법신이 바로 앞에 있는데……."
 허깨비 같은 여자의 가냘프고 냉기 도는 손이 마라의 볼을 감쌌다. 두 손이 자유로워졌지만 마라는 여자가 하는 대로 몸을 맡겨둔 채 눈치를 보았다. 부드러운 살결을 한 여자에게서는 사향 냄새 같은 것이 풍겼다.
"슈바여, 슈바여……."
 그녀의 입김에서도 은은한 향기가 풍겨왔다. 그러나 발 밑에 놓인 등불 빛으로 그녀의 이마에 만들고 있는 그늘이 여자를 허깨비처럼 느끼게 했다.
"당신은 누구요?"
"샤그티[女性]."
"샤그티?"
"그대 슈바를 '대일여불'에 이르는 길로 안내할 계집이란 뜻."
 그녀의 손이 그의 목덜미로, 겨드랑이로 천천히 내려왔다. 그 손길은 부드러웠지만 섬뜩한 차가운 기운이 풍겼다.
"후후풋."
 갑자기 마라의 곁에 나란히 묶여 있던 김보당이 큰 소리로 웃음을 터뜨렸다.
"그만 돌아가라. 이 젊은이, 그런 꾐에 넘어가지 않는다."
"듣지 말아요……. 눈을 감아요……. 눈을 감고…… 내 살 냄새, 따뜻한 살결, 내 숨결만 생각해요."

여자의 음성이 산 메아리나 물소리 같이 멀리서인 듯 귓속으로 밀려들었다.

"계집에 휘감기면 꼭두각시가 된다. 마라, 정신 차려."

한 가닥 거북살스러운 본능과 전율에 몸서리를 치며 마라는 고개를 흔들었다.

"돌아가요……. 서로 미워해야 할 까닭이 없는 사이오, 우린."

"임무를 못하면 샤그티는 불 속에 던져져요."

그녀의 까만 눈이 그를 빨아들일 듯이 가까이 다가왔다.

"차라리 노인하고 정정당당하게 무예를 겨루게 해주오."

"샤그티는 오직 샤그티의 일이 있을 뿐……."

여자가 목구멍 소리를 내면서 발밑에 있는 등불을 집어올리더니 불을 꺼버렸다. 등불이 꺼지면서 석실 안이 갑자기 새카만 어둠으로 채워져 버렸다. 그 다음, 여자의 몸 전체가 마라의 가슴 안으로 기우뚱 쓰러지며 그녀의 입술이 턱 밑에 와 부딪쳤다.

"…… 내 얘기 잘 들어요."

여자의 입술이 귓불에 와 닿는가 싶더니 아주 작은 음성으로, 그러나 조금 전까지와는 다르게 여자가 소근거렸다.

"빠져나갈 기회가 지금밖에 없어요. 날 믿어요."

여자의 손이 빠르게 발을 묶은 줄을 풀어내기 시작했다.

"마라, 조심해."

김보당의 초조한 목소리가 낮게 그러나 무겁게 어둠을 흔들어왔다.

"믿어야 해요. 나를……."

여자가 또 작게 소근거렸다. 어둠 속에서 그가 고개를 끄덕이는 걸 확인하고 나서 여자의 손이 그의 허리에 묶인 밧줄까지 풀었다.

석실을 빠져나와 벼랑으로 난 좁은 바위 틈 사이 좁은 길에 들어섰을 때, 사방은 깊은 고요와 한기만이 음습하게 어둠에 섞여 그들을 휘감았다. 갑자기 여자가 걸음을 멈추었다. 서너 걸음 앞이었다. 파란 두 개의 불빛이 이쪽을 노리고 있었다. 마라가 그 파란 불을 노려보았다.

칵 칵 칵.

살쾡이였을까. 좀 낮은 소리로 칵칵대던 짐승이 슬그머니 물러가 버렸다.

한 걸음 한 걸음을 살얼음 딛듯 바위틈을 밟으며 여자가 앞서서 뾰족뾰족한 돌틈을 빠져나갔다.

"됐어요. 이제."

여자가 마라의 손을 잡아 바위틈 사이를 비집고 들어갔다.

"이것도 샤그티의 일이오?"

"이 산채에서 도사에게 덤벼드는 사람을 생각도 해본 적이 없어서…… 자원을 했어요. 내가 입문을 시키겠다고. …… 오빠들 생각이 났고……."

마라는 바위틈 사이 어둠 속에서 잠시 그녀의 얼굴 윤곽을 볼 수 있었다. 여자가 추위 때문인지 진저리를 쳤다.

"혼자는 절대 여기를 못 빠져나가요……. 도사는 눈을 감고 있어도 누가 무얼 하고, 무슨 생각을 하는지까지 훤히 알고 있어서…… 도사님, 지금 막 화신(火神) 예배중이어서……."

"내가 당신 말을 그대로 믿고 따라왔다고 생각하면 오해요."

"날 어찌 생각하건 상관없어요……. 좌우간 빨리 여기를……."

"여기 혼자 남았다가 무사하진 못할 터인데."

"골짜기에서 죽건, 짐승 밥이 되건 매 한 가지라는 생각이 든 것, 며칠 되지 않았어요."

"그럼 도망갈 궁리를 했단 말이오?

"…… 가난한 집에 오빠가 둘, 아래로 동생이 다섯……. 스님 한 분이 집에 들러…… 열다섯 되던 해…… 나를 절에 보내면 내 한 몸 아니라 집안살림이 펼 거라고……. 그 길로 스님을 따라 절에 가서 밥하고 빨래하고……. 그러다가 어느 날 밤에 이 곳에 잡혀왔고…… 같이 있던 젊은 보살 다섯도 같이 끌려왔는데……."

짐승들이 또 울었다. 밤짐승 울음소리는 겨울밤엔 더 처절하게 들린다.

"그 여자들 얼굴을 다시 못 봤어요. 해골을 만들었겠지요."

"……."

"골짜기로 내려가면 사람 뼈다귀들이 쌓여 있어요……. 머리통은 가루로 빻아 그걸로 부처를 만들어요……. 샤그티는…… 남자들이 새로 들어오면 그 남자들하고, 저 해골 밭에서 주문을 외며 입문을 시켜요."

그녀는 몸을 움츠리며 말했다.

"도사에게 맞서는 사람…… 생각도 못해보아서……. 샤그티는

음산한 바람 89

마음 속 다른 생각을 하면 불 속이나, 골짜기에 던져지니까."
 전혀 다른 여자였다. 등불을 들고 석실에 들어와 그를 대할 때는 성숙하고 그림자 같은 여자였다. 그러나 지금 그녀는 아주 조그맣고 파리한 소녀였다. 그에게 잠시 거북스러운 욕망을 자극하던 여자와는 상관없는, 지쳐 보이는 한 소녀가 마라 앞에 서 있었다.

 잠시 깜박 졸았나 싶었다. 왁자지껄한 소음 속에서 그가 앞서 놀라 눈을 떴다. 바위틈 사이로 새벽빛이 기어들었다. 비좁은 바위동굴 안에서는 원래 산짐승이 살던 곳이었는지 짐승의 누린내가 심하게 풍겼다. 기어드는 아침 햇볕을 받으며 기진(氣盡)해 있는 여자의 파리하게 야윈 이마에 보송한 솜털이 덮여 있었다.
 나팔 소리였다. 징, 장고 소리도 들렸다. 여자가 튕기듯 일어나더니, 바위틈 사이로 밖을 내다봤다.
 여자가 낮게 소리를 질렀다.
 "······ 관군들이······ 군사들이 몰려왔어요······."
 마라도 바위틈을 빠져나와, 창검들이 휘황하게 골짜기를 메운 채 올라오는 군졸들을 보았다.
 둥둥둥 둥둥둥······. 수백 명으로 보이는 관군들이 절벽 아래 골짜기를 거슬러올라오고 있었다.
 "소문으로 큰 싸움이 있으리라 했는데······."
 그녀가 몸을 조그맣게 움츠리며 말했다.

노비 시장

　푸슬푸슬 눈이 날리고 있었다.
　서경시장 한 쪽에 말과 소를 파는 우시장이 있고, 그 곁으로 노비들을 거래하는 난장(亂場)이 있었다.
　"원래 좋은 계집이라 하는 것이 여러 가지가 있습지요만, 살이 부드럽고 몸에서 향내가 나는 것을 첫째로 치는 것이고……. 그 다음은 향내가 없어도 살이 나긋나긋 찰떡 같아야 좋은 계집이라 하는 것이올시다. 닭살에, 팔목 억센 계집이야 들일 시키는 데나 쓰지, 침실 시중이야 못 시키지요. 이런 계집은 사내의 정수를 말리는 것이 옳습니다."
　거간꾼이 침을 튀기며 한쪽에 쭈그리고 앉아 있는 노비들을 소개하고 있었다.

붉은 잇몸을 내보이며 둘러선 손님들을 힐끗거리면서 사내는 신명이 나는 모양이었다.

"겉으로는 비슷해 보여도 바닷가에서 큰 것, 산 속에서 큰 것이 다릅지요. 바닷가라고 다 같습니까? 서해 바다 누런 물에다 몸을 담그며 큰 거에다 대면, 동해 바다 맑은 물에 자주 들어갔다 나온 것이 났습지요. 산에서 큰 거라고 다 같습니까? 금강산, 태백산, 지리산 속에서 약초에다, 산나물, 이슬을 먹고 자란 것이라야 몸에서 향내가 난다 이 말씀입니다……. 살이 보드랍고, 몸에 향내 나는 것을 첫째로 친다고 했습지요만, 그것은 보통 첫째로 치는 것이고, 사실 왕후장상쯤이면 그런 계집이야 무더기로 구할 수 있는 것이올시다……."

"…… 오늘은 참말 천에 하나, 만에 하나 있을 물건 하나를 내 소개해 올리겠습니다. 참말 진짜로 치는 것은 검어야 하는 것이 올시다. 눈썹이 검고, 머리털이 검고가 아닙니다요, 살이 검어야 합니다. 검은 살에 군살이 없이 필요한 데만 포동포동 살이 붙은 계집……, 이런 계집은 살갗에 물방울이 떨어져도 쪼르르 굴러 떨어진다, 이 말씀이올시다. 나랏님 잡수시는 닭에 오골계라고 살이 검고, 뼈도 검은 닭이 있습지요. 어허 몰라서 그렇지, 아, 옛날 양귀비도 실상은 살이 검은 계집이었다, 이겁니다."

노랑 수염은 벌건 잇몸을 내놓고 주위를 돌아보며 히, 한번 웃더니 풀풀거리며 날리는 눈발 속에 오들오들 떨고 있는 서너 계집들을 탐욕스러운 눈으로 훑어보았다.

그러다가 그 중 계집 하나의 팔을 일으켜 세웠다.

치렁치렁한 검은 머리에 눈썹이 까만 계집은 노랑 수염의 말대로 유난히 살결이 검었다. 낡은 누더기가 팔뚝을 다 덮지 못하고 맨살을 드러내고 있었다. 계집은 당돌한 표정으로 노랑 수염을 똑바로 쏘아보더니 잡혔던 팔을 휙 뿌리쳤다.

둘러섰던 사람들이 갑자기 와 웃음을 터뜨렸다.

"잘 보시오. 이 아이 살갗에 눈발이 뿌려도 어디 그게 묻기라도 합니까? 암요. 묻지를 않습니다. 그렇다고 해서 가격이 특별히 비싸냐 하면 그것도 아닙니다. 베 백 필, 베 백 필입니다."

둘러선 사람들의 수런거리는 소리가 들리며 서로들 얼굴을 돌아보았다. 그러나 앞으로 나서는 사람은 없었다.

"이 천하 귀물을 놓치고, 몇 대째 후회해도 한번 흘러간 물은 돌아오지 않을 것이니……"

눈발이 조금씩 더 굵어져 갔다. 무릎에 고개를 묻고 쭈그리고 앉은 다른 노비들 얼굴 위로도 사정없이 눈발이 흩뿌려 대었다. 노랑 수염만이 혈색 좋은 얼굴로 인파들을 훑어봤지만 주인이 쉽게 나설 성싶지 않았다.

"돼지 발에 가죽신이요, 염소 대가리에 통영 갓이라고…… 눈이 있어도 보지 못하고, 귀가 있어도 듣지 못하는 사람들은 할 수가 없지요. 시간이 조금만 지나면 천금을 준다 해도 팔지 않을 터이니 후회하지 마시고……"

검은 피부의 호리호리한 계집은 눈발이 흩날리는데도 추위 같은 건 느끼지 않는 듯싶었다.

떨어진 누더기에 팔다리를 눈 속에 드러내 놓고도 여자는 똑바로 서서 노랑 수염을 사납게 쳐다보고 있었다.

   …… 기운씨다 항우장사…… 꾀 많다 조조 장사……
   말 잘하는 소진 장사
   글 잘하는 한림 장사…… 술 잘 먹는 이태백이……
   잠 잘 자는 소대신 장사
   밥 잘 먹는 아귀 장사…… 오줌 잘 싸는 찔찔이 장사……
   똥 잘 싸는 풍풍이 장사
   몸 굵다 퉁퉁이 장사……
   그 장사를 거기 두고 또 한 장사 들어온다……

 구경꾼들 사이로 틈을 비집고 큰 소리로 장사타령을 하면서 키 작은 사내 하나가 노랑 수염의 턱 밑으로 기어들었다.

   자룡은 하나라도 오자룡이 분명하다
   풍은 밑 빠진데 말 모가지가 뚝 떨어졌다
   춘풍강에 살얼음이 와자찌끈…….

 노랑 수염 앞으로 기어든 비렁뱅이가 큰 소리로 장사타령을 계속하자 둘러섰던 사람들의 시선이 그에게로 몰려 버렸다.
 "저리 가지 못해?"
 벌겋게 변한 노랑 수염이 주먹을 불끈 쥐며 눈을 치떴다. 노랑 수염의 발길이 비렁뱅이의 면상을 후려 찼다. 그러나 그보다 더 잽싸게 비렁뱅이의 발길이 노랑 수염의 아랫배를 걷어찼다.

"신하 재옥이 거동 봐라…… 자기 천자 뒷따 업고…… 북채를 내던지고…… 무업 산 중 도망간다……."

계속 큰소리로 장사타령을 뽑아대며 나가 떨어진 노랑 수염의 두 발을 잡아들더니, 뱀 눈의 사내가 둘러선 사람들을 사납게 흘겼다.

"에이 죽어 물밥도 못 먹을 놈들, 한꺼번에 요절을 낼까 보다."

사내는 노랑 수염의 두 발을 움켜쥐고 한 바퀴를 빙 돌려 땅바닥에 메어 쳐버렸다. 뱀 눈이 노랑 수염을 집어던지자 시장 안은 순식간에 아수라장이 되어 버렸다.

"허, 이놈이 사람을 친다."

눈이 내린 땅바닥에 나뒹굴어진 노랑 수염이 악을 쓰는가 하더니 금방 장터 안 패거리들 대여섯이 뱀 눈을 둘러싸고 팔을 걷어붙였다.

"허."

뱀 눈은 자기를 목표로 해서 덤벼오는 장정들을 히죽거리며 돌아보고 나서 한 발 뒤로 물러섰다.

"…… 정월이라 대보름날은 답교 명절 아니신가…… 청춘남녀 짝을 지어 쌍쌍이 다니건만 우리 님은 어디를 가고 답교 명절을 모르시나……."

어깨를 으쓱거리며 흥얼거리는가 싶더니 맨 앞서 오던 장정의 아랫배를 번개같이 내질렀다.

"어이쿠……."

"이월이라 한식날은 개자추 넋이 아니신가…… 북망산천을 썩 들어가서 무덤 안고 통곡하니…… 무정하고 야속한 님은 너 왔느냐 말도 없네……."

또다시 어깨가 으쓱하더니 바로 옆 사내가 나가 떨어졌다.

뒤이어 그의 어깨가 또 으쓱했다.

"삼월이라 삼짓 날은 연자 새끼도 옛집 찾아……."

장정들 대여섯을 상대로 장난이나 하듯 장타령을 흥얼거리며 가벼운 몸으로 뱀 눈이 손발을 움직였다.

"물밥도 못 얻어먹을 놈들 같으니라고……, 히히힛."

덩치 큰 장정 하나의 손목을 쥐어 두어 바퀴를 돌리다가 제 패거리들 쪽에다 내던지고는 사내가 히힛, 웃었다.

"허."

"보통이 아닐세."

여기저기서 감탄사들이 흘러나왔다.

"물밥 못 얻어먹고 뒈질 놈, 여기도 하나 있구먼."

등뒤에서 주먹을 쥐고 덤벼오던 한 장정이 또 한번 뒤로 벌렁 나자빠졌다.

넘어진 장정들이 눈치를 보며 뒷걸음질을 치자 뱀 눈은 자기를 둘러싸고 있던 사람들을 한번 흘겨보고는, 꽥 소리를 질렀다.

"뭐, 싸움구경 처음 하는 거여?"

"빨랑빨랑 집에들 가서 아랫목 군불 지피고 마누라 배꼽이나 들여다보라구……. 어물거리다가 발길에라도 채이면 하소할 곳도 없을 것이고……, 히히힛."

워낙 빠른 몸놀림에 질려 둘러섰던 사람들도 모두 뒷걸음질을 쳤다. 흩뿌리는 진눈깨비 흙바닥에 나뒹굴어진 노랑 수염 앞으로 가서 뱀 눈이 히죽 웃었다.
"다 인연인겨, 이것도."
뱀 눈은 노랑 수염의 멱살을 불끈 잡아 일으켜 세우더니 또 히죽 웃었다.
"죽은 뒤 물밥이라도 얻어먹으려면 말여……, 맘 좋게 써야 혀. 하나만 묻겄어. 저 동경서 말여, 김풍 장군댁이라고 말여…… 그 집서 팔려나온 계집종을 하나 찾고 있는디……, 이름은 분이라고 말여……. 서경바닥서 사람 장사 해왔으면 알 거 아녀? 나이는 말여, 스물이나 되었구 말여."
멱살을 잡힌 채 노랑 수염이 고개를 흔들었다.
"산단 말여. 내가 살 거란 말여."
눈은 여전히 푸슬거리며 내렸다. 한쪽에 떨고 있던 노비들의 누더기옷 위로도 눈이 흩뿌렸다. 노비들의 핏기 없는 얼굴 위의 흐린 눈망울처럼 음울하게 내려앉은 하늘. 곁에서 벌어지는 싸움 따위에는 관심도 없는 듯 노비들의 멀뚱한 눈망울에는 아무런 표정이 없었다. 그저 물끄러미 먼 하늘을 바라보는 듯한 눈이었다.
"너, 이 노랑태를 잘못 봤다……."
멱살을 잡힌 채 노랑 수염이 뱀 눈에게 볼멘소리를 내뱉었다.
"서경바닥서 나를 쳐?"
"물밥도 못 처먹을 놈이……."

노비 시장

갑자기 뱀 눈이 주먹으로 노랑 수염의 볼때기를 내질렀다.
노랑 수염의 머리통이 면상으로 날아드는 순간 몸을 비킨 뱀 눈의 오른발이 이번에는 노랑 수염의 사타구니를 걷어찼다.
"사타구니 걷어차는 데는 내가 도사여. 도사."
히히힉, 웃음을 내뱉던 뱀 눈이 사방을 둘러보다가 몸을 돌렸다. 눈치를 살피던 구경꾼들 사이에서 관군이다, 관군이다, 외치는 소리가 들렸던 것이다.
눈알을 반짝이던 뱀 눈, 망이가 몸을 돌려 노비들 사이에서 방심한 얼굴로 이쪽을 구경하고 있던 여자 노비의 팔을 나꿔챘다.
"멈춰라."
"멈춰 서라."
피부가 검은 여자 노비의 손을 쥔 채, 망이가 골목길을 내달리기 시작했다.
"놓으란 말여. 나, 귀찮게 굴지 말고."
덥석 그녀를 어깨에 둘러메고 골목길로 뛰어들었던 망이는 골목길을 빠져나가다 말고 서 버렸다. 바로 앞쪽에도 무장을 한 군졸들 서너 명이 눈을 부라리고 있었기 때문이었다. 망이는 여자를 내려놓고 힐끗 사방을 둘러봤다.

한때 충청도 공주 땅에서 주인영감 사타구니를 걷어차고 산 속으로 숨어 들어 땅꾼이 되었던 망이. 어깨에다 둘러메었던 계집을 골목길에 내려놓고 두리번거리는 순간, 담 위에서 밧줄 하나가 날아왔고 밧줄은 정확하게도 그의 목을 옭아 매어 버렸다.

시장터에서 노랑 수염하고 싸움을 오래 끌지만 않았어도 관군에 잡힐 몸이 아니었다. 계집종에게 신경을 안 썼어도 잡히지는 않았을 거였다. 고분고분 같이 뛰어줄 줄 알았던 계집이 손을 트는 바람에 잠시 머뭇거린 게 결정적인 실수였다.
　목에 걸린 밧줄을 풀어보려고 버둥대는 그의 앞에 노랑 수염의 벌건 잇몸과 내동댕이쳤던 사내들 얼굴이 한꺼번에 다가들면서 그는 깜박 정신을 잃었다.
　온몸을 죄어오는 냉기 속에 망이는 간신히 제 정신이 들었다.
　"허."
　굵은 통나무들로 총총 앞을 막아 세운 감옥 안이었다.
　"칠점사, 팔점사, 황구렁이, 흑구렁이 먹은 거도 헛거로구먼."
　온몸을 옥죄어 오는 통증 속에서 정신이 들자 갇혀 있는 제 몰골이 어처구니가 없어 망이는 헛웃음이 나왔다.
　"왜, 극락 문전에서 쫓아내드나? 이 못난놈아……."
　그가 깨어나기를 기다리고 있었던 듯 물동이를 든 군졸이 밖에서 안쪽을 들여다보며 히죽거리면서 웃었다.
　"기집 데리고 극락으로 줄행랑을 치려고 했냐? 아둔한 놈……, 이 곳이 서경이다. 서경. 이놈아."
　물통을 내려놓으며 군졸이 혀를 낄낄 찼다.
　"어디요, 여기가?"
　마당에는 흰눈이 소복이 쌓여 있었고, 흰눈 위로 어스름이 깔려가고 있었다.
　"음흉 떨고 있네. 이런 데 처음 들어와 봐서 물어? 이놈아."

군졸은 망이가 정신이 든 것을 확인한 것으로 되었다는 듯 창을 들고 서 있는 제 동료에게 귀엣말을 하고는 눈 쌓인 마당을 가로질러 가버렸다.
"하, 이거……."
그는 난감하여 감옥 안을 둘러보았다.
자기말고도 세 사람이 더 자기 쪽에 눈을 주고 있었다.
"우라질 놈의 밧줄만 아니었으면, 내……."
생각할수록 망이는 분통이 터졌다.
"그놈의 밧줄, 살모사 새끼 같았으면 입으로 씹었을 텐디."
그는 혼자 씨부렁대다 벽에 기대앉은 세 사람 쪽으로 엉금엉금 다가갔다.
"여기가 어디요?"
"서경 감영이지, 어딘 어디?…… 여기가 어딘지도 모르고 붙잡혀 왔나?"
벽에 기대앉았던 나이 들어 보이는 사내가 핀잔하듯 말했다.
"깜빡 혼절했다가 인제사 정신이 들었으니 어딘지 알 수가 있겄남유?"
"그래 무슨 죄로 들어왔소? 젊은이는?"
"황구렁이, 능사, 칠점사 잡아먹은 죄하고, 시장바닥에서 사람 백정 너댓 놈 발길질로 내찬 거밖엔 죄 없구먼유. 관군이 온다 싶어 뛰어 도망친 것까지는 좋았구만두, 밧줄이 모가지를 옭아맬 걸 알았겠어유?"
"이 삼동 얼음물을 뒤집어썼으니…… 거, 춥겠소."

"구렁이 보신을 많이 해서 추운 건 잘 몰라유······."

사실 망이는 추위를 안 탔다.

"거 사람백정 주워 팬 얘기나 해 보시오······. 여기 오면 다 한방 형제라."

처음 말을 걸었던 나이든 사내는 심심하던 참에 새 사람이 하나 들어와서 잘 되었다는 투였다.

"서경 땅이 처음이겠다. 슬슬 장 구경 다니는데, 살빛이 가무잡잡한 계집종 하나를 내놓고 거간꾼이 넉살을 떨고 있길래······, 울컥해서 몇 놈 내던졌구면유······."

"허, 노비 거간꾼을 메쳤구면."

젊은 사내가 킬킬킬, 웃었다.

"이쪽 희어멀건 멀대는 남의 소경 여편네하고 정분이 나서 그년 서방을 옆에 두고 일을 벌이다 그 집 식구들한테 잡혀왔고······, 나는 좁쌀가마 하나 들어내오다 붙들려 왔소."

나이 든 사내가 목안으로 꾸르륵 웃었다.

"저 허연 영감은 벙어리인지 말을 않으니 알 수가 없고."

노인 한 사람이 무릎을 세운 채 고개를 무릎에다 처박고 죽은 듯 움직이지를 않았다.

"그 소경 여편네······ 제 년 서방을 옆에 두고 그 짓 한 걸 보면 밝혀도 보통 밝히는 년이 아닌 듯 헌데, 그 여편네는 살이 눈같이 희었다면서?"

젊은 사내가 쩝쩝 입맛을 다셨다.

"투테······ 아말레 투테 아말레 ······ 뷰테 ······ 비말레 뷰테 비말레……."

 갑자기 허공을 쏘아보며 소리를 내지른 중년의 눈빛이 휑 하게 열려 있었다. 그러나 금방 그 중년 남자는 고개를 또 무릎 위에 처박아 버렸다.

 "여기 와서 이틀만에 처음 내는 소리로구먼."

 두 사람이 고개를 저었다. 세 사람은 자기네들 처지를 잊고 그 남자가 무슨 소리인가를 할 듯싶어 시선을 모았지만 그뿐이었다. 그런데도 주먹밥 한 덩이씩이 통나무 사이로 들어왔을 때는 제몫을 움키듯 챙겨서 단숨에 먹어치웠다. 그러나 먹는 일이 끝나자 감방 안의 다른 사람은 눈에도 보이지 않는 듯, 그는 다시 그린 듯한 자세로 돌아가 버렸다.

 젖은 옷이 몸의 온기로 말라가면서, 추위를 안 타는 체질이긴 했지만 한밤중이 되자 망이도 오슬오슬 떨려왔다. 만적이 우선 걱정이었다. 자기야 곤장 몇 대 맞고 나면 풀려나겠지만 만적 이마의 흉터가 마음에 걸렸다.

 한밤중이나 되어서였다.

 갑자기 그 중년 사내가 벌떡 자리를 차고 일어섰다. 바닥에 깔린 짚자리 속에서 웅크리고 잠을 청하던 사람들이 일어났을 때 그는 장승처럼 어둠 속에 서서 두 손을 앞으로 내뻗치고 있었다.

 "태워라."

 노인이 쩌렁하게 소리를 내질렀다.

 "태우고 태워서…… 마침내 태우는 그것마저 태워 버리고……

태워 버렸다는 것마저 태워 버리고…… 태워 비리고…… 태워 버리고 태워, 또 태워…… 그렇다. 태워라…… 태워서 대일여불에 이르라……"

사내의 음성이 너무 괴기스러웠기 때문에 옆 감방에서도 두런거리는 소리가 들렸다. 젊은이가 겁에 질린 듯 중얼거렸다.

"왜 저러는 거래요?"

"사람의 육신이란 마야, 환영인 거…… 너희들 마야 속에 헤매는 자들이여. 법신에 이르라…… 지혜의 불로 너희를 태워……지혜의 불로 마야를 태워 법신에 이르라……"

횃불을 든 파수꾼들이 달려왔다.

"오, 불이여! 불이여…….태우라…… 태우라, 태우고 태워서…… 태운다는 생각마저 태우라."

파수꾼들이 그들 감방 안까지 들어왔을 때는 그 사내가 무릎을 세우고 그 위에 머리를 얹은 뒤였다. 아무 일도 없었던 것같이.

"완전히 갔구먼 그래."

"헌데 거 진짜 도사라던가, 그놈은 연기같이 사라졌다며?"

"진짜 도사는 도술이 보통이 아니라는 게어, 그 눈만 처다만 봐도 혼이 쏙 나간다는 소리 못 들었어?"

"나긋나긋한 계집년들은 하나같이 혼들이 빠져 있더라면서?"

망이로는 짐작이 안 가는 말들을 파수꾼들은 저희들끼리 나누고 있었다.

그런데 소란을 피운 사내는 이미 죽은 듯 움직이지 않았다.

"여보쇼들. 귀신 씨나락 까먹는 이 사내하고 다른 방에 있게 해줄 수 없소? 겁이 나서 그러우."

나이 지긋한, 남의 좁쌀가마 들어냈다는 죄수가 투덜거리며 파수꾼에게 말을 던졌다.

"그 사람도 도사여. 도사님한테 주문도 배우고, 도술도 배우면 좋지, 뭘?"

그 중에 하나가 이죽거렸다.

"도사라니요?"

"업은 아이 3년 찾는다더니……."

파수꾼들은 저희들끼리 킬킬거리며 감방 앞을 떠나 버렸다.

망이가 무릎에 고개를 처박고 있는 남자 곁으로 엉거주춤 가까이 갔다.

"그러면 얍! 해서 이 문들을 열어 버리거나, 거 뭐유? 연기같이 슬그머니 저 마당으로 나가 땅재주라도 한 두어 번 넘고 들어오거나, 뭐 그래봤음 좋겠구먼두."

"……."

"암만 혀도 이 도사는 서리맞은 구렁이 도사인게비유……. 구렁이들은 서리만 내렸다 하면 힘을 못 쓰는 것이거등유……."

망이가 혀를 끌끌거렸다.

"나, 충청도 계룡산에서 능사, 백사, 칠점사, 황구렁이, 먹구렁이, 먹은 것만 해도 노형네들 머리카락수보다는 더 될 거유."

그들이 떠드는 것에는 아랑곳없이 노인은 죽은 듯이 앉아 움직이지 않았다.

"저 도사가 도술로 형씨를 구렁이로 둔갑시키리다."

남자는 짚 덤불 속으로 기어들어 잠이라도 청하는 듯이 보였다. 망이도 머쓱해져서 짚 덤불 속으로 파고들었다.

마당의 눈빛으로 희뿌연하긴 해도 시각은 삼경이 넘었지 싶었다. 그러나 웬걸, 그들이 짚 덤불 속에 웅크리고 한잠씩이라도 자려는데 사내가 또 벽력같이 소리를 질렀던 것이다.

"…… 일어나라, 제자들이여. 어서 일어나 설법을 들어라……."

그의 목소리가 워낙 우렁찼기 때문에 그들은 다시 일어나고 말았다.

"…… 그대들은 운이 좋다. 다, 그것도 전세의 불연(佛緣)……."

사내가 음습한 목소리로 중얼거렸다. 잠들기는 틀린 것 같아 셋은 엉거주춤 일어나 그가 지껄이는 것을 건너다보았다.

"이 감옥에서 연기같이 빠져나갈 도술이나 좀 가르쳐 주었으면 고맙겠구면유……. 시방 눈알이 튀어나오게 날 기다리는 사람이 있수."

"앉아서도 천리 밖이 보이고…… 땅 속 열자 깊이 금덩이도 보이고…… 발로 땅을 한번 차면 구름 위에 오르고…… 내 그대들에게 그 이치를 가르쳐 주려고, 억지로 잡혀온 듯 이 곳에 있는 거라…… 우리 도량(道場) 여러 제자들이 시금 죄수들 방마다 다 나누어 들어가서 이 이치를 설법하는 것이라……."

어둠 속 사내의 목소리는 눅눅한 습기를 띠고 있었다.

"손을 모아 어서 합장하라."

망이가 웃음을 터뜨리며 손을 모아 보였다.

"그대, 제자들이여. 저 멀고 먼…… 수 겁의 인연 속…… 눈 깜짝할 잠시의 이 현세에 매달리지 말지니라……. 현세를 버리라……, 육신을 잊으라……. 뷰테 비말레…… 뷰테 비말레…… 있는 것이 원래가 없는 것이고…… 없어 보이는 것이 바로 그득 채워 있는 것……. 지금 그 살 껍데기 검은 다키니가 벌거벗고, 그대 슈바 곁에 누워 있도다……. 보이느냐?"

사내가 손가락으로 망이를 똑바로 가리키며 다그치듯 말했다.

그러더니 몸을 돌려 벽에 기대 있는 젊은이에게 벽력같이 소리를 질렀다.

"네 곁에는 당달봉사 마누라가 다리를 벌리고 누워 있도다……. 보이느냐?"

젊은이가 투덜대며 짚 덤불 속으로 기어들어 버렸다.

"깊고 끝없는 다키니의 몸 속으로 들어가는 것을 모르는구나. 몸 속으로, 몸 속으로 십 리고, 이십 리고 끝없이 기어드는 길을 모르는구나."

망이도 짚 덤불 속을 파고들어 버렸다.

"도를 닦는다는 미친 놈들을 산 속에서 몽땅 쓸어왔다는 소리를 들은 듯하구먼……. 이 사람도 그 한 패인 게야."

나이 든 사내가 망이에게만 들리게 낮은 소리로 소근댔다. 종잡을 수 없는 소리에다 주문까지 곁들여 새벽이 될 때까지 웅얼거리던 사내가 아침이 되자 다시 무릎에 고개를 처박고 있었다.

아침밥을 가지고 온 파수꾼이 감방 안을 둘러보고 말했다.

"도술은 좀 배웠는가?"

그러더니 손가락 끝으로 망이를 가까이 불러 물끄러미 그의 얼굴을 들여다보았다.
"자네 힘 좀 쓴다며?"
영문 모를 소리를 남기고 사라졌다.

문초도 없이 이틀을 그대로 더 지나고 사흘째 되는 날 아침, 아침밥이 다른 때 비하여 성찬이었다.
"눈치가 좀 이상하네. 저네들이 도사님의 도술을 눈치챈 거 아니여?"
파수꾼이 망이에게 은근한 웃음을 보이면서 다시 밑도끝도 없는 소리를 했다.
"자네들 운이 트인 게여."
"인제 곤장이나 몇 대 때려 놓아준답디까?"
한방에 있던 사내는 이튿날 아침, 다른 감방으로 데리고 나가 버리고 그 동안 줄곧 셋이었다.
갇혀 있다 보니 망이 뱀 잡는 이야기며, 점장이 소경 마누라 통간한 이야기만 서너 번도 더 들었다.

아침을 먹고 나자 무장한 군졸들이 몰려오더니 모두 밖으로 나오라고 했다. 문초를 하려나 싶어 따라나섰는데 감옥 뒤의 연병장으로 나가자, 갇혀 있던 죄수들이 다 나왔는지, 오십여 명이나 끌려나온 사람들로 웅성거렸다.
맞은편에 비단휘장을 친 단이 만들어져 있고 큼직한 의자들이 놓여 있었다. 그 비단휘장 좌우로 오색 깃발들이 청정한 겨울 하늘 속에 휘날리고 있었다.

"허, 장관일세."

"잔치라도 벌리나? 거 이상하구먼."

수런대는 소리들이 들렸다. 오십여 명 죄수들을 공터에 앉히고 그 뒤를 무장한 군졸들이 둘러섰다. 죄수를 문초하는 자리로는 너무 요란했다.

둥! 하고 북이 울렸다.

한참 지나 또 두둥 북이 울리자, 벌려 세운 깃대 끝 양쪽에서 동시에 나팔수들이 높게 나팔을 울렸다. 그 나팔 소리 속에 관복차림의 사나이 하나가 장수들 옹위 속에 군졸들과 죄수들을 둘러보며 위엄 있게 의자에 앉았다.

"유수(留守)께서 나오셨다."

추운 겨울하늘로 나팔 소리가 씽씽하게 퍼져갔다.

나팔 소리가 끝나면서 서경유수, 조위총이 천천히 자리에서 일어났고 일순 장내는 얼어붙은 듯 조용해져 버렸다. 그는 천천히 양쪽으로 벌려선 군졸들을 둘러보고 나서 쭈그리고 앉은 죄수들을 건너다보았다.

"듣거라."

생김새와 다르게 그의 목소리는 쨍쨍하고 날카로웠다.

"너희들은 국법을 어기고 백성들에게 폐를 끼친 자들로 죄과의 경중에 따라 크게 벌을 받아야 할 것이나…… 금번 본관…… 생각하는 바 있어 살인죄를 제하고, 서경 감영에 갇혀 있는 자들을 모두 이 곳으로 불러내어 왔다. 사람이란 누구고 한두 번 잘못을 저지를 수도 있는 것. 또 누구고 한두 가지 재주만은 남보다 뛰어난 것이 있는 것인 즉, 그 재주가 더 큰 일을 위해 쓰일 수 있다면 작은 죄는 탕감이 될 수도 있는 것이다."

유수는 거기까지 말하고 죄수들을 하나하나 눈여겨 바라보았다. 너무 의외의 말에 죄수들은 유수의 말의 진의가 무엇인지를 알 수가 없어 눈만 껌벅거렸다.

"너희 가진 재주를 오늘 아낌없이 이 자리에서 보이도록 하라. 특히 특출한 무예를 가진 자는 가려 뽑아 신분이나, 죄과를 불문에 붙여 중용하려고 한다."

죄수들 사이에 웅성거림이 일었다.

"아무런 재주도 갖지 못한 자는 일어서서 뒤로 나가거라. 한 가지라도 남다른 재주를 가진 자는 그 경중에 따라 죄를 사하고 뛰어난 자는 상을 내릴 것이다."

유수가 자리에 앉자 장교 몇이 죄수 곁으로 다가왔다.

"무예를 조금이라도 아는 자는 내 곁으로 오라."

눈빛이 날카로운 장교가 말했다.

하나 둘씩, 체격이 좋아 보이는 젊은이들이 그 장교 쪽으로 자리를 옮겨갔다. 망이도 한방에 있었던 동료들에게 어깨를 움찔해 보이고 그쪽으로 빠져나갔다.

"이쪽은 남다른 재주를 가진 놈들이다. 닭소리 잘 내는 놈, 걸음 빠른 놈, 여자소리 낼 수 있는 놈, 춤 잘 추고, 노래 잘 하는 놈…… 무슨 재주든 재주 있는 자들은 이리 오라."

몇 명인가가 그쪽으로 자리를 옮겨 앉았다.

망이는 주위 사내들을 훑어보았다. 스무 명쯤이나 될까. 그 때 망이는 건장한 체격의 청년 하나가 처음 앉았던 자리에서 꼼짝 않고 있는 것을 보았다.
"너는 뭐냐?"
장교가 그에게 묻고 있었다.
"나는 죄인이 아니오."
그가 퉁명스럽게 대꾸했다. 연병장 안, 시선들이 혼자 남아 있는 청년에게로 쏠렸다. 옆으로, 혹은 뒤로 빠져나가고, 오십여 명이 몰려 있던 자리에 이제 청년만이 덩그렇게 혼자였다.
"죄가 없는 놈이 갇혀 있어?"
버럭 소리를 지르는 장교의 얼굴이 일그러졌다.
"이 서경 땅은 앞뒤도 없고, 경우도 없는 게요?"
자리에서 꿈적도 않는 청년을 노려보던 장교의 손에 들린 채찍이 허공을 갈랐다. 그러나 청년은 앉은자리에서 몸을 피하며 장교를 마주 올려보았다.
"어?"
다시 채찍이 날아왔다. 이번에도 그는 가볍게 상체를 한번 비틀어 또 채찍을 피했다. 장교의 얼굴이 시뻘겋게 되면서, 채찍이 그를 향해 무수한 동그라미를 만들기 시작했다. 갑자기 연병장의 사람들 - 오십여 명 죄수들과 양쪽으로 도열해 있던 백여 명의 군졸들이 숨소리를 죽였다.
씨-잉!
씨-잉!

겨울공기를 가르는 채찍소리 속에 얼굴이 변해가는 장교와 앉은자리에서 채찍을 피하고 있는 기묘한 대결은 한참을 더 계속했다.

"그만!"

그들을 내려다보던 유수가 소리를 쳤다. 채찍이 멈췄다.

"이리 나오너라."

서경유수, 조위총이 청년에게 시선을 꽂았다.

"이름이 무어냐?"

"마라, 김마라라 합니다."

젊은이는 성씨에 특히 힘을 주면서 대답했다.

"칼을 쓸 줄 아는가?"

"조금은 합니다."

"활은?"

"약간은 합니다."

장교 하나가 군막 뒤에서 활과 검 한 자루씩을 들고 나왔다.

"이것들을 눈여겨보라."

마라의 눈이 번쩍했다. 자기 활과 검이었다. 활은 보통 사람으로는 다루기 힘든 노랑 수염네 집에서 들고 나왔던 강궁.

"우선 활 솜씨를 한번 보여 보라."

유수의 눈짓에 장교가 활과 화살 한 대를 마라의 손에 건네주었다. 청년이 고개를 하늘로 쳐들었다. 마라의 활시위에서 화살 한 대가 허공을 향해 무서운 속도로 날아올랐다. 그의 손이 새 화살을 뽑았고, 두 번째 화살도 곧바로 시위를 떠났다.

"와아!"

"와아!"

나란히 날고 있던 다섯 마리 오리 중 양쪽을 날던 두 마리가 동시에 일직선으로 낙하했던 것이다.

"헛허허…… 과연."

유수가 고개를 끄덕였다.

"칼을 주인에게 돌려주어라."

유수가 소리를 낮춰 명령했다.

활과 칼을 전해준 장교가 그에게 눈짓을 했다. 마라는 연병장 안의 시선을 받으며 장교 뒤를 따랐다.

"어디로 가는 거요?"

"유수께서는 무(武)를 숭상하고 특히 무인을 예우하오."

"……"

"혹시 산길에서 기러기를 쏜 적이 있소?"

"기러기요?"

유수가 묵는 관저는 연병장에서 멀지않았다. 기암괴석과 상록수가 어울린 정원과 바깥사랑을 돌아 마라는 후원 별당으로 안내되었다. 별당에서 그를 맞아준 것은 의외에도 산 속에서 만난 김보당이었다.

"여기서는 육신성불 비법 같은 건 강(講)하지 않으니 안심해도 좋을 걸세. 헛허허……"

"이 서경이라는 곳, 복마전 같아 정신을 못 차리겠습니다."

"내 목숨도 질긴 모양일세."

김보당이 허탈하게 웃었다.
"오늘쯤은 만나지리라 생각했네."
방안은 바깥날씨 같잖게 훈훈한 온돌이었다. 규모를 갖춘 문갑이며, 문갑 위의 난초 분, 연꽃무늬 청자주전자들이 조촐했다.
"산 속에서는 머리껍데기가 벗겨지나 했더니 그 날, 나도 여기까지 잡혀왔네……. 이튿날인가, 유수가 내 얼굴을 알아보고…… 당장 개경으로 압송되거나, 목이 잘리나 했더니, 죽을 날이 아직 남은 모양일세."

유수가 기러기를 쏘아 떨어뜨린 젊은이의 소문을 꺼내기에 마라가 아닌가, 짐작했다고 했다.
"산 속 졸개들은 잡혀 왔는데, 도사는 학을 타고 산을 넘는 것을 봤다고도 하고…… 사라진 건 틀림없네."
마라는 노인의 손끝에서 전해오던 열기를 생각하고 몸을 한번 떨었다. 그들이 이야기에 열중해 있는 동안 어린 계집종이 새 옷 한 벌을 가지고 왔다. 눈을 내려뜬 채 여자애가 고개를 숙이고 물러갔다.
"무술시합 일 등을 한 무사가 잔칫상 상석에 앉는 거 아닌가?…… 안 싸우고 이기는 것을 병법에서도 본래 최상책으로 치는 게고."
"잘 모르겠습니다."
옆방에 목욕물까지 준비되어 있어 마라는 나무통 속에서 더운 물에 몸까지 씻을 수 있었다. 뿌연 수증기 속에서 그 날 새벽, 슬

퍼 보이던 여자의 눈이 갑자기 떠올랐다.

 연병장 한쪽에서는 갇혀 있던 죄수들이 갖가지 재주들을 드러내 보이고, 다른 쪽에서는 편을 갈라 무기로, 혹은 맨손으로 각기 무술 실력을 겨루고 있었다.
 닭소리 잘 내는 놈, 물구나무 잘 서는 놈, 담벼락 잘 기어오르는 놈……. 바깥 세상에서 말썽 부리던 죄수들이고 보니 별 사람이 다 많았다. 거기에 밀교 집단 소탕작전에서 잡혀온 장정들 몇이 주문을 높이 외어대어 웃음바다가 되기도 했다.
 무술을 한다고 나온 스무 남짓 장정들은 처음 둘씩 마주 겨루고, 이긴 자들이 남아 다시 또 겨루고…… 그렇게 해서 점심 나절에는 네 쌍, 여덟 명만이 남았다.
 점심을 먹고 시합은 계속되었다. 마지막 남은 게 작은 체구에 눈이 반짝이는 망이와 곰처럼 커다란 체구의 장정 하나였다.
 "칠점사 딱 한 마리만 구워 먹고 왔으면 오래 끌 것도 말 것도 없겠구먼두."
 망이가 침을 찌익 내뱉으며 뇌까렸다.
 "무기는 뭘로 하겠나?"
 장교가 둘을 번갈아 보았다.
 "맨손, 권법이오."
 곰 같은 장정이 말했다.
 "권법? 좋구먼유."
 망이도 어깨를 으쓱했다.

둥둥둥, 북이 울렸다. 몸집으로는 상대방 사내가 망이의 세 곱은 됨직했다.

"그렇게 살이 쪄서는 죽은 뒤 나무관에 들기는 힘들것구먼그려. 아까운 판자쪽 널따랗게 널판 깔 게 있겠남?"

망이가 눈을 반짝이면서 이죽거렸다.

"소 잡듯이 가죽 벗겨 만두고기로나 팔면 근수가 나갈까. 아무래도 물밥 먹기도 힘들겄어."

덩치 큰 사내는 망이의 뇌까리는 소리가 들리지 않는다는 듯 두 팔을 벌리고 망이 앞으로 다가왔다. 워낙 큰 몸집이라 맞붙어서는 불리하겠다 싶었던지 망이는 몸을 빼내며 눈치만 살폈다.

"1자 한 장을 들고나 보니……."

몸을 옆으로 날리며, 망이의 발끝이 날카롭게 몸집 큰 장정의 가슴팍을 내질렀다. 제비가 벌레를 채듯 경쾌한 공격이었다.

그러나 사내는 망이의 발길에 멈칫했을 뿐, 바위덩어리 굴러내리듯 망이를 덮쳐왔다. 연병장이 그의 발길음 소리에 쿵쿵 흔들리는 것 같았다. 둔중한 공격과 급소만 노리며 매끄럽게 빠져나가는 망이의 대결은 대조적이었다.

"죽어 물밥도 못 얻어먹게 생겨가지구…… 자, 그러면 2자 한 장을 들고 보니……."

망이의 발길이 다시 날았다. 옆구리였다. 사내가 비틀했다.

"와아. 와아."

환호성이 올랐다. 여기저기서 웃음이 터졌다. 그러나 두꺼비가 파리 채듯 사나이의 두 손이 망이의 목 줄기를 움켜잡더니 망이의 자그마한 몸을 공중으로 치켜올려 그대로 팽개쳐 버렸다.

"억!"

관중들 사이에서 앞서 비명이 올랐다. 망이는 한참을 죽은 듯 꿈쩍도 하지 않았다. 장정은 긴 숨을 한번 내쉬고 뚜벅뚜벅 쓰러져 있는 망이 곁으로 다가갔다. 그리고는 얼굴을 찡그리며 허리를 굽혔다. 다음 순간 숨이 끊긴 줄 알았던 망이의 몸뚱이가 고양이 같이 잽싸게 사내의 가슴팍으로 튕겨올랐다.

"와아."

"와아."

더 커다란 함성이 일고 둘은 뒤엉켜서 승부를 판가름할 수 없이 넓은 마당을 뒹굴었다.

"이겨라."

"내질러라, 내질러."

윽! 하는 비명을 내뱉고는 큰 몸집의 사나이가 벌렁 나가 떨어졌다. 급소를 공격당한 모양이었다. 망이의 작은 몸뚱이가 먼지 속에서 부수수 일어나더니, 소매로 이마를 한번 쓱 문지르고 나서 사람들을 둘러보며 어깨춤을 들썩 추어 보였다.

"승자는 가까이 나오라."

그들의 싸움을 눈여겨보던 유수 조위총이 망이를 불렀다.

"이름이 망이구먼요. 계룡산에서 능구렁이, 살모사 잡아먹고 살다가 서경 구경길에 시장터 노랑 수염 영감하고 노비 계집 때문에 쌈이 붙어 잡혀왔구먼유."

"노비 계집?"

"예, 살갗이 꺼멓게 생긴 계집을 시장에다 내놓고, 그 노랑 수염 놈이……."

"헛허허, 되었다. 그만, 네놈 신분이 무엇이었건 간에…… 또 죄가 무엇이었건 간에……, 오늘로 해서 너를 서경군 별동대에 편입을 시킬 것이다. 활이나 칼은 다루어 본 적이 없는가?"

"그런데유 저는 가봐야 할 곳이 있구먼유. 날 눈 빠지게 기다리는 친구가 있어서유."

"헛허허…… 거야 내일 가도록 하고, 오늘은 잔치를 벌일 것이니 같이 마시고 취하도록 해라……."

망이의 조그마한 얼굴을 눈여겨보며 유수가 고개를 끄덕였다.

"용병이란 적을 속이는 일…… 능력이 있으면서 없는 것처럼 보이고, 사용하면서 사용하지 않는 것처럼 보이고…… 가까운 곳을 노리면서 먼 곳을 찌르는 것…… 헛허허……."

잔치는 그 날 해거름쯤 시작되었다.

연병장 한쪽에 모닥불을 피우고 어유(魚油) 등불을 밝힌 가운데 군병들은 서열에 따라 마당과 마루에 자리를 잡고 술과 고기를 배불리 먹었다. 쌩쌩 차갑던 날씨가 푸근해져서 술과 안주에 상하 없이 자못 흥이 겨워, 춤을 추기도 하고 더러는 노래를 하기도 했다.

휘황한 촛불 아래, 문을 열어젖힌 별당에는 유수 조위총을 상석으로, 나이 든 몇몇 장교들, 그리고 김보당과 마라, 망이가 자리를 했다. 망이는 만적 때문에 애가 탔지만 권하는 술을 계속 마셔서 일찍부터 흐느적거리고 있었다.

"이 잔을 저 젊은 장수에게 주어라."

영롱하게 학(鶴)이 새겨진 은 술잔이 마라에게 돌아왔다.

마라는 새 옷차림에, 두 손으로 정중하게 잔을 잡았다.

"몇 년 사이, 오늘처럼 내 흡족해 본 적이 없소. 이 곳에 도임한 후, 허다한 무부들을 보아왔지만 오늘 김마라 같은 젊은이를 얻은 것은 하늘이 내게 복을 주신 것. 흙에 묻힌 옥이라더니, 어찌해서 봉황이 오동을 찾지 못하고 잡목 속에 묻혀 있었는지……."

"저야 그저 닭, 싸움닭이지요."

마라도 받아 마신 여러 잔 술에 은근히 취해가고 있었다. 술기운 속에서도 그러나 엄격한 얼굴의 스승 허정대사의 얼굴을 자주 떠올렸다. 그토록 심하게 시키던 수련이, 이제야 붙잡을 수 있는 한 올 줄에 연결이 되고 있는 것인지…….

"싸움에 있어 무릇 다섯 가지 요건이 있다 하는데, 젊은이는 그런 말을 들은 적 있는가?"

"첫째가 도(道)요, 둘째는 천(天), 셋째가 지(地), 넷째가 장(將), 다섯째를 법(法)으로 한다고 스승께 들었습니다."

"어느 것이 제일 중하다고 생각하는가?"

"'도'가 아닌가, 생각합니다. 싸움이나, 큰 일을 도모할 시, 모든 사람이 한 마음이 되어야 하는 가여지사(可與之死), 더불어 함께 죽을 수 있는 마음이 생겨야 한다고 배웠기 때문입니다."

마라는 계속 스승 허정을 떠올리고 있었다. 지난 6년, 산 속의 그 가르침을 그는 처음으로 써먹고 있는 셈이었다.

김마라에 대한 유수의 시선이 은근해 보였다.

"무예만이 아니라. 병법도 많이 터득을 했군. 그 나이에……."
"아닙니다."

목욕을 하고 새 옷으로 갈아입은 마라의 모습은 당당하고 귀티가 흘렀다.

밤이 늦어서야 유수는 김보당과 마라, 그리고 망이만을 남게 하고 자리를 파했다.

"여기 술상을 다시 준비하여라."

조촐한 술상이 새로 들어왔다. 말린 육포와 나물, 거기에 향기 높은 술이 청자주전자에 곁들여 있었다.

"오늘 저녁은 격식 없이 다 취하기로 하십시다. 이 젊은이를 만난 것도 따지자면 김장군 덕입니다."

유수가 김보당에게 직접 술을 따라 권하며 치하했다.

"나야 오래 전 죽은 사람……."

"무슨 말씀……, 옥도 흙에 묻혔을 때는 흙으로 보이지요. 패전은 병가지상사(兵家之常事), 헌데 산 속에 얼마간 계셨으니, 그 도사 도술이 어느 정도 되는가 몸소 보셨겠습니다."

"일종의 사술이지요. 허나, 그 사술이…… 허나, 그 사람…… 누구 아래 들어와 지내지는 못할 겝니다. 거기다 신통술이 있어 의지가 강한 사람도 그 노인의 주문에 걸려 들면……."

"그러니 더 보고 싶은 게지요."

그 때 조용히 문이 열렸다.

계집아이들 셋이 윗목에 자리를 잡고 고개를 숙였다.

"이젠 너희가 술을 따라라."

마라와 망이는 꽤 취해 있었다.
　긴장을 하고 있었는데도 권하는 대로 받아마신 술이 그들 주량으로는 과한 듯싶었다. 학이 새겨진 은잔에 가득 술을 따라 내미는 소녀의 얼굴을 바라본 마라의 얼굴빛이 갑자기 해쓱해졌다. 틀림없었다. 토굴 속에서 만났던 다키니, 그 하늘하늘하던 몸매의 소녀가 자기 옆에서 술잔을 권하고 있었던 것이다.
　"즐거운 날……, 실컷 취하고 어려운 일들은 며칠 후에나 차차 논합시다. 헛허허…… 자, 어서들 듭시다."
　유수는 연거푸 잔을 비우고 있었다.
　다시 문이 열리고 이번에는 거문고를 든 같은 나이 또래의 계집애 하나가 그림자처럼 방안으로 들어왔다.

　　……호미도 날이언마라난
　　낫같이 들리도 없으니이다.
　　아바님도 어이어신 마라난 어마님 같이
　　괴리시 없에라
　　어머님 같이 괴시리 없에라…….

　거문고 소리, 낭랑하고 맑은 노래 소리, 웃음소리……. 마라는 혼미해지려는 정신을 가다듬느라고 제 허벅다리를 계속 꼬집으며 버티고 있었다.
　"마라와 망이 두 사람은 오늘부터 여기가 옛날부터 살았던 집이거니…… 전부터 살아온 곳이거니 그리 생각하고 지내도록 하게. 쓸 만한 후배들에게 무예도 가르쳐 주고……. 그래서 대장부 한세상 태어난 것을 후회 없도록…… 무엇들 하느냐? 젊은 장수들에게 술 권하지 않고."

"이제 저희는 더 마시지 못하겠습니다."

"옛날 장비(張飛)는 술통 속에 들어가 하루 낮, 하룻밤을 지내고 나와서, 안주를 달라고 눈을 부라렸다는데……. 거 무슨……, 어서 저 젊은 무사들에게 술을 따르라."

   신선으로 인간 세상에 귀양온 농서공자?
   일생 동안 달을 사랑해 벗으로 삼았네.
   채석강가 가을이 깊었을 때,
   가벼운 조각배 하나 망망한 물결 위에 떴네.
   실구름도 없는 하늘에 은빛 대궐이 솟아 있고,
   옥탑은 강물에 잠겼는데 물결조차 잠잠하네.
   하늘 복판에 있는 달은 가까이할 수 없거니와,
   물 속에 잠긴 달은 도리어 몹시 가까이 있지.
   즐거운 취흥으로 그걸 한번 잡고 싶어,
   생사는 그만두고 돛대 밑으로 몸을 구부렸네.
   한 개의 달이 상하로 나누어졌음을 어찌 알았으랴.
   온통 밝음 뿐이라 손에 잡히기는 어렵다네.

 이백(李白)의 《착월도(捉月圖)》 첫머리를 지그시 눈을 감고 읊고 난 유수는 마라와 망이에게 다시 시선을 주었다.

노비 시장 **121**

"사람에게는 누구나 다 혼자 꾸어 온 꿈이 있게 마련……. 그 꿈의 뿌리에 한(恨)이라는 것이 똬리를 트는 건 흔한 일……, 그 한이 사람을 자포자기 폐인으로 만들기도 하고 사람에 따라 세상을 향해 복수의 칼이 되기도 하고, …… 둘러보면 나 혼자만 억울한 것이 아니었구나, 그러다 동지가 생기고, 형제가 되고…… 그 꿈이 뜻이 되어 서로 통하게 되면…… 가여지사(可與之死)…… 각각 태어났어도 죽음은 더불어 할 수 있는 힘이 되기도 하는 것…… 내, 사람 보는 눈…… 틀리지 않았을 게야. 김장군은 그리 생각하지 않으시는지?"

유수는 술기운으로 얼굴은 붉게 달아 있었지만 목소리만은 카랑카랑 했고 눈매 역시 변함없이 날카로워 보였다.

"마라. 이 서경에는 아무도 자네를 귀찮게 굴 사람이 없네. 평소의 꿈을 더 크게 키우면 되는 게야……. 그게 효(孝)가 되는 것이고."

"효(孝)라 하셨습니까?"

유수는 마라의 해쓱해진 표정은 모른 척, 망이에게로 고개를 돌렸다.

"그대도 다른 생각말고, 집이거니 살면 되고…… 자, 어서들 들게. 몇 년 사이, 내 이리 즐거운 날이 없었어. 자, 같이 한번 실컷들 취하세나."

마라와 망이에게 자꾸 술잔이 돌아왔다.

술을 따라주는 소녀의 등장으로 혼란스러워진 머릿속이 유수의 밑도 끝도 없는 말에 더욱 뒤엉켜들어 버렸다.

"꿈을 펴는 것이 효가 되는 게야……."

다시 그 한 마디를 혼잣말처럼 낮게 하고 나서, 유수는 더 이상 다른 얘기는 하지 않았다. 그 말의 여운이 바늘 끝처럼 가물거려 가는 정신을 쑤셔댔지만, 끝내 그는 몽롱한 안개의 골짜기로 나뒹굴어 갔다.

어떻게 잠이 들었는지 알 수 없었다. 몹시도 목이 탔다. 캄캄한 어둠 속, 푹신한 이부자리였다. 마라는 한순간 본능적으로 산짐승처럼 자리를 박차고 일어나 방문을 열어젖혔다. 그가 잠들었던 행랑채 바깥마당 검은 어둠 속으로 싸르락 싸르락 눈이 내리고 있었다.

"수정과를 가져왔어요."

어둠 한쪽에서 여자의 목소리가 들렸다.

"누구요?"

좁은 툇마루 한쪽에 물대접을 들고 웅크리고 있던 여자의 작은 형체가 유령처럼 그 앞으로 떠올라왔다.

"술을 많이 권했으니 술을 깨주는 것도 할 일이지 싶어서요"

"당신, 그 사람?"

몸을 떨면서 그를 올려다보는 여자의 얼굴이 배꽃처럼 애련해 보였다. 차가운 수정과 한 대접을 들이키자 눈앞이 맑아졌다.

방안으로 들어선 조그만 몸매의 젊은 여자가 무릎걸음으로 그 앞으로 다가왔다. 바위 벼랑 사이로 그를 데리고 나왔던 그 여자는 추위 속에 오래 서 있었던지 온몸을 떨고 있었다.

"맞소? 나를 석굴에서 데리고 나온……."

손끝이 후들거려 왔다. 입안이 바짝 말라들었다. 그가 팔을 뻗쳤다.

"밖이 산 속보다 더 추워요."

귓속이 윙윙댔다. 밖으로는 계속 눈이 내리고 있었다. 그는 밀쳐두었던 이불을 끌어 떨고 있는 여자의 동그만 어깨를 감쌌다. 여자의 몸이 기우뚱하더니 그의 가슴 안으로 무너져 내렸다.

여러 해 전, 태백산 속에서 나이 든 한 무녀에게 홀리듯 잠깐 빠져든 일 외에는 여자를 안아본 건 처음이었다. 온몸이 푸들푸들 떨려왔다. 귓속으로 태풍 때의 바람 소리 같은 것이 왕왕거렸다.

"도사가 명을 내리고, 성 안에서는 유수가 당신을 보내고…… 누구의 사술에 걸린다 해도 지금은 나, 아무것도 모르겠소……."

귓속을 왕왕대던 태풍 소리 속에서 멀리로 흘러가는 한 가닥 개울물 소리가 들렸다. 여자의 말이 끝나기도 전, 그는 여자의 입을 제 입으로 막아 버렸다.

여자의 입술은 건조했고 차가웠지만 그걸 생각할 여유가 없었다. 남자의 커다란 손이 여자의 두 볼을 싸안고 그 얼굴이 공중에 떠오르도록 입술을 빨아올렸다. 조갯살처럼 찝찔한 여자의 혓바닥이 그의 입안으로 빨려들었다.

커다란 손이 여자의 젖무덤 위로 올라가 손가락 사이에 끼어든 젖꼭지를 가볍게 비틀었다. 여자가 목구멍 소리를 내며 두 팔을 뻗쳐 그의 어깨를 쓸어내리다가 어깨에 손톱을 꽂았다.

얼마 지나지 않아 그의 몸이 그녀 안으로 미끄러져 들어갔다. 죽기를 결심한 전쟁터의 장수처럼 남자는 거친 몸부림을 시작했다. 여자의 습기 머금은 신음과 착란의 불꽃이 그의 젊은 피를 태워가기 시작했다. 타버린 재까지 다시 태워 버릴 듯 남자는 이십여 년의 모든 것을 여자 속에 쏟아 넣고 있었다.

남자가 몸을 떨었다.

땀 젖은 남자의 가슴 위로 여자의 손이 기어올라왔다.

"샤그티가 되고 남자들하고 살을 섞었지요, 산채에 붙잡혀 가서……. 처음엔 싫고, 죽을 것같이 무서웠지만 차츰 그 짓이 내가 해야 하는 일로 생각되고, 어떻게 하면 사내들이 좋아하는가도 알게 되고……. 사람 뼈다귀들이 드러나 있는 골짜기에서도 머리끝을 쭈뼛거려가며 옷을 벗었고요……."

몽환 속에서 깨어나면서 마라는 그녀의 동그만 어깨와 하늘대는 허릿살, 그녀의 반듯한 이마, 어느 살갗에도 땀 한 방울 배어 있지 않은 것을 느꼈다.

"슈바에게 몸을 맡기고, 도사님이 시키는 대로 하다 보면, 그러다 보면 겁이 나고, 서러워지고……. 산에서는 그 짓을 꼭 내가 해야만 하는 일로 알았어요. 나무하고, 빨래를 하는 것처럼……."

그녀의 몸은 매끄러운 강 돌멩이나 나무등걸처럼 찼다. 후덥지근하고 축축하게 와 감긴 송송한 땀방울은 모두 그의 살갗에서 솟아나온 것들이었다. 덜 깬 술기운과 불길이 걷히고 난 다음 문득 망연한 허망감이 그의 전신을 감싸왔다.

그는 몸을 돌려 조그맣고 가는 여자의 몸을 조심스럽게 다시 가슴에 가득 안았다.

"석굴에서 왜 도망가게 하겠다고 생각했는지 꼭 물어보리라 생각했소……. 그것도 샤그티의 일이었소?"

"여자들이 춤추는 것을 바로말한 사람을 처음 보고……, 산 속에 끌려와 지내온 일들이 꿈을 꾸고 있나 싶어지고……, 오빠들 생각도 났고……."

"나는 지금 내가 어찌해 여기 누워 있는지도 사실은 모르오."

"지금 밖이 산 속보다 더 추워요……."

그녀의 눈에 고였던 눈물이 그의 벗은 어깨에 떨어져 내렸다.

"샤그티가 되어 슈바들 앞에서 옷을 벗는 것이 짐승같이 느껴지고……, 무서운 생각이 들었고……."

그의 가슴팍에 얼굴을 묻고 있는 여자의 눈에서 눈물이 계속 흐르는 듯 느껴졌다. 가슴의 살갗이 뜨듯한 물기로 축축하게 젖어왔다. 벗은 맨살에 눈물을 떨구고 있는 여자를 안고 있으면서 마라는 문득 이 여자와 자기가 다를 게 없다는 기분까지 들었다.

서경에 온 후의 모든 일들이 다 그랬다.

더구나 김보당은 금왕(今王)에 반기를 들었던 지금으로는 역적이라 했다. 그 김보당을 예우하는 유수. 하룻만에 죄수로 갇혔던 자기를 귀빈 대접을 하는 유수의 속뜻이 무엇인가를 생각하면 더욱 머릿속이 엉켜왔다.

"만나지 못해도 더러 생각이 나지 싶어요."

이번엔 그녀의 입술이 앞서 그의 입술로 다가왔다.

여자의 차디찼던 몸이 조금씩 따뜻해져 가는 기분이 들었다.

"내일 일은 나도 아무것도 모르겠소."

입술이 맞닿았다가 점차 상대방의 혓바닥을 뽑아낼 것같이, 둘은 상대의 혀를 빨아대기 시작했다. 혈관 속, 불꽃이 새롭게 바늘 끝처럼 곤두서기 시작했다. 여자가 헐떡이며 잠시 그에게서 떨어졌다.

"아까부터…… 눈이 와서…… 눈 내리는 소리를 따뜻한 방에서 들으면서 누워 있는 것……, 생각해 보지도 못해서……."

여자의 목소리가 중간중간 끊겼다. 마라도 지금 방 밖으로 떨어지는 눈송이와 그것을 쓸어가는 바람 소리를 잠깐씩 들었다. 그 바람 소리가 천천히 멀리로 밀려가더니 한꺼번에 귓속을 멍멍히 채워들다가 여자가 내뱉는 신음과 목구멍 소리 속에 묻혀가기 시작했다.

불길이 혓바닥을 내밀고 탁 탁 소리를 내며 오색으로 무늬 지어 튀어오르기 시작했다. 빨강, 노랑, 파랑…… 무수한 작은 불꽃들이 튕겨올라 합쳐지고, 떨어져 그것들은 수십 개 수백 개로 빛을 내며 부서져갔다.

살아왔던 세월이 조각조각 쪼개져 겨울 밤 하늘의 별똥처럼 흘러가고 있었다. 한(恨)도, 꿈도 한꺼번에 수많은 색깔들로 쪼개져 튀어오르다가 하나로 합쳐지며 격랑이 되어 솟구치고 다시 소용돌이를 이루었다.

둘은 몸 한구석이라도 빈틈이 있어서는 안 된다는 듯 서로의 빈 구석을 찾아 넘쳐나도록 채워들었다. 여자가 드디어 두 손을 위로 내뻗었다.
　힘을 다해 사지를 내뻗던 여자의 얼굴이 베개에서 아래로 굴러 떨어지면서 고개를 내젓기 시작했다.
　"그만……, 인제 그만……."
　마라는 사내와 계집이 한순간 하나로 합쳐져 까마득한 영겁 속으로 잠겨가는 것을 의식했다.

　앞을 분간할 수 없는 안개 속. 엷은 먹물처럼 검은 안개가 사방을 채우고 있었다. 눈을 부릅떠 앞을 노려보자 축축한 안개 저편으로 불씨가 일면서 모닥불이 타올랐다. 불꽃이 조금씩 세력을 더해가더니 모닥불 빛에 사람의 형체가 드러났다.
　두 사람이었다. 꿇어앉아 곁에 쌓인 종이 조각을 한 장, 한 장 불길 속에 내던지는 사람과, 앉아 있는 사람을 금방이라도 베어 버릴 것같이 장검을 빼어든 젊은이의 모습이 유령처럼 부옇게 떠올라왔다.
　앉아 있는 사람이 종이 뭉치를 던질 때마다 모닥불 불꽃이 치솟았다 가라앉고, 다시 치솟고 했다. 칼을 치켜든 젊은이가 마라 쪽을 향해서 고개를 돌렸다. 순간 젊은이의 이마에 지렁이가 기어가는 듯한 흉터가 드러났다. 어둠 속에서 흉터가 점점 크게 떠올라왔다.
　너, 만적(萬積)이……. 마라가 놀라 소리쳤을 때, 젊은이가 중얼거렸다……, 지금 노비 문서를 태우고 있다……. 이 삼한 땅,

노비 문서를 한 장도 없이 깡끄리 다 태우는 거다…… 노랑태…… 마라는 앉아 있는 사람이 노비 거간꾼 노랑태라는 걸 느낀다…… 안 돼. 그 사람을 해치면…… 마라가 소리를 내지르며, 만적을 향해 달려가다가 눈을 떴다.

 꿈이었다.
 그는 본능적으로 또 자리에서 튕겨 일어났다. 옆자리는 지난 새벽이 꿈이었던 듯 비어 있었다. 야생의 짐승은 잠시의 방심으로 제가 다른 짐승의 먹이가 되어 버릴 수 있는 걸 안다.
 눈이 내리면 깃털 빛이 희게 바뀌는 뇌조(雷鳥)를 잡은 적이 있었다. 사람이 접근해가고 있을 때, 그 뇌조들이 눈밭 위에서 움직이지 않고 죽은 듯이 있던 것을 기억한다. 살아남아야 한다는 건 짐승의 본능이었다.
 고슴도치 털처럼 마라의 신경도 사방을 향해 올올이 일어서 있었다.

반기(叛起)

유수와 단 두 사람이 대면하게 된 것은 마라가 성 안에 온 지 이틀 후 일이었다.
"자네를 만난 것이 업이지, 그 생각을 했네."
"무슨 말씀이신지요?"
겨울 바람이 후원의 낙엽을 한쪽으로 휘몰아 날렸다.
유수는 새파랗게 맑아 쨍 소리를 내며 찢겨나갈 것만 같은 하늘을 쏘아보다가 그에게로 눈을 돌렸다.
"우리 사는 이승, 눈 깜짝할 사이 스쳐 지나가는 것이라 해도 대장부 한번은 제 꿈과 뜻을 펴 보아야 하지 않겠나? 그대 조부 김현근 중랑장, 이 서경에서 한때 날리던 장수였고……."
마라의 얼굴이 일순간 경직되었다. 조심해야 한다. 먹히고 먹는 산짐승의 세계에서처럼. 그는 천천히 숨을 내쉬었다.

"청자를 굽던 그대의 아비는 무지막지한 오랑캐들의 손에 비명에 갔고……."

마라의 표정을 놓치지 않으면서 유수는 말을 계속했다.

"조부와 아비의 한(恨)……. 그래서 자네가 남보다 빨리 무예를 익힐 수 있었다고 생각지 않는가?…… 천민으로까지 떨어지지 않고, 평민의 자식으로 태어났더라면 밥이나 안 굶는 농군으로 한세상을 살아갔을 것 같지 않는가? 내 말의 속뜻을 알겠는가? 장사치가 물건을 사는 것은 이문을 남기기 위해서야. 그건 사람과 사람 사이도 마찬가지지……."

"……."

"제 눈앞에서 어미를 욕보이던 주인 놈이…… 제 처까지 농락하려 하자 들이받고 도망 나온 망이 같은 사람도 있고……, 이 서경에는 그렇게 한이 쌓인 사람, 억울한 사연 안고 사는 사람이 많지……. 그래서 이 서경을 전부터 반골(叛骨)의 땅으로 몰아붙이기도 했고…….

"……."

"자네, 나라 이름이 어찌 고려가 된 줄 알지?…… 중원까지 넘보던 고구려의 혼을 되찾으시겠다는 태조대왕의 뜻이 서려 있는 걸……. 그 발판이 서경이어서 이 서경을 중히 여겨왔고."

"……."

"내 오늘…… 후원으로 자네를 불러낸 것은 내가 이문을 남기는 장사를 하고 있는지 알아보려 함일세……. 백성과 나라를 생각하는 조정이 잘못되면 어찌해야 하는가?…… 나라와 백성은 별 문제라치고 실정을 했다 해도 한때의 지존, 그 군주를 시해하고…… 그래, 이의민 같은 무뢰배가 정사를 좌지우지하는 세상이 되어서야 되는가?"

 이의민이라는 이름이 나오자, 마라는 자신도 모르게 어금니를 악물었다. 활활 불길이 타고 있는 유수의 눈빛을 보았다. 언젠가 스승 허정대사도 저토록 눈빛이 타올랐다. 그 때 스승 역시 음성마저 떨며 얘기했었다. 외조부가 그에게 검을 전해주면서 그 눈빛이 저토록 타오르고 있었다.

 그렇다.

 이젠 핏줄을 찾았고, 노비 신분이라고 붙잡혀 가 이마에 먹물로 뜸을 뜨지 않아도 좋을 위치에 와 있다. 붙잡아야 하리라. 놓치지 않고 붙잡아야 하리라. 그래서 한 걸음, 또 한 걸음 계단을 향해 올라가야 하리라. 그는 이글이글 불타고 있는 유수의 눈빛을 바라보며 마음 속으로 흐르는 한 줄기 강렬한 섬광을 보았다. 두 다리가 후들거려 왔다.

 "내 딸아이를 아직 못 만났지?"

 "예?"

 "우리 채리(茱利)와는 구면이 아니든가?"

 "무슨 말씀이신지요?"

 마라는 꿈 속에서 깬 듯 다시 긴장하여 해쓱해졌다.

 "사내가 규중처녀에게 기러기를 선물하고도 까마득히 잊었다니…… 자네 배짱도 보통이 아닐세."

"그럼?"

"헛허허. 이제야 생각이 나는 게로구먼."

그 날 외조부를 찾아가던 산길에서 만난 가마와 고개를 내밀어 웃어 보이던 소녀의 얼굴이 되살아왔다.

단 한번의 대면. 그것도 다시 대면하리라는 상상을 해보지 못했던 마라에게 유수의 말은 너무 충격이었다.

"딸아이에게서 자네 활 솜씨 이야기를 들었지. 그래서, 내…… 장사를 해야겠다, 생각을 한 게야. 이제 짐작이 가나?"

"제가 쏜 기러기가 그 날, 그만…… 우연히……."

"기러기라는 것이 무슨 뜻을 가지고 있는지 알기나 하는 건가? 그 애도 기질만은 사내 못지않게 활달하지. 헛허허."

"감히…… 제가 잊고 안 잊고가 있겠습니까?"

여전히 싸늘한 바람이 낙엽들을 한구석으로 몰아붙이면서 나뭇가지들을 흔들었다.

"내 자네를 찾아 장사를 하겠다고 생각했느니……. 도술을 부린다는 노인도……, 김보당 장군을 구해주었다던 여진 여자도, 금소예…… 소예라는 이름…… 이제 짐작이 가는가?"

마라의 얼굴이 굳어졌다.

"그래, 소예 낭자 뿐 아니라, 자네에게 무술을 가르쳐 준 자네 사부도 찾아보리라 생각했느니……. 삼고초려(三顧草廬) 아니라, 열 번, 백 번이라도……. 헌데 자네 사부는 이미 표표히 종적을 감추었어."

"스승님께서요?"

유수가 고개를 끄덕였다.
"호랑이도 제 말하면 온다더니……."
껄껄거리며 유수가 앞서 정자를 내려섰다.
"기러기 고기 맛있었어요."
말에서 내린 유수의 딸, 채리가 그를 향해 싱긋 웃음을 던졌다.
"아,…… 예."
마라는 당황해서 두 손만 모아쥔 채 대꾸할 말을 찾지 못했다.
"이번에 잡은 오리고기도 내가 맛있게 먹었구요."
그녀가 밝은 얼굴로 깔깔 웃었다.
"이상한 소문이 돌아요, 아버지. 시장바닥, 노비를 사고 파는 곳에 웬 젊은이가 나타나서 또 행패를 부렸대요."
채리가 마라를 힐끔 곁눈질해 보며 어깨를 으쓱했다.
"허허허……, 그건 네 알 바 아니다. 가봐라."
마라를 건너다보며 깔깔거리고 나서, 그녀는 날렵하게 말고삐를 돌렸다. 얼굴 생김새와는 다르게 그녀의 몸놀림은 경쾌했다.
"철이 없어, 사내아이 같거든."
딸의 뒷모습을 바라보는 유수의 눈이 잠시 부드러워졌다.

유수와의 대면이 있고 난 밤에는 영 잠이 들 수 없었다.
너무 많은 것이 머릿속을 뒤엉켜 왔다. 살아왔던 세월과 살아갈 날이 뒤죽박죽 흙탕물처럼 머릿속을 뒤섞여 오고, 그 한가운데 꿈 속에서 본 만적의 모습이 사라지지 않고 계속 떠올라왔다.
유수는 마라에 대해 이미 많은 걸 알고 있었다. 사부 허정에 대해서도. 더구나 압송되어 가던 김보당을 구해준 깃이 금소예 누이었다니……. 거기다가 만적은 지금 어디에 있는지…….

그는 어둠을 노려보며 어금니를 물었다. 유수의 그 눈빛, 그 카랑거리던 음성이 올가미처럼 끈끈하게 떠올라왔다.

유수의 눈은 얼음 같다가 불시에 파란 불꽃을 내뿜었다. 개경의 권력자들을 향해 옛 조부가 그랬듯 반기를 들 생각을 하는지도 몰랐다. 전율 같은 소름이 돋았다.

그는 마음 속에 잊지 않고 있었다. 어린 시절 동경의 김풍 장군 댁 분위기를.

사냥터에서 이마에 화살을 맞고 죽어가던 동료의 치뜨던 눈망울을 그는 지금도 역력히 떠올릴 수 있었다. 이마에 먹물이 수놓여 다시 노비 신세로 되돌아갈 수도 있는 것이다. 늙고 병들어 쓸모 없는 노비들을 숨이 붙은 채로 내다 버리는 귀기 서린 골짜기의 음습하던 신음 소리가 지금도 그의 가슴 안에는 살아 있었다. 만적과 나란히 술 취한 김정의 화살받이가 될 뻔했던 그 공포를 어찌 잊을 수 있겠는가…….

이제야 간신히 그 음산한 노비의 사슬에서 얼마큼 비켜나와 있을 뿐인데…….

언제 몽둥이가 날아올지, 어느 때 가죽이 벗겨질지 모른 채 발목이 채워져 있던 그 덫에서 지금은 몇 발자국 빠져나와 있는 셈인데…… 그러나 그것이 또 다른 덫, 새로운 함정이라면…….

농삿일이 끝나는 겨울철이 되면 팔려나오는 노비들 수효도 다른 철보다 많아져 노랑 수염도 그만큼 바빠진다.

대역(大逆) 죄인의 식솔이나 적군 포로가 노비가 되는 것이 보통이지만 흉년에 병란이라도 겹치면 생활고 때문에 양민들 중에도 세도가의 노비 되기를 자원하기도 하고, 제 자식을 노비로 파는 사람도 있어 노비의 수효는 불어나기 마련이었다.
　묘청의 난 이후, 크고 작은 민란에다, 무신의 난으로 기존 세도가들의 몰락 역시 노비의 수효를 증가시켰다. 국경을 넘나들던 여진족 무리들이 노비로 흡수되기도 해서 서경은 개경 못지않게 노비 거래가 많은 곳이었다. 베 육십 필에서 팔십 필이 대개 노비 가격이었고, 계집이 사내보다는 비쌌고, 어리거나 늙으면 그 반 값이었다.

　"여염 계집이야 흔하지요만 깊은 산에서 산짐승에다 날짐승 잡아먹고……, 심심산천 약초만 캐 먹던 오랑캐 계집이다 이겁니다……. 집에서 키우는 닭보다 꿩 맛이 낫고, 집토끼보다 산토끼 맛이 월등한 이치와 마찬가지란 이런 말씀입니다. 집안 화초보다 심산계곡 들꽃에는 깊고도 색다른 향내가 있다, 이겁니다."
　노랑 수염은 그 날도 앞에 세워 놓은 자그마한 여자 하나를 열심히 소개하고 있었다.
　"나이 이제 열일곱……, 어떻습니까?"
　잇몸을 벌겋게 내보이며 구경꾼들을 둘러보던 노랑 수염의 얼굴이 잠시 멈칫 긴장했다. 구경꾼들 사이에서 유난히 따가운 시선이 느껴졌기 때문이었다.
　"자, 오늘 이 물건, 쉽게 구해지는 물건하고 다르다 이겁니다."

노랑 수염은 조금 전부터 자기 얼굴에 와 꽂히는 시선 때문에 구경꾼들 쪽을 힐끔거렸다.

호기심만은 아닌 적의가 담긴 눈길이었다.

"특별히 비싼 값을 부르는 것이 아니고…… 베 팔십 필에 넘겨드리겠다 이겁니다. 소나무, 참나무, 잣나무, 물푸레나무, 고로쇠나무…… 나무 정기에다 들쭉 꽃향내 특별히 좋아하지 않는 어른들이라도…… 나이 열일곱이면, 데려다 사냥을 시켜도, 냇물에서 창으로 고기잡이를 시켜도, 버들고리를 엮으라고 해도, 일 년 못 가서 제값이 빠진다 이겁니다. 이 팔뚝을 보시면……."

노랑 수염이 그녀의 팔을 치켜드는 바람에 남루한 웃옷 앞섶이 벌어지며 동그만 가슴 한쪽이 드러났다. 계집은 황급하게 한 손으로 가슴을 가리면서 붙잡힌 팔을 뿌리치듯 뽑아냈다.

"돌멩이 하나로 산토끼나, 고라니를 잡을 수도 있다, 이겁니다……. 주인 안 생기면 내가 부리고 싶다 이겁니다."

그가 손가락으로 계집의 턱을 치켜들었다. 유난히 머리결과 눈썹이 진했다.

"어디 가서도 이런 물건 구하기가 쉬운 것이 아니올시다."

구경꾼들은 많아도 막상 그 노비를 사겠다고 선뜻 나서는 사람이 없었다. 노랑 수염의 얼굴에 초조한 빛이 보였다.

지난 번 시장에서 난동을 부렸던 사내가 서경 감영에 갇혔다가 유수에게 대접을 받고 있다는 소문 때문이기도 했지만 구경꾼들 사이의 시선 하나가 신경에 거슬렸기 때문이었다.

"칠십 필이면 내가 사겠소."

소가 끄는 수레에 개가죽 벙거지를 쓰고 앉았던 사내가 큰소리로 외쳤다. 시선들이 그쪽으로 몰렸다. 벙거지 사내는 수레를 내려서더니 노랑 수염 쪽으로 걸어왔다. 구경꾼들이 그를 위해 통로를 만들어 주었다. 잠자코 계집의 발을 무심히 쳐다보던 벙거지 사내가 계집 옆으로 다가섰다.
　"산짐승 잡으러 다니는 데는 괜찮을 듯싶은데……."
　가무잡잡한 계집이 힐끗 사내를 올려다보았다.
　맨발이었다.
　"잘 보셨습니다. 이 계집의 발바닥으로 말씀드릴 것 같으면 소가죽, 곰가죽보다 더 탄탄해서 자갈밭이고 바위등성이고 마음놓고 쏘다니게 되어 있다, 이 말씀입니다. 비싼 신발 신을 게 아니라, 손님들도 이 계집에게 배울 건 배우시라 이 말씀입니다. 어떻게 하는고 하니, 산에 가서 발바닥에다 소나무 송진을 바르고 하루를 돌아다니다가, 이튿날 또 그 위에다가 송진을 바르고, 또 돌아다니고. 그렇게 열 번만 하면 발바닥이 송곳이나 칼끝으로도 뚫어지지 않는다, 이겁니다……."
　"칠십 필이오."
　벙거지의 사내가 말했다.
　"다섯 필 더 쓰십시오."
　"칠십 필이오."
　노랑 수염은 품 속에서 몇 장 문서를 꺼내 그 중 한 장에다 붓으로 서명을 해 사내에게 내밀었다. 계집은 다른 노비들을 한번 둘러보고 나서 새 주인을 힐끗 쳐다보았다.

"베는 이 앞 객주집에 있소."

"오늘 물건 하나는 잘 고르셨습니다."

벙거지의 사내가 가무잡잡한 계집을 데리고 제 수레로 돌아가 막 수레가 출발했을 때쯤 기마병들이 먼지를 날리며 시장으로 들어섰다. 말발굽 소리가 들려오자 노랑 수염의 얼굴에 안도의 빛이 떠돌았다. 그러나 정작 무장을 한 기마병들이 노랑 수염네들을 둘러쌌을 때는 조금 전 구경꾼들 속의 그 날카롭던 시선은 감쪽같이 사라지고 말았다.

"아마도 이마에 흉터가 있었지 싶었어요. 눈빛이 예사가 아니었다니까요."

"그놈이 그럼 구름이라도 타고 하늘로 솟았단 말인가? 아니면 두더지가 되어 땅을 파고 들어갔단 말인가?"

"좌우간 보통 놈으로는 안 보였습니다."

"이런 답답한……."

구경꾼들의 얼굴을 둘러보았지만 적의를 보이던 시선의 주인공은 이미 시장 안에 없었다.

노랑 수염은 그 날지녁 회주 몇 잔을 들이키고야 잠자리에 들었다. 벙거지를 쓴 사냥꾼에게 팔았던 여진 계집을 중간에서 웬 젊은이가 나꿔채 갔다는 소리를 들은 때문이었다. 뒤숭숭한 기분에 늦게까지 뒤척대다가 잠이 설핏 들었는가 싶었는데 섬뜩하고 차가운 냉기에 눈을 떴다.

그리고 순간 헉 소리를 지르며 입을 벌렸다.

짐승의 눈빛 같은 새파란 안광이 그를 내려다보고 있었던 때문이었다.

"떠들 것 없소."

긴 장검 끝이 문 창살로 기어든 달빛을 푸르스름하게 반사하면서 그의 턱 끝에 닿아 있었다.

"…… 누…… 누구요?"

"시키는 대로 하시오."

"내…… 하찮은 장사꾼이 되었지만…… 나도 무인의 핏줄이오. 도대체……."

"우선 당장, 영감이 간직하고 있는 노비문서들을 내놓으시오. 앞으로 팔려갈 노비, 이 집에 매어 있는 노비, 가릴 것 없이……."

낮았지만 그의 음성도 칼끝처럼 싸늘했다.

"…… 노비문서를?……."

"열까지만 세겠소……. 하나, 둘…… 셋…… 넷…… 다섯…… 여섯…… 일곱……."

"…… 가지고 있는 문서들이…… 내 것이 아니고……."

"여덟……. 아홉……."

젊은이의 칼끝이 턱 밑을 파고들었다.

금방이라도 칼끝이 사람 숨통을 끊어 버릴 듯싶었다.

"…… 이것들은 내 꺼가 아니고……."

"열."

노랑 수염의 이마에 식은땀이 배어 나오고 있었다.

"이제 영감 손으로 한 장씩…… 한 장씩 호롱불에 붙여 화로에

놓으시오."

 노랑 수염의 손이 그가 시키는 대로 노비문서 한 장 한 장을 불에 붙여 화로 위에 얹었다. 그것들은 잠깐씩 환하게 빛을 발했다가 검게 변하면서 천천히 흰 재가 되어갔다.

 노랑 수염의 이마에서는 구슬같은 땀방울이 방바닥으로 뚝뚝 떨어져 내렸다.

 한 장.

 또 한 장.

 그렇게 불이 붙었다가 허연 재가 될 때마다 젊은이의 눈빛은 불길을 뿜어냈다. 마흔 장 남짓한 노비문서가 하얗게 되었을 때 젊은이는 화로 위의 부젓가락을 집어 그 재들을 다독다독 곱게 가루가 되도록 눌러 덮었다.

 "두 번째…… 1년여 전……, 경상도 동경 땅, 김풍 장군집 가솔들과 노비들이 이 서경 땅으로 끌려왔소. 잘 생각해 보시오. 거제도에서 폐위된 왕을 옹위하고 나온 군사들과 토벌군들 간의 싸움이 있었을 때, 그 동경 땅, 김풍 장군집 가솔과 노비들이 이 서경 쪽으로 팔려왔소."

 젊은이의 눈빛이 붉게 충혈되어 갔다.

 "…… 그 노비들 중…… 분이라는 여자애가 있었을 게요. 엊그제 사냥꾼한테 팔려간 그 또래 계집이오. 그 계집이 지금은 어디에 있소? 집만 말하면 되오."

 노랑 수염은 손으로 이마를 짚었다.

 땀방울이 이제 얼굴 전체에서 떨어져 내리기 시작했다.

노랑 수염이 고개를 끄덕였다.
 젊은이의 이마 위에 흉터가 지렁이처럼 검붉게 꿈틀거렸다.
 그의 표정이 싸늘하고 차갑게 변하는가 싶더니 칼끝이 노랑태의 미간을 향했다. 노랑 수염이 두 손을 저으며 머뭇머뭇 뒤로 물러앉았다.
 "배가 올챙이배같이 된 우리 어매가 말 탄 사람한테 머리채를 휘감겨 질질 끌려가며 죽는 걸 보았소……. 일터에서 병이 난 노인……. 채찍으로 맞고도 일어나지 못하자 골짜기에다 내다 버리는 것도 봤소……. 많이 보고, 너무 많이 들어왔소……."
 칼을 쥔 사내의 손이 갑자기 잠깐 움직였다..
 "아!"
 나지막하게 노랑 수염이 비명을 토했다. 노랑 수염의 이마에 두 줄로 먹물을 그은 듯 가늘게 피가 배어 나왔다.
 젊은이는 열기가 남은 화로 위의 재를 한 움큼 쥐어 노랑 수염의 상처에 문질렀다.
 "이래 두어야 훗날 저승에 갔을 때, 서럽게 이승 살다간 노비들 혼령들이 저희 동료인 줄 알고 해코지를 안 할 게요."
 노비문서를 태운 시커먼 잿가루 한 움큼을 상처 난 이마에 문지르고 일어서면서 젊은이는 씁쓸히 웃었다.
 "상처 아물면 이마에 그럴 듯한 그림이 남을 게요."

몇 가닥 사랑의 방식

　서경성 동문 밖으로 한적해 보이는 저택이 하나 있었다.
　높다란 담장 밖으로 늙은 노송 가지들이 잎을 떨군 잡목들에 섞여 그 가지를 유난히 푸르게 늘어뜨리고 있었다.
　퇴역 군인 송주철 중랑장의 집이었다.
　서경 호족 출신으로 일찍 개경(開京)으로 출사, 교위가 되었다가 진왕 의종 복위의 난 때 토벌대에 참가한 인물이었다. 장군 반열에 오를 수도 있었는데, 백성들의 재물과 계집을 너무 밝히다가 독직 사건으로 물러난 위인이기도 했다.
　팔팔한 성품의 무장이었지만 칠십을 바라보는 노인이었다.
　일찍 서경을 뜬 탓에 서경 쪽의 세도가들과는 교유가 없어 한적한 집이었는데, 얼마 전부터 바깥 사랑채에 웃음소리도 들리고 술상 심부름이 잦아졌다.
 사랑채에 찾아든 주인 또래 나그네 때문이었다.
 "옛날 개경서 가까이 지냈던 친구분이시라지. 아마……."
 "도(道)를 닦은 신선이라는 게여. 신선이라는 게 뭔 줄이나 알어? 나들이 할 때는 구름이나 학을 불러 타고, 한 끼에 쌀 한 톨씩만 먹고……, 그 손님이 사랑방에 언제 들었는지도 본 사람이 없잖어?"
 하인들끼리 사랑에서 자주 웃음소리가 나자 싱거운 얘기마저 오갔다. 근거 없는 말은 아니었다. 사랑채에 보름 남짓 묵고 있는 노인은 얼마 전 서경유수 조위총의 명으로 산 속 밀교 집단을 소탕할 때 사라졌던 도사노인 바로 그 사람이었다.

 "영구히 죽지 않고 사는 것이 꼭 헛말만은 아니지요……. 늙은 남자가 젊고 어린 계집을 품에 안아 희롱하여 그 정(精)을 쏟아내지 아니하면 살갗에 윤기가 도는 보정법(補精法)의 이치를 생각하시면 짐작이 가시리다."
 "보정법이라? 허……."
 "살아 있는 육신이, 육신의 탈을 벗지 않고도 젊어질 수 있는 비법은 고래로 있어왔지요."
 향기 짙은 술을 비우면서 도사는 늙은 퇴역 군인의 허연 수염을 물끄러미 건너다본다.
 벌써 며칠째였다.
 "헌 옷을 꿰매고, 풀을 먹이고, 물감을 들여 새 옷처럼 만들 듯이 육신도 그리할 수 있는 거지요……. 그것이 바로 육신성불의 비법……, 옛날부터 몇몇 사람에게만 전해오는 비법이지요."

 추적거리며 겨울비가 내리고 있었다.
 하인들끼리 한담(閑談)을 나누는 대문 쪽 담벼락에 그림자처럼 붙어 움직여 오는 삿갓을 쓴 젊은이가 있었다. 삿갓의 모습이 후줄근해 보였다.
 삿갓이 잠시 인기척에 멈칫 했다.
 "거, 누구요?"
 나이 든 하인이 목청을 돋우었다. 묵묵히 가까이 오던 삿갓이 두 사람의 손목을 하나씩 잽싸게 거머쥐어 버렸다. 우악스러운 힘이었다.
 "어?"
 "허!"
 워낙 강한 악력에 팔목을 잡혀 손을 뿌리칠 재간이 없었다.
 "이 집에 노비들이 몇이나 있소?"
 손목을 잡힌 채 야산으로 이어지는 북쪽 담벼락 끝까지 왔을 때야 삿갓은 손목을 놓으며 나직이 물었다.
 거세게 잡힌 손목을 뿌리치듯 놓아 버리자 둘은 동시에 축축한 흙바닥에 주저앉아 버렸다.
 "…… 한 서른 남짓…… 사내 계집 합해서 한 서른 되우. 그런데 그건 왜 묻소?"
 손아귀 힘에 놀란 데다가 엉덩방아를 찧어 둘은 허옇게 질려 있었다.
"초면에 실례했소만, 내 묻는 말만 대답하시오."
삿갓이 버럭 소리를 내지르는 바람에 둘은 목을 움츠렸다.
"요새, 이 서경에 이상한 사람이 나타났단 소식 못 들었소?"
중늙은이 쪽이 고개를 갸웃했다.
"도사라던가 그런 분이 한 분 있긴 한데……, 그건 또 왜 묻는 게요?"
삿갓이 잠시 힐끗 주위를 살폈다.
사위는 그저 추슬추슬 내리는 빗소리뿐이었다.
"내가 물어본 건 그 사람이 아니오……, 노비들 많이 부리는 세도가 집에 연기같이 찾아들어 노비문서를 불사르고 다닌다는 사람 얘기 말이오."
"주인 있는 노비문서를 불사르면 그건 어찌 되는 게요?"
"못 들었으면 더 얘기할 필요 없고…… 이 집이 퇴역한 송주철 중랑장댁이 분명하오?"
"나리께서는 한참 때 오랑캐 무리를 하룻밤에도 수십, 수백씩을 베고…… 동경까지 반란군 토벌을 하러 가신 분이오. 이젠 연세 있으셔서 바깥 출입도 아니 계시지만, 나리야 이 서경뿐 아니라 삼한 삼천리 안에서 용맹이 자자하신 분이신데…… 좌우간 왜 그러시우?"
"이 집에 동경에서 데려온 계집종이 있을 게요. 맞소?"
젊은 쪽이 나이 든 쪽을 바라보며 겨자 먹은 얼굴이 되었다.
"있소? 없소?"

삿갓의 음성이 다시 날카로워졌다.

"한 이태 선에 왔을 게요. 헌데……?"

"찾아내서 내가 데리고 갈 거요."

젊은이는 쓰고 있던 삿갓을 벗어 천천히 손에 들었다. 동시에 둘의 눈이 잠깐 커졌다. 어둠 속에서도 청년 이마의 흉터가 눈에 들어왔기 때문이었다.

"이마빡 먹물 뜬 노비 주제에 남의 집 여종을 찾는다니 기가 막히오?"

만적의 입가에 서늘한 웃음이 떠올랐다.

"종놈 씨가 따로 있고, 종놈 종자가 따로 있는 줄 아오?"

"팔려다니고, 끌려다니는 것이 종인데…… 인연 따지고, 뭘 따지고 할 겨를이 어디 있소?…… 반반한 계집종이야……."

푸들푸들 온몸에 경련 같은 한기가 스몄다. 계집종이야 열댓 살, 종아리에 물이 오를 때쯤이면 주인 영감님이나 주인집 도련님 잠자리에 불려들어가는 건 흔한 일이 아니던가. 손님이라도 오는 밤이면 손님방에 시중하러 들어가기도 하고…….

새벽녘 뜰을 쓸러 나오면 걸음조차 제대로 못 걸으면서 손님방을 뒤뚱거리며 나오던 어린 계집종들의 모습을 한두 번 본 것도 아닌데. 머릿속으로 한바탕 거친 회오리가 일면서 그는 가벼운 현기증마저 느꼈다.

"노리갯감이 되고, 병신이 되었어도 상관이 없소."

만적의 두 눈이 삿갓으로 다시 가려졌다.

겨울비는 계속 추적거리며 내렸다.

"가솔들만도 수십 명인 집에 그래……, 섶을 지고 불로 뛰어드는 게 빠르지. 이마에 흉까지 새기고…….."

주막집 골방으로 끌어내어 몇 잔, 술을 마신 뒤에도 나이 든 쪽은 만적에게 고개를 설레설레 흔들었다.
"그저 제 분수 지키며 사는 게 천명을 사는 게지."
마시던 술잔을 상 위에다 내려놓고 만적이 밖으로 나온 것은 오래지 않아서였다.

그는 날 듯이 주막을 나와 그대로 퇴역 군인의 집을 향해 뛰기 시작했다. 귓속으로 바람 소리만 윙윙 내달았다. 더 이상 생각할 겨를이 없었다.
"종이란 것이 집에서 치는 닭이나 돼지보다 나을 것이 없는 게요……. 만나기도 힘들겠지만 만난다 해도…….."
화주 잔을 들이키고 나서 말하는 중늙은이의 이야기를 끝까지 듣고는 생각할 겨를이 없었다. 눈앞에 불똥이 튀어 그는 정신 없이 뛰어나온 것이었다.
"이빨이 몽땅 뽑혀 골방에 누워 있거니 생각하면…… 옛날 인연이 허망하다는 생각이 들 게요……. 이마빡 흉터 보면 형씨도 종살이를 한 듯도 싶은데…… 헛살았소."
권세 있고 돈 많은 늙은이들이 어린 계집종을 잠자리에 끌어들인다는 것 정도는 알고 있었지만 반반한 계집종을 데려다 보통 잠자리 시중으로 직성이 차지 않아 이빨을 몽땅 뽑아 골방에 가누어 두고 변태 성행위를 시킨다는 이야기는 금시초문이었다.
그는 대문을 박차고 무작정 앞마당으로 뛰어들었다.
비가 내리고 있어서였는지, 행랑채나 앞마당에도 사람들의 모습이 보이지 않았다. 그가 워낙 번개같이 뛰어들어와 미처 그를 발견한 사람이 없었는지도 몰랐다.
"여봐라!"
사랑채 방문 앞에서 일단 숨을 한번 내쉬고 만적이 소리를 내질렀다.
"늙은 주인 쌍판 좀 보자."
만적의 목소리가 쩌렁쩌렁하게 집안을 뒤흔들어 왔다.
"아니, 이런 무엄한 놈이."
"이런 미친 놈이."
"어디서 이런……."
금방 장정 몇 사람이 눈을 부라리며 뛰쳐나와 그를 에워쌌다.
"난 주인한테 용무가 있어 왔지, 너희들하고 다투러 온 게 아니니…… 들어가서 허리띠 풀고 이나 잡아라."
"아니, 이놈이, 여기가 어디라고?"
장정 하나가 주먹을 휘두르며 그 앞으로 구르듯 다가섰다. 그것이 신호라도 된 듯 대여섯이 한꺼번에 만적을 덮쳐 왔다. 그러나 금방 장정 네 명이 흙바닥에 나뒹굴었다.
"들어가라고 하지 않았느냐?"
그의 몸이 공중으로 치솟자 두 명의 다른 장정들도 빗물 괸 마당으로 나가 떨어졌다. 순식간에 빈 주먹으로 덤비던 놈들, 손에 몽둥이를 든 놈 할 것 없이 여섯 명의 장정들이 쓰러지고, 발끝에 면상을 채인 놈은 입에서 피를 내뿜었다. 그러나 곧 다른 장정들이 몰려들었고, 제법 무기를 다룰 성싶은 험상궂은 얼굴의 사내들 댓 명이 칼을 뽑아 들고 있었다. 만적이 나자빠진 장정들과 다시 몰려온 젊은이들을 흘겨보고 나서 웃음을 터뜨렸다.

"사람도 아닌 짐승을 주인이라고 섬기고…… 썩 꺼져라. 아니면 너희 주인 놈하고 함께 순장을 시켜줄 게다."

"어째 이리 소란스러우냐?"

사랑채 작은 쪽문이 그 때서야 밖으로 열렸다. 워낙 거세게 날뛰는 만적의 기세에 젊은이들이 빈틈을 찾고 있는 동안 쪽문이 열린 것이었다. 백발에 왜소한 몸집의 노인 얼굴이 쪽문으로 드러났다. 그의 얼굴에 만적의 시선이 꽂혔다. 만적의 시선이 불꽃이 되어갔다.

"어떤 놈이 그리 떠들어 대는 게냐?"

"죄 없는 종놈들 다치게 하고 싶지 않으니 물러가라 하시오."

"뭣들 하느냐? 이놈을 썩 결박지어 꿇어앉히지 않고?"

그 호령 소리에 칼을 쥔 자들이 한꺼번에 밀어닥쳤다.

"핫하하…… 나…… 오래 칼자루를 안 잡아봤는데……."

힐끗 주인을 향해 웃음을 보이고 나서 만적의 두 발이 마루를 걸어찼다.

"얏!"

그의 칼이 한번 움직였다.

쨍그렁.

칼을 놓친 장정이 팔목을 쥐고 그 자리에 나뒹굴었다.

"모조리 목을 베어 놓기 전에 물러들 가."

또 한번 비명과 함께 장정 하나가 칼등으로 손목을 얻어맞고 나가 떨어졌다.

"그만 멈추어라."

자그마한 체구의 주인이 형형한 눈빛의 만적을 쏘아보며 마루로 한 발 나섰다. 그의 눈빛 역시 불길을 내뿜고 있었다. 노인의 눈빛이라고는 믿기지 않을 만큼 강렬한 기색이었다.

"너희들은 저 만큼씩 물러가 있거라."

그는 마당 쪽에다 호령을 하고 나서 만적 앞으로 한 걸음 썩 다가섰다.

"나는 무관으로 나라와 백성을 지켜온 사람이다. 오랑캐를 내몰고, 반군들을 치고……. 넌 보아 하니 오랑캐의 자손도 아닌 듯한데 어이 내 집에 와 소란을 피우는 게냐? 무장이란 무릇 싸움터에서도 예절을 아는 법……."

"내 이마를 보시오."

만적의 이마에 드러난 흉터가 검붉게 꿈틀거렸다.

"내 집에서는 도망간 종놈도 없거니와 붙잡혀 와서 묵형(墨刑)을 받은 놈도 없다."

주인의 눈빛이 서늘한 기운으로 만적의 눈에 부딪쳤다.

"무릇 종을 거느린 자, 사람 위에 서서 사람을 개돼지보다 못하게 여기는 자, 사람을 팔고 사는 자, 내게는 다 똑같은 자들이오. 우리 어매를 죽인 자도, 내 친구를 죽인 자도 다 똑같은 자들인 것이오."

"헛…… 허허허."

애기를 듣고 있던 노인이 허공을 쳐다보며 껄껄껄 커다랗게 웃음을 터뜨렸다. 만적 같은 젊은이 정도야 안중에 없다는 그런 웃음이었다.

"나라에 국법이 있음도 알지 못하는 놈이라면 내가 더불어 애기할 것이 못된다. 백성이 국법을 지켜야 한다는 것은 알아야지……. 말을 알아들을 만한가 해서 나왔더니만 물러가라……, 얘들아, 이 자에게 나갈 길을 터 주어라."

전장을 누볐던 패기와 긍지를 아직 잃지 않고 있는 듯, 주인은 훌훌 소매를 털며 돌아섰다.

"여보시오."

만적이 으르렁거리며 그 앞을 막아섰다.

"또 뭐냐?"

"어린 계집종 이빨을 뽑아 못할 짓을 시키는 늙은이도 국법을 아오? 그런 늙은이가 인륜을 아는 거요?"

그가 부드득 이를 갈며 두 손을 치켜들었다. 주인도 두 손을 마주 치켜들었다. 그러자 잠시 모든 것이 정지되어 버리는 듯했다. 네 개의 눈만이 이글이글 증오를 내뿜으며 맞부딪쳐 튀기 시작했다. 노인 쪽 자세가 흔들렸다. 동시에 씨잉 하는 날카로운 소리를 내며 화살 한 대가 만적을 향해 날아왔고, 몸을 비킨 만적의 바로 뒷기둥에 화살촉이 깊숙이 꽂혔다.

"에이잇! 치사한……."

기둥에 꽂힌 화살을 뽑아 팽개치고 땅을 박차며 허공으로 뛰어 오른 만적의 발끝이 노인의 가슴팍을 향해 비스듬히 내려꽂혔 다. 숨을 죽이고 있던 장정들이 한꺼번에 만적을 다시 덮쳐왔다.
"깡그리 도륙을 할 것이다. 깡그리……."
씩씩거리던 그의 몸이 허공으로 떠오르고, 그의 손길과 발길이 닿는 곳마다 비명이 터졌다. 옆구리를 움키며 만적을 노려보던 주인이 뒷걸음질로 몸을 감추어 버렸다. 상처받은 한 마리 짐승 만이 남아 날뛰기 시작했다. 그는 눈에 보이는 것, 몸에 닿는 것 마다 물어뜯고 할퀴어댔다. 그의 어깨에서도 피가 배어 나오고 있었다.
"깡그리 깡그리……, 도륙을 낼 게다."
사방에서 비명이 울리고 몰려왔던 장정들이 가슴이나, 손목을 움켜쥐며 쓰러져 갔다. 그의 오른쪽 어깨에서 배어 나온 피가 팔 꿈치까지 빗물로 벌겋게 적시고 있었다.
"과객에게도 이건 너무 소란스럽구나."
사랑방 문이 다시 열리더니 졸리는 듯한 목소리가 들려왔다. 길길이 날뛰던 만적의 눈이 힐끗 그 목소리를 향했다.
"나야 지나는 나그네다만 시끄러운 건 질색인 사람이다."
백발 성성한 한 노인이 마루로 나오며 히죽 웃고 있었다. 도사 라던가, 신선이라던가 하는 자가 분명했다. 만적도 재빠르게 등 을 벽으로 돌리고 노인을 맞바라보았다.
"제법 무예를 익힌 모양이니 내 하나 묻겠다."
노인은 아직 잠이 덜 깬 얼굴로 한 걸음 한 걸음 만적 쪽으로 다가왔다.

"너, 진언(眞言)을 아느냐?"

노인이 졸리는 듯한 음성으로 말했다.

"다라니(Dharani), 혹은 만트라(Mantra)라는 말을 들어본 적이 있느냐?"

"노인은 이 집하고 상관이 없으니 비키시오."

"헛허허……, 그만큼 시끄럽게 굴어놓고 상관이 없다니……. 너, 듣거라. 진언 다라니는 불가해(不可解), …… 겉으로 뜻이 없이 들리는 건 어디로도 뜻이 통한다는 말과 같은 게다……. 무(武)란 불과 같아 크고 뜨거운 불이 작고 약한 불을 덮쳐 버릴 순 있다. 허나 불이 타오를 때, 맞은편에서 더 강한 불이 붙어오면 처음 붙었던 불은 화력이 약해진다. 또 아무리 뜨거운 불이라 해도 물 속에 들어가면 맥을 못쓰는 게 불이다. 진언이란 맞붙어 오는 불도 되고, 물도 되는 게다. 헛허……."

"비키시오."

"자, 나를 한번 넘어뜨려 보아라."

노인은 하품을 한 번 하고 나더니 그 앞으로 바싹 다가섰다.

"자, 나를 똑바로 보고…… 사바하, 수다하…… 사라 시리 시리…… 수루 수루."

그러자 이상하게도 노인 쪽에서 한 줄기 뜨거운 열기가 자기 쪽으로 뻗쳐오는 듯했다. 그 열기를 의식하면서 잽싸게 두 손을 내뻗으며 몇 걸음을 물러섰다.

"힝크리티…… 사타나타…… 시트그리티…… 우크리티……

하바크리티……."

　노인은 졸리는 듯한 음성으로 중얼거리며 두 손끝을 똑바로 그에게로 뻗어왔다. 그러자 노인의 눈에서 한 가닥 안개 같은 것이 피어오르기 시작했다. 노인의 눈에서 나오는 안개가 눈앞을 부옇게 흐려오면서 전신을 그물처럼 덮어오는 듯싶어졌다.

　'사술이다.'

　'휘말리면 안 된다.'

　정신을 집중시키면서 두 손을 내뻗어 눈앞의 안개를 흐트리면서 노인의 두 눈을 똑바로 노려보았다. 그런데도 노인이 계속 입 안으로 진언을 우물거리며 한 걸음 한 걸음 다가서자 다리와 어깨의 힘이 무너지듯 빠져갔다.

　"잠들라…… 탄생이여, 유지여, 파괴여. 큰 실재여…… 빛의 근원이여…… 누리, 온누리 끝까지 타올라 잠 재우라…… 잠 재우라…… 옴…… 사바다 수다하…… 사라 사라 시리 시리."

　"비키시오. 비키지 않으면……."

　"잠들라. 누리, 온 누리, 타올라 잠 재우라…… 잠 재우라…… 옴…… 사바다 수다하…… 사라 사라 시리 시리……."

　"에에익!"

　온몸의 기력을 모아 몸을 솟구치며, 그의 두 발이 노인의 몸을 허공에서 내질렀다. 그러나 몸을 비킨 노인의 손끝이 바로 앞에서 눈을 찌를 듯 가까이 와 있었다.

　"잠들라…… 잠들라…… 슈바여…… 슈바여…… 에헤이히 마하부타…… 헤이하마하부타."

이상한 일이었다. 한 줄기 뜨거운 김 같은 열기가 온몸을 휘감기 시작하면서 만적은 얼음이 녹아내리듯 온몸이 흐물거리며 까마득한 곳으로 가라앉아드는 현기증이 왔다.

정신이 들었을 때는 후원 언덕에 파놓은 석굴 안에 내팽개쳐진 뒤였다. 어둠과 추위가 심하게 통나무 창살 틈으로 기어들었다. 후원 나무들이 바람 속에서 무섭게 우짖고 있었다. 만적은 두 손으로 창살을 움켜쥔 채 사납게 밖을 노려보았다.
"우우우우……."
어둠을 노려보며 그가 짐승처럼 울부짖었다. 부글대는 분노와 슬픔이 온몸을 갈기갈기 조각으로 쪼개낼 것 같았다.
윙 위윙.
바람은 후원의 나뭇가지들을 매섭게 흔들어 댔다. 팔뚝 굵기만 한 통나무들이 촘촘하게 앞을 막고 있었다. 부드득거리며 이를 갈면서 어둠을 노려보는 만적의 눈길이 퍼렇게 불을 뿜어 대고 있었다.
"분이야!"
발작이라도 일으키듯 그가 어둠을 향해 분이의 이름을 불렀다. 가까운 어디에 분이가 있을 것이었다. 얼마나 처참하게 지내왔나를 확인하고 싶었다. 분이도 알고 있을지 몰랐다. 어린 시절 마음을 의지했던 사내가 지금 덫에 걸려 짐승처럼 갇혀 있다는 것을 들었을지도 몰랐다.
여우가 죽을 때 머리를 제 태어난 굴 쪽으로 돌리고 죽는다는 이야기가 있듯 만적에게 분이는 고향의 환영 같은 것이었다. 속치마를 들췄을 때 느꼈던 그 시큼한 구정물 냄새는 그가 잊지 않고 있던 어미의 냄새였다.

그는 자주 분이를 생각했지만 그녀를 생각하면서 혈관이 거북살스럽게 들쑤셔 일어난 적은 없었다. 분이는 그에게 아련한 슬픔이었고 서러운 강박감이었다. 그 분이가 바로 이 창살 저편 집안의 어딘가에 있을 것이었다.

"분이야!"

"분이야!"

창살을 움켜쥔 채 상처받은 산짐승처럼 만적이 어둠을 향해 이를 부드득 부드득 갈았다. 그러나 나뭇가지들을 갈기갈기 찢기라도 할 듯 매서운 바람 소리 속에 그의 음성은 빨려 들어가 버렸다. 어둠과 바람뿐이었다.

"아아……"

바위벽에 등을 기댄 채 잠시 쭈그리고 앉았다. 상처 입은 어깨에서 흘러내린 피가 팔목에 엉켜 있었고, 섬뜩한 한기가 이번엔 등으로부터 다가들었다.

사부 허정대사는 눈발 뿌리던 동굴 앞에서 좌선한 채 이마에 송글송글 땀방울이 배어 나오지 않았던가. 그는 어금니를 눌러 물며 두 다리를 펴 가부좌의 자세로, 온몸을 뒤틀어 오르는 분노를 단전으로 가라앉히며 숨을 들이마셨다. 시간이 조금씩 지나면서 귓속에서 바람 소리가 멀어져갔다. 잠시 추위도 느껴지지 않았다. 그러나 그뿐, 더 이상 몸이 덥혀지지 않았다.

그는 다시 눈을 번쩍 뜨고 창살 밖 어둠을 노려보았다. 그 때 어둠 속으로부터 횃불 하나가 그가 갇힌 석굴 쪽으로 가까워지고 있었다. 바람 때문에 횃불은 꺼질 듯이 흔들거리며 그가 갇혀 있는 석굴 입구로 접근해 왔다. 횃불이 멈추었다.
 "기백만은 가상했다. 젊은 놈의 그 기백만은 가상했어."
 횃불이 창살 가까이 오더니 도사노인의 얼굴 윤곽이 똑똑히 드러났다. 노인의 눈빛이 야유로 번들거렸다.
 "네놈, 그 기백만은 살 만하다. 이놈아."
 "사술로 눈을 흐리게 하고도 부끄럽지 않소?"
 "땅 속만 기어다니는 굼벵이는 하늘을 나는 새가 있음을 알지 못한다."
 만적이 홱 고개를 돌렸다. 습기 찬 어둠만이 앞을 가로막았다.
 "무예라는 게 눈에 보이는 것만으로는 안 된다는 것을 이제 알았을 터. 몸 속의 기와 삼라만상의 기운을 융합시키는 높은 술법이 있다는 것을 알아야……. 나도 이제 나이 먹어가면서 제자를 찾고 있던 중……, 너만한 기초가 있으면 육신성불의 높은 도에 이르기 쉬울 것이다."
 은근한 목소리로 창살에 얼굴을 바싹대고 얘기하던 노인의 말이 채 끝나기도 전, 그의 두 발이 노인의 얼굴 쪽으로 향해 날아올라갔다.
 "핫하하, 핫하하."
 그러나 만적의 발은 창살에 부딪쳐 무너져 내렸고 노인은 고개를 젖히며 커다랗게 폭소를 터뜨렸다.

"기운도 쓸 데 써야지. 미리 기력을 빼놓을 필요는 없을 게다. 너한테 봉변 받은 놈들이 날이 밝으면 네 살점을 한 점 한 점 저미어 술안주를 한다고 벼르고 있다. …… 사람고기 술안주 한다는 얘기는 들은 적이 있을 것이다. 지금껏 네놈 숨통이 붙어 있는 것도 내 덕인 줄이나 알아라. 싸움터에서 사람 목숨을 땅 버러지로 알던 이 집 주인이 네놈을 이 집에서 살려 내보낼 성싶으냐? 곰 같은 놈."

노인은 비웃듯 말을 마치며 몸을 돌려 천천히 어둠을 향했다.

을씨년스러운 바람이 노인의 옷자락을 나부꼈다. 서서히 다시 어둠과 냉기가 무겁게 그의 목을 조여들기 시작했다.

"노인장하고 나하고는 아무 은원도 없는 터, 헌데 노인의 사술에 걸려 뒷에 걸린 짐승이 되었소."

"난 이 집에 며칠 신세를 졌다…… 알겠느냐? 난 이 집에 밥값을 갚아야 했던 게야. 다만…… 네놈 살아날 있는 길이 딱 한 가지 길밖에 없는 걸 네놈도 알 터……. 네놈이 내 제자로 입문한다 맹세하면 내 주인에게 특청해서 너를 꺼내줄 것이다. 제자가 되겠느냐?"

"제자요?"

"나는 드러내놓고 제자를 키울 입장이 못된다……. 생사를 맹세하고 죽는 날까지 의리를 지킬 제자 한둘……, 내 주인에게 청하여 그 계집종을 너와 같이 있게 해줄 수도 있느니라……. 이승의 은원도 따지자면 영겁, 윤회의 인연에 의한 것. 그 인연들이 다하면 육신의 허울을 벗어놓고 내세에 다시 나고, 다시 나는 그

높고 깊은 진리를 난 네게 깨우쳐 주겠다는 것이다."

"……."

"더 높은 도를 닦아 삼라만상의 기운을 네 자유자재로 할 수 있게 되면 너도 해탈이 된다. 어떠냐? 우선 그 계집을 네게로 보내 주랴?"

"나를 여기서 나가게 해주오."

싸락눈이 흩뿌리기 시작했다.

"잘 생각해 두어라. 억지로 널 입문시킬 생각은 없다."

싸락눈이 쏟아지면서 흔들리던 횃불이 꺼져 버렸다.

캄캄한 어둠 속으로 노인은 금방 빨려들 듯 사라져 버렸다.

살점을 저미어 죽이겠다던 말과는 달리 이튿날 한낮이 될 때까지도 석굴 쪽에는 사람 그림자조차 얼씬하지를 않았다. 밤새 흩뿌리던 싸락눈이 바람에 한쪽으로 쓸려가 버리고 눈에 들어오는 후원은 낙엽과 마른 풀로 삭막하고 을씨년스러울 뿐이었다.

점심 때가 되어서였다.

"쉬……, 소리 내지 마오."

늙은 하인이었다. 그는 주위를 살피면서 재빨리 주먹밥 두 덩이를 창살 틈으로 밀어 넣었다.

"섶을 지고 불로 뛰어드는 거라고 했더니만…… 다친 놈들이 많아 지난 밤만 해도 일이 나지 싶었는데 그래도 도사노인 청이 크긴 컸던지……."

"……."

"도사가 나리께 젊은이를 제자로 키운다고 청을 넣고 이쪽에 아랫것들 얼씬도 하지 말라고 엄명이 내렸소⋯⋯. 좌우간 조심허구⋯⋯, 인연되면 다시 만나겠지만⋯⋯."

늙은 하인은 주위를 살피더니 잽싸게 석굴 옆으로 몸을 감춰 버렸다.

도사 노인이 다시 석굴 앞에 나타난 것은 땅거미가 깔릴 무렵이었다.

"그래 생각은 했느냐?⋯⋯ 난 성급하진 않다. 네놈이 아무리 싫다 해도 넌 내 제자가 될 테니."

둘의 눈이 다시 날카롭게 부딪쳤다. 노인의 눈빛이 어젯밤처럼 야유에 차 있지만은 않았다. 기침 소리가 났다. 아까 왔던 늙은 하인이었다.

"분부대로 거행하였습니다."

하인은 가져온 음식을 노인 앞에 내려놓고, 뒷걸음질을 했다.

"가마니와 짚더미도 내 이른 대로 가져 오너라. 얼어죽어 버리면 만사가 허사다."

"예."

"내리 굶고도 얼어죽지 않은 것만도 대단한 무공이다. 육신이란 빈 껍데기요, 한낱 빌려 입은 의복 같은 것이긴 해도 육신을 빌려 입고 있는 동안은⋯⋯."

늙은 하인이 가마니 서너 장 외에도 짚더미를 한 아름 안고 돌아왔다.

"창살 사이로 밀어 넣어 주어라."

하인은 시키는 대로 가마니를 창살로 밀어넣고, 짚더미를 풀어서 한 움큼씩 석굴 안으로 들였다. 음식과 짚더미를 석굴 안으로 다 들이고 나서 늙은 하인은 뒷걸음으로 재빨리 석굴 앞을 떠나 버렸다.

"네 살아날 방법은 하나밖에 없다 하지 않았느냐? 더구나 너는 이미 육신성불 비법에 입문을 한 게다."

노인은 무엇을 생각하는지 빙그레 웃음을 띠며 창살 쪽으로 한 걸음 다가섰다.

"사람이 육신을 그대로 갖고도 부처에 이르는 길……, 그게 내가 너에게 전수해 주려는 비법이다. 어려울 것도 없다. 사내와 계집이 한데 어우러져 아득한 정신이 될 때 문득 육신을 탐하지 말고, 청정한 마음이 되면 저 극락과 진리에 이르는 깨달음이 오는 것……. 더불어 삼라만상 그윽한 기운이 내 육신 속에 가득 차는 게지. 핫하하…… 어떠냐? 이 만하면 신방을 차리기에 그리 부족함이 없어 보이는데…… 하하."

"뭐요?"

만적이 되물었으나 노인은 앙상한 겨울나무 가지 사이, 잔뜩 흐린 하늘로 고개를 돌려 버렸다.

아주 짧은 시간 덜컹, 문이 열리며 한 마리 웅크린 짐승 같은 그림자가 석굴 안으로 쓰러져 왔다. 뒤이어 자물통 잠기는 소리가 철컥 났다. 잠시의 일이었다.

"네가 그토록 목숨도 안 돌보고 찾아 헤맨 계집, 어서 원을 풀어

라. 저 멀고 아득한 극락의 시원(始原), 저 시작과 끝이 없는 영겁의 한 찰나를 찾아라. 허나……."

창살 밖에 매달아 놓은 등불의 불빛이 석굴 안을 반쯤 부옇게 비쳐들었다. 엎어진 작은 어깨 위에서 그 등불 빛이 출렁여 왔다.

"시작도 끝도 없는 저 몽환의 한 순간…… 너는 이제 슈바가 되어 다키니 속으로 들어가는 것이다."

노인은 등을 돌리더니 천천히 어둠 속으로 그림자가 되어 빨려 들어가 버렸다. 잠시 망연히 서 있던 만적이 고개를 처박고 있는 여자 앞으로 구르듯 다가갔다.

"너…… 너, 분이가 맞는 게냐?"

그러나 여자는 둥그렇게 움츠린 몸을 펼 생각을 하지 않았다.

"만적이다……. 네 오빠 묻어 주었던 만적이……."

바싹 다가앉아 여자의 어깨에 손을 얹었지만 여전히 무릎에 고개를 처박은 채 도르르 몸을 말고 있는 여자는 죽은 듯이 꿈적도 하지 않았다.

"분이라면 고개를 들어 봐라. 어서……."

여자의 어깨가 물결치듯 움직였다.

만적이 그녀의 어깨를 두 손으로 움켜잡아 앞뒤로 흔들었다. 그러나 여자는 더욱 깊이 고개를 처박으며 어깨만을 출렁였다.

"잊어버리지는 않았지? 6년 전…… 6년 전……."

그의 두 손이 무릎에 처박은 여자의 뺨을 감쌌다. 언제부터 흘리기 시작했는지 얼굴이 눈물로 완전히 젖어 있었다. 손바닥 위에 와닿는 뜨뜻한 물기에 만적은 화다닥 놀라 손을 뽑았다.

눈물. 오랫동안 잊어버렸던 눈물이 지금 그의 손바닥을 적시고 있었다. 만적은 한없이 눈물을 흘리고 있는 여자의 양 볼을 천천히 두 손으로 감싸올렸다. 그러나 여자는 아래로 기울인 얼굴을 한사코 들려고 하지 않았다.

"분이야."

좌우로 고개를 내젓던 여자의 얼굴이 한참 만에야 위로 치켜올려졌다. 창백하게 굳은 여자의 작은 얼굴은 온통 눈물로 범벅이었다. 여자의 얼굴을 들여다보던 만적이 윽! 비명을 질렀다. 그의 눈이 커다랗게 확대되었다. 눈물로 얼룩져 있는 여자의 얼굴. 창백하다 못해 푸르스름하게 변해 버린 여자의 얼굴이 똑바로 만적을 향하고 있었다.

"...... 눈이...... 보이지 않소. 나는......"

눈을 감고 있느니 생각했던 분이의 얼굴은 눈자위가 움푹 꺼져 있었던 것이다.

"...... 만...... 만적이......"

어눌한 어린 아이 같은 목소리가 그의 이름을 불렀다. 만적이 푸들푸들 떨기 시작했다. 귓속으로 멀리서 흐르는 강물 소리, 귀기 어린 흐느낌 소리만이 왕왕 대며 흘러가고 있었다.

씨잉, 씨잉 다시 후원의 나뭇가지들이 바람 속에서 비명을 내지르기 시작했다. 거친 바람이었다. 바람이 등불을 흔들었다. 그는 비틀거리며 일어나 창살을 움켜쥐었다.

"아아아......"

그의 포효와 함께 창살 밖에 매달아 두었던 등불이 땅으로 굴러 떨어졌다.

"간을 씹겠다. 네놈들이 죽어 도망가는 저 세상까지 쫓아가 산을 씹겠다…… 으으으."

그가 창살에 으깨져라 머리를 부딪쳤을 때 굴러 떨어진 등불이 마당의 마른 낙엽 위에 옮겨 붙고 있었다.

"…… 살아 있어 주어서…… 고마워…… 살아 있는 걸 알았으니…… 인제 나는 되었어……."

창살을 움켜쥔 채 겨울밤을 향해 포효하는 사내 쪽으로 움직여 가던 그녀가 멈추었다. 보이지 않는 얼굴이 방향을 잡듯 머뭇대다가 그녀의 두 손이 잠시 허공을 맴돌았다.

어둠의 한 공간에서 사내의 다리가 그녀 손끝에 닿았다. 그러자 그녀는 불에라도 덴 듯 손을 다급히 거두어들였다. 그리고 그 자리에 다시 녹아 사라질 듯 풀썩 엎어져 버렸다.

만적은 눈앞의 어둠도, 창살도, 지금 막 굴러 떨어진 등불에서 마른 풀 위로 옮겨 붙어 퍼져가는 불길도 보이지 않는 듯했다.

만적의 몸이 석굴 안을 부웅 떠올랐다가 두 발이 창살을 걷어차고는 그대로 굴러 떨어져 내렸다.

얼음이 녹아들 듯 쓰러졌던 여자가 보이지 않는 어둠을 향해 두 손을 폈으나 만적은 다시 튕겨 일어나 창살을 움킨 채, 어둠을 향해 또다시 소리를 내질렀다.

"분이야……, 분이야."

만적에게는 눈앞 현실들이 잠시 사라져 버린 성싶었다. 노비의 시체들이 뒹굴던 골짜기가 있는 경상도 땅의 한 계곡. 마른 억새 풀밭만이 그의 눈앞에 꿈처럼 펼쳐져 있어 그 억새풀 사이로 사라져 가는 까칠한 한 소녀의 모습만을 뒤쫓고 있었다.

혼돈의 안개 속으로 주근깨 많던 까칠한 피부의 한 계집아이가 멀어져 가고 있었다.

"오빠…… 오빠……오빠."

이가 뽑혀나간 여자의 입에서 어둠 속을 향해 어눌한 발음이 새어 나왔다. 그러나 만적은 여자의 음성을 듣고 있지 않았다.

"…… 살아 있어서. 고마워……."

불길이 후원의 마른 풀밭을 핥아가다 위로 치솟아오르기 시작했다. 처음에는 천천히 마른 풀과 낙엽을 태워가던 불길이 어느새 나무줄기를 타고 하늘로 치솟고 있었다.

"ㅎㅎㅎ ㅎㅎㅎ."

타오르는 불길을 노려보며 만적의 눈도 꿈을 꾸듯 타오르고 있었다. 뱀 혓바닥처럼 날름거리며 어둠을 살라 가는 불길을 바라보는 만적의 눈에 핏발이 서고 있었다.

"타라…… 타라…… 어서 다 타거라…… 태워라…… 그놈의 문서를…… 종놈의 문서를…… 잘난 놈들의 이름…… 그놈의 책들을 다 태워라…… 다 살라라……."

만적의 눈이 불길을 받아 번쩍번쩍 빛을 발하였다. 그의 얼굴 역시 불빛으로 익어갔다.

"불이다!"

"불이다!"

집안 전체가 소란스러워지면서 사람들이 몰려나오고 있었다.
"타라! 어서 타라…… 어서! 어서!"
소란이 심해질수록 그의 눈은 더욱 광채를 발하고 입꼬리가 일그러져 갔다. 불길은 걷잡을 수 없을 만큼 거세게 겨울바람과 함께 후원의 마른 나뭇가지에도 옮겨 붙어 격랑으로 넘실거렸다. 불꽃은 터져 나간 홍수 때의 봇물같이 금방이라도 온 세상을 휘덮어 버릴 것 같았다. 사람들의 비명이 들리고 발자국 소리가 시끄러워지고, 악을 쓰는 소리, 발을 구르는 소리, 호령 소리들이 뒤범벅되고 있었다.

기묘한 흥분 속에 타오르는 불길과 소란을 노려보며 두 눈을 빛내고 있는 만적 앞에 언제부터인가 도사가 서 있었다. 도사의 눈도 번들번들 빛을 내고 있었다.

"화신(火神)을 부르라. 네 마음 속에 숨어 있는 화신을 부르라. 어서…… 눈을 뜨고 만트라를 외우라. 제자여…… 오라, 오라, 큰 실재(實在)여. 이 하늘, 이 땅에서 으뜸이시어…… 강림하시어 헌물을 받으소서……. 저 하늘에, 저 높은 하늘 끝에 이 마음 받아가서 이 바람이 곳곳에 비치게 하소서. 내 제자가 이제 호마 행법에 입문을 하나이다…… 받으소서…… 받으소서…… 받으소서."

노인의 소리가 차차 현실음으로 들려왔다. 윙윙거리는 주문 소리 속에서 그는 타오르고 있는 불길 속을 뛰어다니는 사람들의 발자국 소리도 현실음으로 들리고 있었다.

그가 힐끗 분이를 돌아보았다.

비틀거리며 일어선 분이가 두 손을 허우적이며 동굴 안쪽으로 움직여 가고 있었다. 그림자 같은 느낌이었다.

"어떠냐? 타오르는 불……. 네 마음 속 억 겁 인연의 찌꺼기를 태울 수 있는 불을 너는…… 경험한 게야. 네 마음마저 불살라 태울 수 있는 것을 너는 알아낸 게야."

노인이 자기를 보고 있는 것을 느끼며 만적은 잠시 부웅 떠올랐던 의식을 되찾았다.

"죽일 거요, 당신들 모두를……."

"……."

"저런 불길로 태워 죽일 게요."

만적이 이를 갈며 내뱉었다. 노인이 잠시 흐물흐물 웃었다.

"죽일 게요, 꼭."

그 때였다.

"악, 아아아……."

가느다란 비명에 노인의 얼굴이 일그러뜨려졌다. 굴 안쪽 벽에서 분이가 푹 꼬꾸라지면서 내지른 비명이었다

"분이야."

만적이 껑충 뛰어 그녀 얼굴을 감싸 고개를 들어올리자 그녀의 이마에서는 두 줄기 선혈이 그의 얼굴을 향해 솟구쳐올랐다.

"아니……."

그녀가 동굴 벽 바윗돌 위에다 제 이마를 스스로 내리찍어 버린 거였다.

"분이야……, 분이야."

감싸쥔 두 볼이 으깨어진 이마의 솟구쳐오른 피로 흥건히 젖어서 그의 손바닥까지 적셔왔다. 울컥울컥 뜨거운 피를 내뿜으며 젖혀진 여자의 얼굴이 잠시 좌우로 도리질을 했다. 동시에 그녀의 두 손이 안타깝게 허공을 맴돌다가 제 볼을 감싸쥔 사내의 손 위에 포개져 파르르 떨었다.

"마 마…… 만적이……."

제 이마에서 솟구쳐오른 핏물을 흠뻑 뒤집어쓴 얼굴에서 입술이 간신히 움직였다.

"…… 살아 있어 주어서…… 고마워…… 마마…… 만."

꺼져가는 목소리로 만적을 부르는가 싶더니 그녀의 고개가 완전히 푹 꺾어 버렸다.

"분이, 분이야."

목을 꺾어 버린 피투성이 얼굴에 제 얼굴을 묻으며 만적이 짐승처럼 부르짖었다. 여자의 몸을 가슴 안에 죄어 안으며 만적은 푸들푸들 떨기 시작했다. 따뜻하고 비릿한 피 냄새가 깊이깊이 가슴에 채워 들었다.

"널 만나려고…… 그저 널 만나려고…… 난 말이다. 널 만나려고……."

핏물 속에 얼굴을 처박은 채 만적은 온몸을 떨며 숨을 들이쉬었다. 꿈 속같이 상여 소리가 들렸다. 목탁 소리도 들려 왔다. 화사한 꽃상여…… 아니었다. 꽃가마였다. 일생 단 한번 새 옷을 입고, 동백기름 발라 곱게 빗어 올린 머리에 양쪽 볼 빨갛게 연지를 찍고, 수줍어 고개 숙이고 촛불을 끈 초야(初夜)였다.

"독한 년이다. 독한…… 허나 육신이란…….”
 노인이 등불을 들고 석굴 안으로 들어선 것을 만적은 알지 못하고 있었다.
 아직 따뜻한 체온과 함께 그에게 전해오는 피 냄새 속에서 그는 혼인 초야, 제 신부가 흘린 피 냄새를 들이마시고 있었다.

 밖의 소란이 점차 가라앉아갔다.
 물을 퍼 날라 끼얹기도 했지만 음산하던 날씨가 계절에 어울리지 않게 후드득 후드득 빗방울을 떨구기 시작하여 불길이 잡혀간 것이었다.
 "넌 쉬 도달할 수 있으리라. 넌 쉽게 이승과 저승을 넘나드는 사내와 계집의 인연을 체득할 수 있으리라.”
 노인을 흘겨본 만적의 입가에 기묘한 웃음이 떠올랐다. 노인이 흠칫 한 걸음을 물러섰다. 만적은 핏물 뒤덮인 분이의 시체에 고개를 처박고 숨을 깊이 들이쉬었다. 구정물 냄새 같은 서러운 추억의 냄새가 가슴 깊이에서 어미의 냄새가 되어 다가들었다.
 만적은 그녀의 시체를 안아든 채 천천히 일어났다.
 노인이 그의 행동을 제지하려 했을 때, 만적은 이미 분이의 시체를 안아들고 석굴 밖으로 나와 있었다. 노인이 손끝을 똑바로 펼치며 그의 앞을 막아섰다. 만적은 노인의 손끝에서 뻗쳐오는 한 가닥 열기를 의식했다. 그러나 만적이 픽 웃음을 뱉었다.
 '없다고 생각하면 없는 것.'
 그는 분이의 피 냄새를 다시 들이마시고 캄캄한 겨울 밤 하늘을 바라보았다.

"연못 위에 띄워 놓은 통을 밟고 연못을 건널 때, 땅을 밟는 것이려니, 제 스스로 믿어질 수 있다면 물결을 흐트리지 않고 통을 건널 수 있다고…… 그 말씀의 깊은 뜻을 이제야 짐작합니다."

기름 묻힌 횃불방망이들이 빗속에서 치지직댔다.

후원 담벼락에 등을 돌리고 피투성이 얼굴로 만적은 앞을 가로막는 사람들을 노려보았다. 그의 눈길이 잠시 머뭇거렸다.

안채 쪽이 소란스러워졌다. 뒤이어 서너 필의 말이 후원 쪽으로 달려들었다.

"그만들 멈추어라."

앞서 달려온 말 위에서 젊은이 하나가 구르듯 뛰어내려 만적과 도사 사이에 우뚝 버티고 섰다.

"조위총 유수의 명이오."

젊은이의 눈이 만적 쪽을 향했다. 만적에게 고개를 돌린 마라의 얼굴이 잠시 일그러졌다. 피투성이 몰골로 시체를 안아든 만적의 눈빛이 말을 내리는 마라를 향해 번쩍, 잠시 불을 뿜었다.

"가자, 나하고 같이…… 유수께서 널 만나고 싶어하신다."

"싫다, 나는……."

"계집은 이 서경 땅에도 수십, 수백 명, 수천 명이라도 있다."

"처음부터 너하고 나하고는 달랐다. 태어난 씨가 말이다."

만적이 씹어뱉듯 말하며 고개를 돌려 버렸다.

"금 투구에 백마 타고 지내라. 너 혼자……."

마라 쪽에 시선을 보낸 만적의 얼굴 위로 핏물과 빗방울이 뒤

몇 가닥 사랑의 방식

섞여 흘러내리고 있었다.
 한 순간 기합 소리와 함께 분이의 시체를 안아든 만적의 몸이 마라가 타고 왔던 말 잔등에 내려앉았다.
 "그만들 둬."
 뒤쫓으려던 장정들을 향해 마라가 소리를 내질렀다.
 "너희들 백 명으로도 당할 상대가 아니야."
 어둠 속으로 빨려드는 만적의 뒷모습을 망연히 바라보던 마라가 몸을 돌려 도사노인을 향했다.
 "조위총 유수의 전갈이오. 유수께서 노인장을 긴히 뵙자는 말씀이 계셨소."
 그는 감정을 섞지 않는 또박또박한 음성으로 말했다.
 "나는 누군가 했었지. 하지만 나도 자네 친구 말같이 서경유수께 별 볼일이 없는 사람일세."
 "여긴 산 속이 아니오, 노인장."
 "산 속이고 물 속이고 내가 싫으면 싫은 게야."
 "정중히 말씀드렸습니다. 지금."
 "초면도 아닌데…… 말투가 심히 방만하군."
 "오늘 밤은 도깨비놀음에 마음 기울일 틈이 없습니다."
 그의 눈길이 움찔했을 때 오랏줄 두 가닥이 노인의 몸을 휘감았다. 순식간이었다.
 "허, 제법일세. 허허허."
 노인은 여유롭게 웃었지만 몸을 걸어맨 오랏줄이 양쪽에서 팽팽히 조여들더니 뒤이어 노인의 몸이 묶여 버렸다.

"허, 날 어떡하겠다는 게냐? 못난놈들."
"정중하게 가마에다 모셔라…… 뭘 하느냐? 출발하지 않고."
또 다시 마라가 소리를 내질렀다.

겨울비는 추적거리며 계속 내렸다.
"정중하게 모셔."
기름방망이 횃불이 앞서고 가마를 호위하며 말들이 움직이기 시작했다. 죽은 분이를 안고 만적이 사라져 버린 어둠을 노려보던 마라도 행렬의 뒤를 따랐다. 몰려나왔던 집안 사람들이 잠시의 상황에 넋을 잃고 있다가 수런거리며 흩어져갔다. 횃불이 앞뒤로 있긴 했으나 사방은 캄캄하게 빗물에 젖어 있었다.
"노인장, 불편하시진 않으신가요?"
"핫하하하……."
기다리고 있었다는 듯 가마 속에서 노인의 웃음이 흘러나왔다.
"네가 잠시 방해만 안 했으면 네 친구는 수제자로 입문했을 게다. 그 녀석은 너보다 두 곱은 더 쉽게 대일여불에 이를 자질을 지녔었다."
"나는 노인을 모셔오라는 분부만을 받았을 뿐입니다."
"손님을 포승줄로 묶어가는 건 어디서 배웠느냐? 고얀 놈. 네 놈은 지금 날 묶어서 잡아간다고 생각하고 있는 게냐?"
"그렇지 않습니다."
"이빨 뽑히고 앞도 못 보는 옛 계집을 찾아 섶을 지고 불로 뛰어든 네 친구놈 말이다. 계집을 제 손으로 묻어라도 주도록 내가 문을 따준 게야. 그놈이 그걸 깨달으면 언제고 날 찾아올 게다."
 노인이 가마 안에서 음산하게 웃었다.
 "안 오면 내가 붙잡았다 다시 놓아주고 또 붙잡았다 놓아주고 할 것이다……. 제갈량(諸葛亮)의 칠종칠금(七縱七擒) 맹획(孟獲) 고사는 너도 들어서 알고 있을 터……."
 "이제 그놈, 누구에게도 잡히거나 하지 않을 거요."
 마라는 어둠을 쏘아보며 어금니를 물었다. 밤비를 맞으며, 피투성이 시체를 끌어안고 어느 바위 밑에서 만적은 밤새 통곡을 할는지 몰랐다. 어쩌면 이십여 년 동안 큰 소리로 한번도 울어보지 못했던 울음을 짐승처럼 터뜨릴지도 몰랐다.
 "지금이라도 내가 연기처럼 사라지면 너나 유수는 맥이 좀 빠지겠지? 안 그러냐?"
 "유수께서 김보당 장군과 같이 계시오."
 노인이 한순간 안개처럼 가마 안에서 사라질지도 모른다는 걱정을 하면서도 시체를 안고 이를 갈고 있을 만적 생각만 마라의 머릿속을 가득 채우고 있었다.
 가마는 무사히 후원까지 도착되었다. 휘황하니 촛불을 밝힌 대청은 숯불 화로에서 따뜻한 훈기가 피어올라 봄날 같았다. 유수 조위총이 가마에서 내리는 노인을 정중하게 맞았다.
 "이런 것도 이 곳서는 앞으로도 소용이 되지 싶어 안 버리고 가지고 왔소이다."
 가마를 내리는 노인은 한 손에 들고 있던 오랏줄을 유수에게 내밀며 마라를 돌아보았다.

"내 정중하게 모셔오라 일렀는데……."

"이 늙은이, 두두을(豆豆乙)도 유수를 한번 뵈었으면 했던 참이올시다……."

노인은 휘황하게 촛불이 밝혀진 대청 위의 음식상을 건너다보며 소매를 내저었다.

"맛 좋은 음식 차려두었다, 전갈했으면 내 발로 왔을 것인데, 유수께서 괜한 수고를 더 하시었소."

"허, 그리 되었습니다."

"지름길을 두고도 바위산을 넘고, 다리로 건너가면 될 것을 강물을 허우적거려 헤엄쳐 건너기도 하는 것이 무인이지요. 헌데, 유수께서는 심산에 엎디어 있던 이 늙은이에게 무슨 볼 일이 있으신 거요?"

노인은 스스럼없이 음식상 앞에 버티고 앉았다.

"내 속계(俗界)와 오래 전 인연이 다 끊겼거니 했더니…… 내 아직 속계의 인연이 다하지 못했나 보오이다…… 허허허……."

유수는 아들 경(卿)과 장군 우위선(禹爲善), 김보당을 불러 노인 앞에 합석하게 했다. 음식자리는 자정이 넘도록 계속되었다.

마라는 숙소에 들어서도 잠들 수가 없었다.

휘황하게 불을 밝힌 잔칫자리가 파한 뒤에도 문 틈 사이로 새어 나오던 노인의 웃음소리가 계속 어둠 속을 메아리치고, 핏물을 뒤집어쓴 만적의 얼굴 역시 어둠 곳곳에서 그를 노려보는 느낌이었다.

두두을(豆豆乙)...... 두두을...... 노인의 이름이 입 속에서 자꾸 맴돌면서 만적이 언제인가 노인에게로 되돌아올 것이라던 노인의 말 역시 되살아나고 했다.

부유스름한 어유(魚油) 등잔 불빛.
밖으로는 추적거리며 계절에 어울리지 않는 비가 계속되고 있었다. 마라는 엎드려 있다가 몸을 돌려 바로누웠다. 분이의 시체를 안아들고 핏물을 뒤집어쓰고 있던 만적의 모습이 열 개, 스무 개 겹겹으로 머릿속을 채워와서 그는 기지개를 켜고 끝내는 자리에서 일어나 앉았다.
비는 밤새도록 내릴 모양이었다.
온 세상은 추적추적 내리는 빗소리 뿐, 그대로 적막이었다.
마라에게 단 한 사람, 생사고락을 함께 해야 할 사람이 있다면 바로 그가 만적이었다. 지금 그 만적이 어느 산비탈 젖은 땅을 맨손으로 파헤치고 있을지도 모를 일이었다. 그런데 지금 마라 자신은 불기 있는 방안에 뒹굴고 있는 것이다.
관군들이 산 속을 덮쳤을 때 표연히 사라졌던 도사노인이 서경 안에 기거하고 있다는 정보는 벌써 며칠 전에 들었다. 서경 성내에 한밤중 괴한이 침입해서 노비문서를 불태우고 갔다는 소문도 들었다. 무예가 특출한 젊은이가 소란을 부렸다는 이야기를 들었을 때 마라는 흠칫해져서 앞서 유수에게 청했다.
"소인이 도사노인이고, 그 젊은이고 한꺼번에 이리로 데려오겠습니다."

그러나 만적의 얼굴만 스쳤을 뿐, 마라에게 되돌아온 건 친구의 싸늘해진 시선이었다.

"정중부, 이의방 따위 무리들이 정권을 횡행하고, 군왕을 시해한 자가 이 밝은 대낮 벼슬을 받아 밝은 일월(日月) 아래 숨쉬고 있는 지금, 누구든 앞서서 의기(義旗)만 들어보게……. 이 삼한 땅 쓸개가 붙어 있는 사람들이 벌떼처럼 그 깃발 아래로 몰려들지 않을 수 있겠나?…… 허나 뜻이 뭉쳐져야 힘이 돼. 힘을 기르기 위해 은인자중(隱忍自重), 참고 있는 것이지."

유수는 마라에게 여러 번 그 이야기를 했다.

마라 역시 유수의 말에 의분을 느낄 때도 많았다. 옳은 일이라면, 또 그렇게라도 해서 조부와 아비의 한이 풀릴 수 있다면…….

그러나 만적이 내뱉던 말이 가슴을 후볐다.

모든 걸 내버리고 만적이 시체를 묻으러 간 산비탈을 같이 달렸어야 옳았는지도 몰랐다. 그리고 밤새 붙들고 같이 울어야 했는지도 몰랐다.

마라는 결국 방문을 열고 뜰 아래로 내려섰다.

잠을 이룰 수가 없었다. 목덜미에 와 닿는 차가운 빗방울도 못 느끼고 그는 냉랭한 후원 어둠을 향해 휘적휘적 걸어갔다. 발끝에 젖은 낙엽들이 밟혔다. 그는 후원의 정자까지 몽롱한 기분으로 걷다가 정자기둥에 몸을 기대고 멈추어 섰다.

유수는 머지않아 개경에 반기를 들 것임에 틀림없었다. 뜻이 통하는 사람이 모아지면 북방에 격문을 돌려 호응을 얻는 대로

몇 가닥 사랑의 방식

몰려드는 군사를 이끌고 개경을 들이칠 것이리라.

중앙 정부에 무기를 들고 대항하는 것은 역(逆)이었다. 일의 성사 여부보다 결국 역모(逆謀)였다. 할아버지도 서경성에서 정부군이었던 김부식 군에게 패하여 세상을 떴다고 했다.

그는 차갑고 음습한 밤을 향해 깊이 숨을 내쉬었다.

차라리 외조부 백경용처럼 깊은 산 속에 묻혀 한 서린 도자기를 구우며 일생을 사는 것이 좋을지 몰랐다. 만적과 함께 다시 산 속에 들어가 산짐승의 가죽을 벗기는 일이 나을지도 몰랐다.

"더러 밤비를 맞으시나 보지요?······."

"뒤따르는 사람 발소리도 못 듣고 말이에요."

"아니, 이 시각에?"

"밤눈이 밝아요. 저는······ 새벽까지 찬비 맞고 있는 깊은 맘은 짐작 못해도······."

조채리(趙采利)였다.

언제부터 그의 뒤를 따라왔을까. 발소리를 내지 않고 다가온 채리의 동그스레한 어깨가 마라의 바로 코앞에 와 있었다.

"이 시각에 어쩐 일이십니까? 나는 잠이 깨어······."

"자다 깬 게 아니고 잠을 못 이루었겠지요······ 안 그래요?······ 여자는 한번 마음을 보내면 눈 하나가 새로 생기는 법이에요. 모르셨나요?"

바짝 그의 가슴 앞에서 채리의 얼굴이 위로 치켜들렸다.

"들어가십시오. 밤비가 찹니다. 행여 유수께서라도 아시기라도 하면······."

"서경 성내를 휘젓고 다닌다는 젊은이는 그래 찾으셨나요?…… 일부러 놓아주셨나요? 그럼?"

"들어가십시오. 밤비가 찹니다."

"친구를 만났고…… 울컥 옛날 정 주었던 계집생각도 떠오르고…… 그러다 보니 남의 밑에 매여 지내는 것도 어설퍼지고, 철부지 딸까지 귀찮게 구는 것을 생각하면…… 안 그래요?"

"못 잊을 계집의 인연 같은 게 내겐 없습니다."

마라는 한 걸음 뒤로 물러서며 고개를 저었다.

채리가 입 속으로 쿡쿡 웃으며 한 걸음 다가섰다.

"점점 이상한 남자라는 생각이 들어요."

빗방울이 목덜미에 흩뿌려 속살로 스며들었다.

"처음에는 무쇠로 보이더니…… 차차 심약하디 심약한 그런 사람으로 변해가요. 내가 무서워요?"

"밤 공기가 찹니다."

물기 젖은 어둠 속에서 훈훈한 체온이 당돌하게 마라의 바로 턱 밑에서 위를 향했다.

어둠 속에서 눈은 빛을 내고, 벌려져 있는 도톰한 입술이 위로 들려져 있었다.

"들어가십시오. 밤비가 찹니다."

"서경 성내를 제 안방처럼 휘젓고 다니는 사람을 만나고도 그대로 보내셨다면서요? 왜요? 친구여서요?"

"아가씨와는 관계없는 일입니다."

마라는 턱 밑에 와 닿는 체취를 피해 다시 한 걸음을 물러섰다.

몇 가닥 사랑의 방식

"그래요……. 내가 아버지께 쓸데없는 소리라도 쫑알대면 아버지는 필시 이상하다는 생각을 하실 걸요."

"그렇겠지요."

"같이 사냥 가는 것도 안 된다, 말을 잠시 같이 타는 것도 싫다……. 동생 경(卿)이는 남자니까 괜찮고, 나는 여자니까 안 되고…… 그러는가요? 왜 피하지요? 절……. 유수의 딸, 잘못…… 유수에게 미움을 받을지도 모르는 일…… 그래서인가요?"

채리의 동그만 어깨가 그의 가슴 쪽으로 쏠리고 있었다. 비에 젖은 옷 사이로 두근대는 가슴의 고동이 전해왔다. 우연히 잡은 기러기 때문에 마음 속에 잠시 그림자를 드리웠던 소녀. 더구나 그녀가 서경유수 조위총의 귀한 딸로 다시 그 앞에 나타났을 때 그는 몹시도 당황했었다.

기회일 수도 있었고, 붙잡아야 할 하나의 줄일 수도 있었다. 살아온 이십여 년 삶을 한꺼번에 쏟아 붓고 손톱이 빠지도록 움켜쥐어야 할 끈일 수도 있었다.

"팔관회나 연등회 열리는 날…… 남녀노소가 다들 몰려나와서 밤 새워 탑돌이를 하고, 그러다가 눈이 맞고, 정분이 나기도 하고…… 젊은 사내와 계집의 일…… 그게 어째서요?…… 내가 유수의 딸이 아니었으면…… 팔관회 때, 무리 지어 밤 새워 놀다가 꼭두새벽, 둘만 남은 그런 사내, 계집이었다면 그렇게 움츠리지 않았을 것 아닌가요? 왜 피하고 무서워하고 그러지요? 날?"

채리가 고개를 쳐들어 얼굴에 빗물을 받으며 시중에 유행하던 노래, 《쌍화점(雙花店)》을 낮은 소리로 웅얼거렸다.

"만두집에 만두 사러 갔더니만
회회 아비 내 손목을 쥐었어요
이 소문이 가게 밖에 나며 들며 하면
다로러거디러 조그마한 새끼 광대 네 말이라 하리라
더러둥셩 다리러디러 다리러디러 다로러거디러 다로러
그 잠자리에 나도 자러 가리라
위 위 다로러 거디러 다로러
그 잔 데 같이 답답한 곳 없어라

삼장사에 불을 켜러 갔더니만
그 절 지주 내 손목을 쥐었어요
이 소문이 이 절 밖에 나며 들며 하면
다로러거디러 조그마한 새끼 상좌 네 말이라 하리라
더러둥셩 다리러디러 다리러디러 다로러거디러 다로러
그 잠자리에 나도 자러 가리라
위 위 다로러거디러 다로러
그 잔 데 같이 답답한 곳 없어라."

《雙花店 1, 2연》

 캄캄한 겨울비 속에 둘은 한참 동안 서 있었다. 여자의 입김이 사내의 얼굴 위로 확 끼얹혔다.
 "여자도 마음에 드는 잘 생긴 사내, 안고 싶기도 하고, 같이 자고 싶기도 하는 것…… 그건 잘못도, 죄도 아니어요."

"무서워하지 않소."

마라의 두 손이 빗물에 젖은 채 화끈대고 있는 여자의 양 볼을 감싸쥐고 그녀의 입술을 빨아올렸다. 그녀의 입술에서 봄날 찔레순 냄새가 났다. 산골짜기를 내달리다 통통하고 길게 뻗은 찔레순을 꺾어 입안에 넣었을 때 풍겨오던 냄새. 마라는 눈을 감았다. 그리고 숨을 깊이 들이마셨다. 그러다가 흠칫 마라는 그녀의 양 볼을 감쌌던 손을 털었다.

"어렸을 때, 잠시 마음 두었던 여자를 찾아 팔도를 헤매던 사내가 병신 된 계집을 만났을 때 무슨 생각이 났겠소?"

"……."

"갖은 수모를 다 당하면서 죽지도 못하고 병신이 된 여자, 그 여자는 남자가 자기를 찾아온 걸 알고, 또 그 사내가 무사히 살아 있는 것에 안심하고…… 제 목숨을 끊었소. 머리통이 깨져 피투성이 된 여자를 안고 찬비 속으로 걸어가는 그런 사내의 심정을 상상해 볼 수 있겠소?"

"여자가 병신이 되어요?"

"이빨이 뽑히고…… 눈까지 멀게 하고…… 마음 두었던 사내가 살아 있는 것을 알고는 희미하게 웃고 나서, 미련 없이 사내 앞에서 돌에 머리를 찍어 죽는 여자, 상상이나 되어요?"

"가엾어라."

"내 친구는 지금 이 찬비를 맞으면서 산 속을 헤매고 있을 게요. 산등성이에서 언 땅을 손톱으로 파서 제 계집을 묻고 산짐승처럼 울고 있을 게요."

그 말까지 하고 나자 가슴 한가운데서 잊고 있었던 불길이 활활 치솟아 타오르기 시작했다.
 '바로 당신네들, 잘난 체, 똑똑한 체, 주둥이로만 백성이고, 나라라고 생각하는, 바로 당신네들이 저지른 일이오. 채리, 당신도 마찬가지요.'
 목구멍 속에서 참을 수 없는 소리들이 부글부글 치밀어올랐다.
 그는 정자를 떠나 숙소 쪽으로 성큼거리며 걸어가기 시작했다.
 그녀가 그의 앞을 막아섰다.
 "돌아가세요. 그만……."
 그는 여자의 어깨를 밀치고 그냥 걸었다. 다시 그녀가 앞을 막아섰다.
 "그 일과 우리와는 상관이 없어요."
 그녀의 몸이 풀썩 그의 가슴으로 쓰러져 안겨왔다.
 비는 계속해서 추적추적 뿌렸다.
 "후회할 일은 하지 않음보다 못합니다."
 차가운 빗방울이 마라의 옆얼굴을 할퀴어 댔다. 얼굴을 때리는 빗방울은 목덜미로, 등줄기로 쉴새없이 스며들었다. 완전한 어둠이었다. 채리가 거처하는 별당도 불이 꺼져 어둠에 잠겨 있었다. 시녀들도 세상 모르게 잠이 든 것이리라. 주인 아가씨가 밤늦게 침소를 빠져나와 빗속 후원을 헤매고 있는 것은 상상도 못하리라. 차갑게 젖은 마라의 가슴 앞자락에 다시 고개를 묻은 채리의 얼굴이 위로 들렸다.
 "이 마라라는 사내, 언제고 회오리바람 불면 낙엽 구르듯 날려

갈 그런 놈입니다."

"조채리, 무안만 당하고 물러가진 못해요."

그녀의 두 팔이 마라의 목을 감싸안았다.

봄날 여린 찔레순 냄새가 또 코끝을 맴돌았다. 그러다가 서서히 강한 찔레꽃 향기가 마라의 콧속으로 배어 들어와 머릿속을 휘저었다. 아찔한 찔레 향에 취해 갑자기 머릿속이 허옇게 탈색되고 있었다. 그의 입술이 채리의 입술 위에 포개졌다. 찔레순 냄새와 찔레 향이 심장 깊은 곳으로 아리게 배어 들었을 때 그의 한 손이 채리의 앞가슴 자락으로 기어들었다.

연병장에서 칼쓰기, 활쏘기 등을 조련하다가도 땀을 닦으며 마라는 자주 찔레꽃 냄새를 느끼곤 했다. 그 새벽, 포옹이 있고 나서 마라는 세상이 언뜻언뜻 다른 빛으로 빛나는 것을 보았다. 얼어붙은 황막한 들판, 잎을 떨군 후원의 나목과 쌓인 낙엽들, 그런 삭막함까지도 때때로 이상한 감동으로 그를 흔들어 오는 거였다. 나무 뒤에서, 담 뒤에서, 몸을 감추고 자기를 쳐다보는 눈길을 의식할 때면 갈증과 함께 찔레꽃 향기가 머릿속을 휘감아 오기도 했다. 그러나 섬광처럼 만적의 얼굴이 떠올라오면 그는 초조하게 고개를 저었다.

'잊고 있는 게 아니야. 우선 나라도 무엇인가 붙들려는 거다. 나라도 말이다.'

마라가 두두을 노인과 다시 마주친 것은 한 삼동 냉기가 한 발 물러선 그런 날 오후였다. 그 동안 망이와 우연하게 만적을 화제에 올린 뒤, 서로 속내를 딜어놓기도 한 무렵이었다.

"만적이는 말여. 시방…… 검은 털 짐승들 꼴 보기 싫어 산 속으로 들어갔을 것이구먼……."

"……."

"헌디 말여…… 만적이 그 친구, 구렁이 굴 찾는 재주는 없을 것 같더구먼……. 구렁이 굴 찾는 것하고 계집 구녕 찾는 거하고 같은 이치거등……. 헌디 만적이는 그런 쪽으로는 영 아녀 뵈드란 말여……. 그게 걱정이여…… 요새 한 삼동, 깊이 잠들어 있는, 황구렁이, 칠점사, 팔점사, 까치 독사, 푹 고아 묵는 맛이 어딘디……. 그 국물이 부우연 게 닭이나 오리보다 한 수 위여. 그 구렁이 굴이라는 것이 나한티는 창고여, 창고……. 언제든 꺼내다 묵고, 두었다가 또 꺼내오고 말여……. 그런디 요새 곰곰 생각해 봤는디……, 원래 송충이는 솔잎을 먹는 것이고, 누에는 뽕잎을 먹듯이…… 구렁이 고아먹던 놈은 구렁이 고아먹고, 토끼 잡아먹던 입은 토끼를 먹어야 고것이 사는 것이다, 이런 생각이 드는 거여……. 걸레라는 것이 빨아도 걸레인 것인디…… 여그 이러고 있다고, 내 종놈 씨가 달라질 것 같지도 않고 말여……."

"의민이도 종놈이었어. 그놈이 임금님 등뼈를 분질러 죽였어."

"그건 특별한 일이여."

"씨가 따로 있지는 않어."

"그럼 나, 앞서 하나 묻겄는디, 끈적끈적한 여름 말여, 먹고 살 만한 집이면 말여. 종놈들 차지야 안 되지만 사랑방에서 요렇게 가랭이 사이에다 끼고 자는 대나무로 만든 물건 보았남? 고거 이름이 뭣인 줄 알어?"

망이가 화제를 돌려 엉뚱한 말을 꺼냈다.

"고것이 죽부인(竹夫人)이여……, 대나무각시……. 고것을 나도 첨에는 어디 쓰는 물건인고, 머리를 굴렸다니께……. 그래서 좋다, 훗날 나도 저걸 한번 가랭이 사이에 딱 끼우고 잘란다, 이리 생각했다가 하, 고것이 안방에도 안 있겄남? 사랑방에서 남정네만 안고 자는 것이 아니고, 안방에서 마나님이 품고 자는 것이 따로 있더라, 그 말이여……."

"……."

"헌데, 안방마님이 품고 자는 그것 이름이 뭔 줄 알어?…… 죽서방이 아니고, 그건 죽노(竹奴)여……."

죽노라는 말을 하면서 망이의 이마에 깊이 주름이 잡혔다.

"어째서 남정네들 것은 죽부인이고, 여자들 것은 죽노(竹奴)냐? 하는 거여."

마라로는 처음 듣는 이야기였지만 죽노(竹奴)라는 말이 가슴 밑바닥을 섬뜩하게 긁어 왔다.

"깊이 마음 쓸 건 아니고 말여……, 암만 해도 나는 구렁이 굴로 돌아갈까 혀. 이 서경이라는 곳이 어째 어수선하고 살기(殺氣)가 맴돌고 말여……."

사실 그 무렵 성 안에는 갖가지 소문이 떠돌고 있었다.

곧 개경군이 이 서경 쪽을 크게 한번 청소해서 서북지방 백성들의 반골의 기를 꺾어 두어야 한다고도 하고, 머지않아 서북쪽 성의 군사들이 힘을 합쳐 개경으로 쳐올라가 새 세상을 만들려

한다는 소문들도 있었다.

"마라야 애써 찾은 고향 땅이니, 여기서 죽이 되든 밥이 되든 뿌리를 내려야 할 것이지만도…… 나야 그렇게 따져도 고향이 충청도고, 공주(公州) 땅이여……."

횡 하니 연병장 쪽으로 휘적휘적 걸어가는 망이의 뒷모습을 바라보고 있는데 두두을(豆豆乙) 노인이 언제 나타났는지 그의 앞에 허깨비처럼 와서 섰다.

손님 대접이라는 생각으로 마라가 가볍게 읍을 했다.

"녀석, 낯빛이 어째 허깨비라도 보고 온 놈 같구나……. 하기사……, 이런 난세에는 자칫 어째 싸우는지도 모르고 남의 싸움, 어느 날 화살밭이 되어 메마른 골짜기, 이름 없는 원귀가 되기도 하는 것이다……. 뜨고 싶으면 떠나거라. 이놈아……."

"……."

"나는 하루 이틀 사이 이 서경을 뜰 것이다……. 산 속, 내 편안히 쉬고 있던 내 한쪽 눈을 너희 유수가 깨워 놓았으니…… 깨워 놓은 잠, 다시 저녁이 되어 내 한쪽 눈에 잠이 쏟아질 때까지 한동안 속세의 인연에 따르기로 했다……. 태백성(太白星)이 대낮에 태양을 범하고 태양에 흑점이 여럿 나타났느니라……. 너, 이의민을 찾아볼 생각은 못하겠지?"

"이의민이요?"

마라의 얼굴이 금방 시뻘겋게 변했다.

"내 그럴 줄 짐작했다……. 허나 세상사는 다 정해진 제 순서가 있으니……."

몇 가닥 사랑의 방식

노인의 입에서 이의민의 이름이 나오자 갑자기 온몸의 핏줄들이 아우성을 치며 일어나는 기분이 되었다.
"이놈아, 태백성이 대낮 태양을 범했다는데도……. 별자리는 사람의 힘으로 어쩌지 못하는 게 아니더냐?"
노인은 금방 그의 앞을 떴지만 의민이라는 이름을 듣는 순간 그의 몸 속을 휘돌기 시작하던 불꽃을 가라앉히느라고 그는 수십 번도 더 어금니를 악물었다.

두 필의 말이 무서운 속도로 숲길을 질주해갔다.
녹다 만 언덕 위의 눈과 나뭇가지에 매달려 있던 눈꽃 위로 햇살이 부시게 빛나고 말발굽에 눈가루들이 안개처럼 흩날렸다. 말이 달리며 흔들어 놓은 침엽수 가지에서도 눈가루가 꽃잎처럼 흩어져 내렸다.
마라는 붉은빛 도는 준마의 배를 거듭 걷어차고 있었다. 뒤따르던 말이 뒤쳐지는 것을 돌아보지 않고 그는 계속 말 배를 걷어찼다. 벌써 오륙십 리 산길을 잠시도 속도를 늦추지 않고 있었다. 그렇게 얼마쯤, 긴 골짜기 하나를 또 치달아올라 작은 등성이를 넘었을 때야 마라는 천천히 말고삐를 잡아당겼다.
한낮이었다.
맑게 갠 하늘의 한중심에서 햇빛이 밝게 쏟아져 내렸다. 그는 잠시 골짜기를 내려다보았다. 뒤를 따르던 말이 등성이를 올라오는 것이 보였다. 마라는 숨을 깊이 들이쉬며 말에서 내렸.
산 속의 눈은 종아리까지 덮여왔다. 평지와는 다르게 골짜기고 언덕이고 아직 모두 그저 하얀 색이있다. 그는 말고삐를 쥐고 무릎까지 빠지는 작은 언덕을 걸어오르기 시작했다. 붉게 상기되어 땀으로 뒤덮였던 그의 얼굴이 차차 굳어갔다. 이제 어쩌면 이 골짜기에 살아 다시 못 돌아올지도 몰랐다. 이미 서경성 뿐만이 아니라 서북쪽 어느 곳이나 땅거미 같은 전운의 그림자가 휘돌고 있었다.

신왕 등극 이후, 크고 작은 끊임없는 전국적인 민란과 모반, 거기 따른 무자비한 보복의 악순환, 유약하기 그지없는 왕의 조변석개 어명들……. 그 왕의 주변을 높은 담으로 에워싸고 있는 정중부, 이의방, 이의민 등, 무신들의 횡포에 따른 수많은 소문들에, 옛날부터 깊게 뿌리내린 서북지방의 역모의 기상을 꺾어야 한다는 중방 무신들의 주장이 전해지면서 서경성을 중심으로 한 반군의 세력은 한층 가속도가 붙어갔다.

…… 소문에 들으니 금번 서울의 중방(重房)에서 결의하기를 '북계(北界) 가까운 여러 성은 대체로 거칠고 나쁜 사람들이 많으니 마땅히 가서 토벌해야 한다.' 하고 군사를 이미 크게 동원하였으니 어찌 가만히 앉아 있다가 스스로 주륙(誅戮)을 당하겠는가. 마땅히 각각 병마를 규합하여 속히 서경으로 나오라…… (高麗史節要 券12).

서경유수 조위총이 자비령 이북의 40여 성에 이런 격문을 보낸 것이 한 달 전.

두두을(豆豆乙)이 바람처럼 서경성을 빠져나간 직후였다.

하루가 멀다하고 일어나는 궁성 가까이에서 일어나는 민란의 소문 역시 서경인들의 궐기를 부축이는 데 큰 몫을 하고 있었다.

얼마 전에는 귀법사(歸法寺)의 중 100여 명이 궁성의 북문을 침범하여 선유승록(宣諭僧錄) 언선(彦宣)을 살해, 이의방이 군사 일 천여 명으로 수십 명의 중을 죽였는가 하면, 한 달이 지나지 않아서 중광사, 귀법사, 홍화사 등의 중 2천 명이 이번에는 궁성 동문에 집결하는 것을 궁문을 닫아 버리자 성 밖 민가들을 불태우고 숭인문(崇仁門)을 불태운 사건이 생겨 관군과의 접전 끝에 중 100여 명이 참살되고, 성난 관군들이 몰려가서 귀법, 용호, 묘지, 복흥사 등의 절을 닥치는 대로 파괴해 버린 일도 있었다.

이 때 이의방의 형 되는 이준의(李俊儀)가, 불상이며 불기(佛器)까지 모조리 때려부수는 동생의 앞을 막으면서 했다는 말 역시 삼한 땅, 무지랭이들에게조차 그 내용이 전해져 알고 있는 터였다.

"세상 입 달린 사람들이 수군거리는 것을 왜 동생은 혼자만 귀를 막고 있는 것인가?…… 이건 내 말이 아닐세……. 입 달린 사람들이 말하기를 자네는 이미 세 가지 잘못을 벗어날 수 없다는 게야……. 임금을 내쫓아 시해하고, 재택과 희첩을 탈취한 죄가 그 하나요, 태후의 여동생을 협박하여 통간한 죄가 두 번째요, 나라의 정치를 제 마음대로 하니 세 번째 죄(고려사절요, 권12)를 짓고 있다고들 수군거리는데, …… 지금 철없는 중들이 저지른 잘못으로 부처님 계신 절 집까지 때려부수는 것은 내세의 죄까지 더 보태는 것 아닌가?"

화가 뻗쳐 당장 칼을 빼든 이의방을 문극겸이 앞을 막고 간신히 말려서 형제간 살상은 피했지만 당시 개경 분위기를 전하는 한 삽화였다.

그 와중에서 이의방이 자기 딸을 동궁에 보내 태자비로 삼아 그의 정치적 안정을 꾀하려 하자 다른 한편에서는 점점 그를 미워하는 사람도 많아져 크고 작은 변란들이 끊임없이 일어나고 있던 참이었다.

서북지방 40여 성은 조위총의 격문에 분기탱천(憤氣撑天), 개경 진군의 기치 아래 서북지역 전체의 정세가 기울어가고 있는 중이었다.

다만 홀로 연주(延州) 도령(都領) 현담윤(玄覃胤)과 그의 아들 덕수만이 이에 응하지 않자, 서경에서는 덕수를 권행병마대사(權行兵馬臺事)로 추대하여 사자를 보냈으나 이 사자를 붙잡아 죽여 버렸다는 소식이 어제 서경성에 전해져 왔다.

두두을 노인이 서경성을 떠난 것을 알고 군사를 풀어 뒤쫓게 했다가 흔적을 발견하지 못해 발을 구르던 유수는 사자로 보낸 사람을 연주성에서 처형했다는 소식에 마루장을 굴렀다.

"군사를 일으킨 것은 장차 정중부, 이의방 무리에게 산전벽해로 짓밟힐 북도에 있는 여러 성과 백성을 구하려는 것인데, ······ 이미 모든 성 군사들이 청천강에 모여, 개경 진군을 앞두고 있는데도 연주성만 나오지 않고, 이제 사자까지 베었다?······."

"이런 무도한 놈들……, 장차 우리 군을 동원해서 너희 연주성 안의 개미 새끼 한 마리도 그대로 두지 않겠다는 말을 전해라"

서북군의 개경 진군은 시간 문제였다.
마라는 피할 수 없는 자리에 와 있다는 것을 느꼈다. 어쩌면 두 두을 노인 이야기대로 머잖아 어느 골짜기에서 화살받이가 되어 이름 없이 스러질지도 몰랐다.
그는 서경에 와서 맨처음 신세를 입었던 노랑태를 잠시 만나 작별의 인사를 나누고 말 배를 걷어차서 산골짜기로 향했다. 노랑태의 이마에 새겨진 흉터를 본 순간 만적을 떠올렸지만 그는 아무 말도 하지를 않았다.
양지쪽에 작은 봉분 두 개가 드러나 보였다. 봉분 위에 잔뜩 쌓인 눈 알맹이 하나 하나가 햇볕을 받아 제각기 흰 빛을 되쏘고 있었다. 그는 말고삐를 버리고 눈에 덮인 봉분을 향했다.
무릎을 꿇자 아랫도리가 그대로 눈 속에 파묻혀 들어갔다.
'아버님, 어머님. 마라가 왔습니다.'
'할아버지, 아버지 가슴에 응혈진 한을 이 마라가 대신하려고 애쓰고 있습니다.'
꿇어앉아 앞을 바라보던 마라의 눈에 물기가 서렸다.
'누구를 향해 창을 겨누어야 하는지, 어느 쪽 목을 베어야 하는지…… 지금 제게는 모든 게 안개 속입니다……. 언제 어느 곳에서 상대가 누구인지도 모르고 억울하게 원귀가 될지도 모르겠습니다……. 하지만 소자, 뒤돌아보거나 옆길로 안 가고 앞만 보고

달리겠습니다.'

"뭘 하시는 거예요?"

이마에 송송하게 땀방울이 돋은 동그만 몸뚱이가 말 등에서 구르듯 눈밭으로 뛰어내리며 소리를 내질렀다.

"그렇게 혼자 내달리면 어떻게 해요?"

굴러오듯 다가서며 한 줌 눈을 집어들었던 채리가 멈칫 그 자리에 섰다. 눈 위에 무릎을 꿇고 앉아 있는 마라의 얼굴이 너무 엄숙해 있었기 때문이다.

그녀의 손에서 눈덩이가 굴러 떨어졌다.

"나하고 채리는 신분이 다르다는 얘길 했던 것 생각날 거요."

"왜 그래요?"

장난을 하고 있는 걸로 알았던 채리는 마라의 숙연한 표정에 기가 질린 모양이었다.

"내 아버지, 어머니의 무덤이오……. 오랑캐들에게 억울하게 돌아가신 내 아버지, 그리고 내 어머니……, 얼굴도 못 보았지만 오늘은 여기를 와보고 싶었소."

채리는 그 때야 눈 속에 무덤이 있는 것을 짐작한 모양이었다.

그녀는 두 손을 모아 합장을 했다.

"그 기러기를 쏘던 날……. 서경 쪽에 내 선조의 맥이 있으려니 막연하기만 했다가 바로 그 날……, 나도 내 뿌리가 있는 걸 알아냈소."

마라가 무덤을 향해 재배했다. 채리는 그대로 합장을 하고 있었다.

"내려갑시다."

마라가 앞서 말 위에 올랐다.

골짜기 저편으로, 외조부가 그릇을 구우며 숨어 살던 흙가마를 멀리 돌아보며 두 필의 말은 오를 때보다는 속도를 천천히 하여 산을 내려갔다.

"아버지, 어머니 산소를 찾게 된 날하고, 채리를 처음 본 날하고 한 날이었다는 생각을 했었소……."

"물을 찾아 마셔야겠어요."

숲 속 등성이를 올라서며 이번엔 채리가 앞서 말에서 내렸다.

마라는 채리를 안내해 외조부가 차를 끓일 때 물을 길어 올리는 약수터를 찾아냈다. 바위틈 사이에서 솟아나오는 약수는 보얗게 김을 올리고 있었다.

"내 사부님도 여기까지 오셔서 이 약수로 차를 끓여 드셨다 들었소."

"물맛이 좋아요."

김이 오르는 약수를 나누어 마시고 마라는 밝은 햇빛 아래서 채리의 두 눈을 똑똑히 마주 바라보았다. 오만하고 장난기가 돌던 그 동안의 채리 대신 다소곳하고 맑디맑은 눈의 한 소녀가 자기 앞에 서 있었다.

"남녀 인연이 제일 힘든 번뇌라고 스승님께서 말씀하신 적이 계셨소. 스승께서도 그것만은 마음대로 벗지 못하셨다고……. 죽은 사내 앞에 제 새끼손가락에 불을 붙여 태우고, 다시 불을 붙여 태운 여자도 있음을 알고 있소."

그의 눈이 하늘을 향했다.

"죽은 계집 시체를 안고 얼어붙는 산골로, 산골로 들어가 나무가 되었는지, 바위가 되었는지 모를 내 친구도 보았소……. 하찮은 무졸(武卒)…… 나, 언제 어디에서 고혼(孤魂)이 될지 모르는 사람…… 채리 같은 여자가 예측할 수 없는 사내에게 정을 준다는 게 도시 이상하오. 한참은 죽노(竹奴)라는 말도 떠올렸소."

"죽노(竹奴)라니요?"

마라는 채리에게 망이로부터 들은 죽부인(竹夫人)과 죽노에 대한 이야기를 했다.

"세도가 마님들은 밤이 허전해지면 쓸 만한 사내 노비를 침전으로 불러들이기도 하는 모양이오……. 지체 높은 채리 아씨에게 이 마라가 죽노(竹奴)가 되는가도 생각한 적이 있소."

이야기를 듣고 난 채리가 갑자기 꺄르륵 꺄르륵 허리까지 꺾으며 웃어대더니 정색을 하고 그의 눈을 똑바로 쳐다보았다.

"우리 두 사람, 혼인을 해요."

"예? 뭐라고 그랬소? 지금."

"내일이고, 모레고 아버님 명령이 있으면 기약 없이 싸움터로 떠날 터……, 그러니 지금 당장 혼인을 해요……. 오늘 부모님 산소에 와서 인사를 드렸고…… 같은 약수로 목젖을 적셨어요. 그래요, 우리 혼인을 해요. 여기서."

얼굴이 해쓱해진 건 마라 쪽이었다. 채리의 표정은 너무 진지했다.

"한 남자와 한 여자가 마음을 주고 몸을 섞어 천지신명께 지아비, 지어미가 되기를 고하는 건 누구나 다 하는 일이에요."

채리는 말 한 마디 한 마디에 또박또박 힘을 주었다. 마라는 참나무 몽둥이로 정수리라도 얻어맞은 것같이 머릿속이 허옇게 비어 버리면서 현기증이 왔다.

"제발, 우리 장난 그만 합시다."

"일생에 한 번 있는 일을 장난이라뇨?"

"제발 더 이상 그만……. 살아 다시 못 만날지도 모르는 사람들이오. 우리……."

"태어났을 때 별점 치는 노인이 말했대요. 이 아이, 훗날 훌륭한 장수의 아낙이 되어 그 장수의 어깨 한쪽을 부추겨 주리라고……. 전혀 생각지 않게 신랑감이 나타나 인연이 되리라는 점괘 이야기를 열여덟 해 동안 생각하며 궁금해 왔어요. 그 장수가 누굴까 하고."

"……"

"그 날, 가마 휘장 사이로 처음 얼굴을 보면서 이상했어요. 처음 본 얼굴인데 왜 그리 낯이 익는지…… 그러다가 아, 바로 이 사람이다. 왜 곧바로 그런 생각이 들었는지……."

깍깍깍.

깍깍깍.

까치 두 마리가 두 사람의 머리 위를 두어 바퀴 맴돌다가 높은 나무 꼭대기에 내려앉으며 계속 깍깍거렸다.

"천지신명, 일월성신은 저희 두 사람이 부부 되는 것을 허락해 주시어요. 청천의 햇님도 저희를 축복해 주시고, 이 산을 다스리시는 산신님도 굽어살펴 주시어요. 소녀, 오늘로 해서 김마라의 아내 되는 것을 죽는 날까지 후회하지 않고 착한 지어미로 괴로움과 즐거움을 같이할 것입니다."

갑자기 두 손을 모으고 눈밭에 꿇어앉은 채리의 얼굴빛이 경건해 보였다.

"지아비의 마음 속 어둠과 번뇌를 말끔히 걷히게 해주시옵고, 앞으로는 그 두려움과 번뇌를 소녀도 같이 나누어 가질 수 있도록 하여 주시어요."

햇볕이 그녀의 머리칼 위에서 반짝반짝 빛을 냈다. 나무 꼭대기에 앉았던 두 마리의 까치가 다시 그들의 머리 위를 맴돌았다.

"이제 그만해요. 농담……."

마라가 쩌렁하게 소리를 내질렀다. 그 소리가 골짜기 저편에 닿았다가 메아리가 되어 다시 되돌아오고 있었다. 채리는 두 손을 모은 채 조용히 일어섰다. 마라를 올려보던 채리의 작은 손이 마라의 두 손을 감싸 잡았다. 차가운 손이었다.

"채리는 앞으로 얼마든지 명문귀족 자제와 혼인할 수 있소."

마라는 하늘로 눈을 돌리며 좀 쓸쓸하게 말했다. 마라의 손을 놓고 채리가 바위절벽 아래쪽으로 걸어갔다. 뒤엉킨 마른 칡덩굴이 고목들을 휘감아 하늘을 반쯤 가리고 있었다.

"우리 혼인해요. 지금 당장."

뒤엉킨 덩굴나무 마른 줄기 위에는 녹다 만 눈덩어리들이 꽃봉오리처럼 하얗게 매달려 있었다.

"머리를 풀어줘요."

마라는 얼이 빠져 멍하게 채리의 두 눈을 들여다보았다. 그 잔잔한 눈이 조금씩 커져가다가 우물이 되고, 그 우물 위에 잔물결이 이는 환영이 왔다.

채리의 손이 마라의 두 손을 끌어다가 그녀의 묶은 머리 쪽으로 가져갔다.

"이제 머리를 풀어줘요."

긴 머리칼이 그녀의 이마와 양 볼을 흘러내려 살랑거렸다.

"채리, 변하지 않아요."

눈밭 위에 반드시 누우며 채리가 말했다. 그러나 그녀의 목소리가 잠시 떨렸다. 눈 위에 누운 채리의 몸이 눈 속에 묻힐 듯 가라앉았다.

"무섭지 않아요. 난 안 무서워요."

채리의 목소리가 멀리서 들렸다. 무섭지 않다고 중얼거리고 있는 채리의 음성은 그러나 두려움으로 떨리고 있었다.

모든 것이 새롭게 시작되고 있었다.

살갗에 와 닿는 눈의 감촉, 눈꽃을 달고 있는 활엽수 가지, 산까치. 솔방울에 매달려 있다가 바쁘게 다른 솔방울로 옮겨가는 방울새들, 그 노란 색 날개깃털……. 그것들이 전혀 새로운 느낌으로 다가오고 있었다.

남자와 여자가 살을 섞는다는 것은 일종의 허기와 갈증, 광기, 열에 들뜬 욕정의 몸부림으로 마라는 생각하고 있었다. 거기 따르는 한 가닥 허무의 빛깔도. 그러나 채리와 속살을 섞으면서 마라는 새로운 세상 속으로 걸어들어가는 느낌이었다.

　아주 멀리로 흘러가는 강물 소리와 바람 소리가 천천히 가슴과 온몸으로 다가와서 따뜻한 햇볕이 온몸의 빈 곳을 채워가는 기분이었다. 한순간 머릿속이 희어지는 열정과 허기가 아니었다. 타오르는 불길이 아니었다. 육신과 정신을 맑디맑게 씻어가는 청신한 바람. 육신과 정신의 빈틈 사이사이로 천천히 채워드는 잔잔한 포만감이었다.

　채리는 눈 위에 반듯이 누운 채 두어 번 가볍게 몸을 비틀고 신음했을 뿐, 감은 눈 위의 솜털 보송한 반듯한 이마 위에 작은 땀방울이 송골거리며 돋아날 때까지 조용하게 그의 모든 것을 받아들였다. 멀리로 흘러가는 강물 소리, 바람 소리가 제 몸 속에서 들리다가 그 강물과 바람이 채리에게로 흘러가고, 그 강물은 다시 마라 쪽으로 거슬러올라와 그의 상처 난 영혼을 조심스럽게 적시고 어루만져갔다.

　흘러가던 강물 소리가 가늘어졌을 때 마라는 채리의 땀이 밴 이마 위에 혀끝을 대었다. 짭쪼름한 체액이 혀끝을 간질거렸다. 그들 맨살이 닿은 눈이 몸의 굴곡을 따라 녹아나고 있었다. 마라는 그녀를 편안하게 품안에 안고 옆으로 누웠다.

　하늘은 구름 한 점 없었다.

　머리 위를 깍깍거리며 날던 산까치들의 모습도 보이지 않고, 몽실한 눈송이들을 달고 있던 마른 칡덩굴 위의 눈송이들이 훨씬 작아져 있었다. 마라는 머리 위쪽의 바위벼랑 틈에서 두어 무더기의 바위손을 보았다.

바위손은 본래 흙 속에 뿌리를 내리지 않고 바위틈새 같은 곳에 줄기만 의지하고 허공에 뿌리를 뻗어 수분과 양분을 빨아들인다. 문득 마라는 제 자신이 아무 곳에도 뿌리를 뻗지 못한 바위손이었다는 생각이 들었다.

"아아."

이제 나도 뿌리를, 채리를 통해 흙 속에 뻗고 있는 거다. 그는 소중하게 그녀의 볼을 감싸쥐면서 마음 속으로 웅얼거렸다. 그녀의 눈이 꿈꾸는 듯, 그를 향해 열렸다.

"이승 끝나 저승에서도 늘 곁에 있고…… 헤어져 있을 때도 내 혼은 늘 곁에 있구요……. 노래 불러줄 게요."

> "…… 얼음 위에 댓닢 자리 보아
> 임과 나와 얼어죽을 망정,
> 얼음 위에 댓닢 자리 보아
> 임과 나와 얼어죽을망정,
> 정든 오늘 밤 더디 새오시라, 더디 새오시라.
> 《만전춘(滿殿春)》

채리가 나직하게 부르는 《만전춘》 노랫가락 속에 마라는 살아왔던 지난 세월의 삶이 다 녹아 흘러가고 전혀 다른 그가 태어나고 있는 것을 느끼고 있었다.

문둥이탈과 금화충(金花蟲)

개경 성 밖.
 북문 쪽에서 이십여 리, 작은 촌락의 공터. 두어 해 동안 밀고 당기던 개경군과 서경 반군의 싸움이 끝났다는 소문이 있고 난 늦가을 오후였다. 계속된 전화(戰禍)로 방방곡곡이 다 피폐해졌지만 궁성이 가깝다 보니 그간 군마들이 휩쓸고 지나면서 이 마을 역시 삼간 초옥조차도 성한 집이 없었다.
 그러나 보제사 골짜기에 숨어 있던 서경군 마지막 부대가 완전히 섬멸되었다는 소식이었고, 들판의 곡식들도 풍성하게 무르익어 갔다. 평화로울 때는 계절 따라 농군들도 1년이면 두세 번, 일손을 놓고 놀이판을 벌여 다음 농사의 활력을 비축했다. 집집마다 조금씩 곡식을 추렴, 음식을 장만하고 술을 빚어 남녀노소가 한자리에 모여 쌓였던 피로를 씻어냈던 것이다.

놀이래야 고작 마을 앞 공지에 멍석 몇 닢.

놀이를 전문적으로 익힌 사람들도 없고 동네 사람들이 임시로 꾸민 놀이마당이어서 제대로의 격식은 없었지만 오랜만에 농군들의 얼굴에 웃음꽃이 피는 자리가 마련되었다.

"……산중에 무력일(無曆日)하여, 천둥 소리 뇌성 소리 꽹과리 나팔 소리, 난리 끝난 줄도 모르고……. 시방 만산홍엽 들어가는 초추절인데……, 나도 본시 외입장이로 산간에 묻혔더니 풍류 소리 반겨 듣고 염불에 뜻이 없어 이러한 초추절 풍류정을 찾아왔거늘……."

흰 장삼에 붉은 고깔의 상좌 중 차림으로 네 사람이 잠시 멍석 위에 나와 춤을 추고 나가자 먹중 차림인 한 사람, 귀동냥으로 익힌 사설을 늘어놓는다. 뒤이어 다른 먹중이 앞에 나온 중의 멱살을 쥐어 장 밖으로 내쫓고, 한바탕 신명나게 장내를 휘돌며 춤을 추었다. 그러고 나서는 둘러앉은 구경꾼들을 한 바퀴 훑어보더니 또 사설이었다.

"……쉬~ 오호로 돌아드니 범충은 간 곳 없고, 백연주 갈매기는 강안으로 날아들고, 강촌에 떼기러기는 부용당으로 날아들고, 심양강 당도하니 이적선 간 곳 없고, 적벽강 추월야에 소동파 노든 풍월, 의구히 있다마는 조맹덕 일세간웅 지금은 간 곳 없고…… 월락오제(月落烏啼) 깊은 밤에 고소성에 배를 대니……. 한산사 쇠북 소리 객선에 둥둥둥 울려 있고, 소언에 천변 일수총은 부상에 높았는데…… 풍류정 당도하여 사방을 굽어보니……, 우장창창 시끄럽던 일진난세 다 끝나고 황금들판 풍년가가 절로 흘러나오니…… 만학천봉 운심처에 학선이 노니는 듯, 풍악 소리 그저 지날 수 없어 쉬~ 봉제사 연후에……."

"거, 목이라도 축여가면서 해야지."
젊은이 하나가 술통에서 좁쌀 막걸리를 한 바가지 퍼서 사설을 늘어놓는 놀이꾼 앞에 내밀었다.
"스님이 술은 무슨 술이여?"
뒤쪽에서 누군가 웃음을 터뜨렸다. 이런 마을축제는 대개 저녁까지 계속되었다. 춤과 사설이 끝나자 동서로 높이 세운 말뚝을 가로지른 줄 위의 줄타기가 시작되었다.
기껏 앞으로 가기, 뒤로 가기를 한두 번 반복하고 사설이나 늘어놓는 것이지만 그 사설도 귀동냥 흉내여서 앞뒤가 맞을 리가 없었지만 모처럼 웃음소리가 들렸다.
"아, 이렇게 줄만 탈 것이 아니라 재담을 한 자락 하것다…… 어느 때인가 하니 녹음방초 성하시라,…… 늙은 과부는 한숨만 쉬고, 젊은 과부는 보따리 싸서 개구멍으로 들락날락하면서 도망갈 구멍을 찾는데……, 이 때에 중이 하나 내려오는데 남학산 중이 하나 내려오것다…… 내려온다. 내려와, 또 내려와. …… 아, 또 내려왔다…… 자꾸 내려오는 중만 있지, 올라오는 중은 하나도 없구나……."

"제 어미가 저 사람 뱃속에 담고 좁쌀 말이나 먹은 모양이우."

등에 작은 보따리 하나를 맨 채, 떠들고 있는 사내를 올려보던 나그네가 건네주는 술바가지를 받아 갈증이 났었던 듯 한숨에 비우면서 중얼거렸다.

"여기 앉아 있으니 언제 전란이 있었더냐 싶소……. 술맛이 참 좋소."

"타처에서 온 사람 같은데 다른 데서도 난리가 끝나기는 끝났습디까?"

"사방에 반란군 놈들 목 잘라다가 줄줄이 매달아 놓는 것, 많이 보았소."

줄꾼에게서 눈을 떼지 않은 채 나그네는 허겁스럽게 권하는 음식을 먹었다.

"……쳐다보니 만학은 천봉, 내려 굽어보니 백사지 땅이라, 허리 굽고 늙은 장송은 광풍에 못이겨 너울너울 춤을 춘다. 천 리 시내는 청산을 돌고, 이 골 물 쭈르룩 저 골 물이 콸콸, 열에 열두 골 물이 한데 합수쳐 지방쳐 언덕쳐 굽이쳐, 건너 병풍석에 쾅쾅 마주쳐 산이 울렁거려 떠내려간다……."

구경꾼들 사이에서 젊은이 하나가 조롱박에 술을 떠다가 줄 위에 있는 줄꾼에게 권한다.

놀이는 흥겨움 속에 한참 동안 더 계속되었다.

"저게 뭔가?"

잊었던 흥을 찾아내었던 사람들이 한 곳으로 시선을 보냈다.

흙먼지였다. 누렇게 벼가 익어가는 논둑길을 가로질러 오솔길 쪽으로 흙먼지를 일으키며 십여 기의 말이 어디론가 달려가고 있었다. 기마병만이 아니었다. 기마병들의 흙먼지 뒤를 백여 명의 보병들이 뒤따르고 있었다.

금세 놀이판의 흥이 깨져 버렸다. 음식을 얻어먹던 나그네가 멍석 위에 나뒹굴고 있던 옴중의 탈을 집어 얼굴에 썼다.

"동경에서 또 난리가 났다는 소문도 있더구먼……. 서북쪽 징벌을 했으니 동남쪽에도 왕군의 위엄을 보여야 한다는 거여."

"누가 누구를 치러 가는 거여?"

"이놈이 저놈을 치고, 내일은 또 저놈이 이놈을 치고, 그러는 것이 난리 아녀?"

"남은 서경 군사들이 이의민이는 기어이 주살을 해야 한다고 뭉친다는 소문도 있었단 말여."

놀이판의 흥이 깨지면서 몇 사람이 집으로 향하자 놀이판이 허전해져 버렸다. 다시 한 떼의 기마병들이 흙먼지를 일으키며 언덕을 넘어가고 나자 서늘한 바람이 들판을 가로질러 달려왔다. 흥이 깨진 놀이판은 남아 있던 술꾼 몇 사람으로 술자리가 되어 버렸다.

"어디로 가는 나그네인지 몰라도 어디서 또 난리 났다는 소문 못 들으셨소?"

술 취한 남자 서너 명이 손에 잡히는 데로 아무 탈이나 뒤집어 쓰고 멍석 위로 나섰다.

만적은 그 때까지 옴중탈을 손에 들고 있었다.

문둥이탈과 금화충(金花蟲) 205

"사람이 사람 대접받고 사는 세상 되기 전에야 싸움이야 늘 있겠지요, 뭐."

"어허 저것 봐. 어디서 옴중이 또 하나 새로 왔네."

남은 사람들 사이에서 춤판에 끼어든 만적을 가리키며 웃음을 터뜨렸다.

"어디 본향 옴중 옴이 가려운지, 타향 옴중 옴이 더 가려운지 같이 나서서 한번 긁어 봐라."

"옴중이 아니라 문둥이중일세그려. 헛허허……."

만적은 얼떨결에 옴중탈을 쓴 채 춤판 가운데 끼여들어 버렸다. 태백산에서도 놀이판을 구경하면서 탈이란 게 이상하게 마음을 끌었던 기억이 있었다. 제 본 얼굴과 탈의 얼굴, 모든 감정과 표정이 놀이가 끝날 때까지 탈 하나로 덮여 있다는 것이 재미있어 보였던 것이다.

탈을 쓰고 추는 춤은 삼한의 어느 지방에서도 백성들 놀이판에 항상 끼어 있었다. 탈춤의 격식을 배우거나 자세히 구경한 적이 없어도 시골 마을의 놀이에는 그것이 상관없었다.

"덩더꿍 덩더꿍…… 나이나…… 나이나…… 나이니……."

그저 제 흥에 겨워 목중이며, 옴중, 눈껌쩍이, 노장탈들이 한데 뒤섞여 있을 뿐. 탈을 쓰고 있을 때만은 장군도 노비도 없었고 주인도 장사치도 없었다. 이마의 그어진 흉터 따위야 더 문제될 것도 없었다. 만적은 저도 모르게 춤추는 사람들 속에 섞여 껑충껑충 뛰고 있었다.

"거, 타향 문둥이중 춤이 가관이구먼. 허 얼씨구, 거 잘 한다."

사람들 사이에서 누군가 만적을 가리키며 박장대소했다. 사실 만적은 이런 춤판에 뛰어들어 본 것도 처음이었다. 사람들 속에 끼어 땀 냄새를 맡는다는 것, 이마에 난 상처를 볼 수 없고, 눈빛, 그의 입가의 웃음도 보이지 않는…… 그는 사람들 땀 냄새를 마시면서 사람들 사이를 비집고 뛰어다녔다. 후덥지근하고, 퀴퀴한, 삶의 냄새 속에서 그는 망이에게 혼잣말을 한다.
 '자네 말뜻을 알아. 누구 이마에 먹물자국이 있는지 눈치를 안 보아도 좋은 세상. 제 마누라, 제 새끼 데리고 사람들 속에 섞여 살아도 상관없는 세상…… 상전이고, 종놈이고 그런 것이 없는 세상.'
 그는 사람들의 땀 냄새를 마시면서 이 탈이란 게 얼마나 좋은 것인가 몇 번이고 생각했다.
 만적이 이번 계룡산 움집을 다시 찾아갔을 때 망이는 그 작은 뱀 눈을 반짝이며 품 속에서 그 누런 황지 조각 몇 장을 꺼내 그에게 들이밀었다.
 '그 동안 이 신표 가진 사람이 엄청 늘어난 걸 만적이는 모를걸. 내 황구렁이, 칠점사 얻어먹은 놈들도 많이 늘었걸랑.'
 이 옴중탈을 망이에게도 씌워 주리라.
 '이걸 쓰고 있으면 나나 네놈이나 똑같아져서 그 과부한테 이걸 쓰고 번갈아 들어가도 몰라볼 거 아니냐'
 그렇게 한번 내뱉고 웃으며 뒹굴고 싶었다.
 "……떼이루 떼이루 띠어라 따 ……이루 떼이루 떼이루 야하 나이니 나이 나이나 나이나 나이나 나이나……"

갑자기 음악이 멎었다.

탈춤에 한창 정신이 팔렸던 만적도 흙먼지를 일으키며 마을로 들어서는 기마병들을 의아롭게 바라보았다. 몇몇 마을 사람들은 습관처럼 골목으로 숨어 들고, 남은 사람들도 한쪽으로 몰려섰다.

"반란군을 섬멸하고 돌아가는 나라의 장수를 보고도 무릎을 꿇지 않고 무엇들 하느냐?"

털투성이 사내가 말고삐를 잡아당기면서 소리를 질렀다.

"이런 무엄한 놈들이!"

갑자기 사내가 채찍을 높이 치켜들었다.

"너희 마을 장정들 중에서 서경 반군에 가담한 놈들이 있는 것을 알고 있다. 동네를 깡그리 불태우고 남녀노소를 쓸어다 노비로 삼아야 마땅하겠지만…… 허나 우리 대장께서는 인명을 중히 여기시는 부처님 같으신 분이시라 네놈들에게서 우선 급한 군량미와……."

마을 사람들이 수런거리기 시작했다. 나이 든 촌장이 허리를 굽힌 채 일어섰다. 반군에 가담은커녕 난리에 수탈을 당해왔다는 이야기를 하려던 촌장은 잠시 넋을 놓고 마을 사람들을 돌아보았다. 서너 명이 말을 탄 채 골목으로 내닫고 있었고 갑자기 찢어지는 듯한 젊은 아낙의 비명이 들려왔다.

"어이쿠, 사람 살려."

사내들의 비명마저 겹치면서 여자들이 악쓰는 소리가 골목 밖으로 넘쳐 나왔다.

"사람 살려!"

사내 하나가 말 위에서 한 팔로 젊은 여자 하나를 휘감은 채 골목을 빠져나오고 있었다.

"서라!"

만적이 자기도 모르게 몸을 날려 말 앞을 가로막으며 소리쳤다. 너무 급작스러운 사태여서 사내도 당황했는지 말고삐를 잡아당겼다.

"나라 군사가 백성들을 수탈하고 계집 점고를 하고 다녀?"

옴중탈을 쓴 만적의 몸이 움직이는 것 같지 않았는데, 털보가 내리친 채찍이 어느 새 만적의 손에 옮겨졌고 말 탄 사내가 그대로 땅 위에 나뒹굴었다.

"이런 하룻강아지 새끼가……."

말 위에 앉았던 건장한 장수 하나가 장검을 뽑아들고 만적 앞으로 훌쩍 뛰어내렸다. 날개라도 달린 듯 십여 명의 병졸 사이를 훌쩍훌쩍 뛰어넘던 만적도 제 앞에 버티고 선 장정을 보자 움직임을 멈추었다. 검광과 채찍이 한참 어지럽게 뒤섞였다. 그러나 그 소란은 그렇게 오래 가지 않았다.

"다른 관군이 또 온다."

아닌 게 아니라 높다란 장대에 깃발을 매단 한 떼의 군마가 마을을 향해 급하게 몰려오고 있었기 때문이었다.

마을 사람들이 주춤거리며 뒤로 물러서기 시작했다.

"멈춰라!"

은빛 투구에 갑옷도 찬란한 한 젊은 장수가 백마의 고삐를 잡아채며 한 손을 들어 소리쳤다. 그 순간 관군이라며 앞에 나타났던 사내들이 뒷걸음질을 치고 있었다.

"근자에 왕군을 빙자한 도적들이 횡행한다 하더니 바로 네놈들이었구나. 무엄한 놈들."

관군이라고 큰소리를 치고, 마을을 분탕질하던 사내들은 얼마지 않아 모두가 오랏줄에 묶였다. 촌장에게서 자초지종을 듣고 난 청년장군 최충헌(崔忠獻)은 가볍게 고개를 끄덕이고 다시 입을 열었다.

"북으로는 오랑캐들이 시끄럽고, 북쪽 여러 성의 백성들 중에는 역적 조위총의 헛된 꾐에 속아 만대에 씻지 못할 죄에 빠져든 자들이 있는 줄 안다. 이제 조위총 일당을 오래 전 섬멸하였거니와 조위총의 잔당들이 왕군을 빙자하기도 하고, 도적들이 왕군을 칭하여 백성을 괴롭히는 일들이 있거니와 왕군은 이들을 징계하여 백성들이 안심하고 살 수 있게 할 것이니 조금도 동요하지 말 것이다……. 왕군은 만약 군사 중에 백성의 재물을 빼앗거나, 유부녀를 겁탈하는 자 있으면 그 자리에서 목을 벨 것이고, 백성의 논밭이나 가축을 훼손하면 즉시 그 집 노비를 만들 것이다. 앞으로도 왕군의 군사에게 손해를 입는 일이 있으면 바로 그 부대 지휘자에게 알려주길 바란다. 그 길이 여의치 않으면 후일에라도 나, 최충헌을 직접 찾아오도록 하라. 이 최충헌이 분명히 변상을 해줄 것이다."

최충헌은 말을 끊고 나서 주위를 둘러보더니 부관을 불러 명령했다.
 "군사를 십 리 밖으로 물려서 진을 쳐라. 마을에서 십 리 이상 떨어진 곳에 진을 쳐야 백성들에게 마음으로라도 피해를 주지 않는 것이다."
 검은 눈썹과 매의 눈, 곧게 뻗어내린 코와 무성한 코 밑 수염의 청년장군의 눈이 옴중탈을 쓴 만적 쪽을 향했다.
 "탈을 벗으라."
 동짓달 초승달같이 차갑게 빛나는 최충헌의 눈이 만적을 뚫어지게 쏘아보았다.
 "저 젊은이가 오늘 우리 마을을……."
 마을 촌장이 허리를 굽히며 두 손을 모았다. 만적의 손이 왼편 어깨를 감쌌다. 어깨 쪽에서 흘러내린 피가 소매까지 검붉게 적시고 있었다. 마을 촌장이 두 손을 비비면서 오늘의 전후사를 다시 설명하는 걸 들으면서 충헌은, 여전히 싸늘하게 명령했다.
 "그놈도 저놈들하고 같이 끌어가라!"
 만적으로는 너무 일순간의 일이었다. 여럿을 상대로 한 싸움에 지쳐 있긴 했지만 자리를 피할 수 있었는데도 그는 백마 위의 최충헌을 본 순간 긴장을 풀어 버리고 있었다.
 "상을 내리든 벌을 내리든 내 알아서 할 것이니 촌장은 염려하지 말라."
 충헌이 말고삐를 돌리면서 뱉은 말을 듣고 나서야 만적은 최충헌의 얼굴에서 풍겨져 나온 그 인상의 주인공을 생각해 냈다.
 김정. 얼굴이 닮지 않았는데도 그것은 동경의 옛 주인집 도련님, 김정에게서 받아왔던 인상이었다.

밧줄 하나가 그의 몸을 휘감아 올 때까지 만적은 그 자리에 꼼짝 않고 서서 멀어지는 백마의 뒷모습에 눈을 떼지 못했다. 밧줄이 그를 휘감았을 때에야 그는 어깨에 힘을 모았다. 부지직……감긴 밧줄 한 가닥이 터져 나가면서 솟구쳐 오른 그의 몸이 병졸들에게서 십여 걸음을 벗어나 버렸다. 뒤쫓아오는 병졸들의 고함에 아랑곳없이 그는 천천히 걸음을 옮겼다.

그 때 검은 색 말 한 마리가 반대쪽에서 그를 스치듯 달려오면서 그를 말 등으로 끌어올렸다. 까르르륵…… 말 주인이 말 배를 걷어차면서 높고 맑은 웃음소리를 냈다.

"아니, 누이…… 소예 누이……."

등 뒤에 만적을 실은 채 질주하던 말이 숲길로 들어설 때까지 맑은 웃음소리가 계속되었다.

한참을 달려 뒤따르는 인적이 끊기자 여자가 말을 세웠다.

"어깨는?"

"칼끝이 조금 스쳤소, 그런데 누이는 어찌 이 곳에?"

저녁 어스름이 소예의 땀 배인 이마 위로 내려앉고 있었다.

"탈춤판이 벌어졌길래, 참 못생긴 옴중탈도 있다 싶어서……."

말에서 내려 반반한 넓적바위 위에 앉은 다음에도 소예는 한참을 웃어댄 다음에야 만적의 얼굴을 마주 바라보았다.

"그런데 이상하게 아까 그 젊은 장수……."

"누이도 같은 생각을 했소?"

"이름이 최충헌……, 병사 하나를 붙들고 물어보았지……. 최충수라는 동생이 있고……, 근래 두 형제가 시경군과 싸움에 공을 많이 세웠고…….”

소예는 잠시 생각에 잠기는 듯했다. 소나무 사이로 서쪽 하늘의 황혼, 붉은 빛이 안개처럼 밀고 내려와 소예의 이마 위에 내려앉았다. 소예는 말안장에서 마른 육포와 오지 항아리에 담긴 화주(火酒) 한 병을 꺼내왔다.

"이렇게 앉아 같이 화주를 기울이니 사부님 계시던 암자에 와 있는 것 같네."

"분이 일은 너무 안 되었어."

소예의 눈이 만적의 눈을 깊이 바라보았다. 그 눈이 축축하게 젖어갔다. 만적이 얼굴을 돌리며 일어서서 소나무 사이를 물들여 가는 황혼 쪽으로 멀리 시선을 보내 버렸다.

"서경으로 마라를 찾아가서 만났었지."

만적의 눈길이 무의식적으로 소예의 왼쪽 새끼손가락을 향했고, 소예 역시 만적의 눈길을 의식한 듯 왼손을 감추었다.

"남자, 여자의 일이라는 게 참 이상해. …… 싸움터 생각을 해 봐. 수십, 수백 명이 피 흘리고 죽어가도 눈은 제 인연 있는 사람만 쫓아가……. 그런 마음이 되는 것이 사내, 계집 사이인 듯싶어……. 그마저도 인연이 다 되어 이승과 저승으로 갈라지면 그 사람 기억만으로 살아가고…….”

표창 끝으로 젖은 땅을 파헤치고 언 땅을 파면서 만적은 그 때 소예가 한 밤 내내 김정의 시신 앞에서 손가락에 기름을 묻혀 불을 붙이던 모습이 이해될 듯싶었다.

으깨진 분이의 이마에서 흘러나온 피를 만적은 무릎을 꿇고 젖은 제 옷자락으로 닦고 또 닦았다. 비가 또 부슬거리기 시작했을 때, 피를 닦아낸 웃옷 한 겹을 펼쳐 구덩이에 눕힌 분이의 시체를 덮고 그는 컴컴한 허공을 향해 이를 갈았었다.

"인제는 팔려갈 일도 이빨 뽑힐 일도 없을 것이여……. 노비 몸뚱어리는 주인 놈이 눈알도 빼고, 이빨도 빼고, 불알도 빼낼 수 있지만 육신 없는 혼은 어떤 놈도 붙잡지도 묶을 수도 없어……. 어서 훨훨 날아가……, 어서 훨훨……."

마지막 저녁 햇살이 소나무 가지 사이로 빨려 들면서 풀벌레 울음소리가 간헐적으로 들려오기 시작했다.

"만적이하고도 한바탕 겨루었다는 그 두두을(豆豆乙)이라는 도사, 책사(策士)가 되어 이의민이에게로 갔다는 말도 들었어."

"나도 들었소."

그들 둘은 동문에서 멀지않은 성 밖 장터, 이십여 구, 시신들을 매달아 놓은 처형장 가까이에서 말을 멈췄다.

보제사 골짜기에 남아 있던 서경군 잔당이 관군에게 몰살되면서, 지휘자급 십여 명의 목을 매달아 놓은 자리였다.

기둥 굵기의 통나무 받침대에 긴 장대를 가로질러 밧줄로 목을 옭아맨 시신들이 굴비 두름처럼 매달려 있었다. 그 처형장은 역신의 이름들이 바뀌어 가면서 늘 죽은 자들의 목이 꺾여 몸을 내려뜨리고 있거나, 효수(梟首)된 머리통만 제 머리칼을 줄 삼아 달려 있기도 했다.

　병졸 하나가 창을 들고 화톳불 곁에 졸고 있다가 갑자기 나타난 두 남녀의 출현에 일어섰다.

　"웬 놈들이냐?"

　"역신들 얼굴 좀 보러 왔소."

　소예가 병졸을 무시한 채, 매달린 10여 구의 시체들을 한 바퀴 돌아보고 만적의 소매를 끌었다.

　"마라는 그리 쉽게 누구에게 당할 사람이 아니지 않어?"

　이번에는 만적이 말고삐를 잡고 말 위에 올랐다.

　"마라는 어디 다른 곳으로 갔을 게요. 사실 나도 하도 꿈자리가 사납고 해서 아니다 싶으면서도…… 누이도 같은 생각으로 여기로 왔을 것이고……."

　만적은 망이와의 이야기를 이것저것 소예에게 들려주었다. 그가 품 속에서 망이가 헤어질 때 쥐어 준 누런 황지를 꺼내 들었다. 누런 황지 위에 서툴게 쓴 글자 하나, 고무래 정(丁) 자의 흐린 먹물 속에서 언제나 망이의 그 작고 반짝거리던 눈이 작은 불꽃을 일으키고 있었다.

　'세도가들 한둘 혼내준다고 세상이 바뀌지는 않어. 열 장, 스무 장의 노비문서를 빼앗아 불에 처질러도 달라지지 않어……. 팔려가는 노비, 주인 놈 내동댕이치고 네 갈 곳으로 가라고 해봐. 그 노비가 갈 곳이 어디 있어? 슬금슬금 아무 세도가 집에라도 다시 기어들어가 종살이 좀 시켜줍쇼, 애걸하는데······. 나는 구렁이나 잡고, 자넨 태백산에 돌아가서 사냥이나 하고, 요새 내 맘은······. 기껏 자네는 계집이여. 서경에 간 것도 계집 때문이고, 다시 태백산 산 속에 들어가려는 것도 다 계집 때문이고.'

"사람마다 제 할 일이 따로 있어."
헤어지기 전 소예는 쓸쓸하게 만적을 향해 웃어 보였다.
"김보당 장군을 가로채 살려준 까닭을 만적이는 짐작할 거야."
만적의 시선이 소예의 왼쪽 손가락 쪽을 다시 더듬었다.
"누이 마음 짐작해······."
"죽기 전 꼭 내가 해야 할 일이 무엇인지 나는 알아······."
"······."
"만적이를 만나면 해주려던 이야기가 있었어······."
"······."
"태백산에서 동경으로 나가는 산골 길목 작은 동네에 외동딸이 문둥병에 걸린 집이 있었어······. 만적이 탈춤 추면서 썼던 그 문둥이탈 같이 그 외동딸이 그런 병에 걸렸어······. 산골 밭 귀퉁이에 움막을 치고 혼자 거처하던 아씨에게 먹을 걸 나르던 그 머슴이······, 문둥병에 사람 고기를 먹이면 낫는다는 말을 어디서 들었던지 먹을 걸 가져다주면서 제 허벅지살을 한 조각씩 잘라 삶아서 음식 가져다줄 때 주고, 또 가져다주고······. 그런데 진짜로 그 아씨 병이 나았대······. 식구들이 산신령 덕이라고 동네 잔치를 벌린 날, 그 움막 옆에서 피를 너무 흘린 머슴이 혼자 웃으면서 죽어갔다는 이야기야……."

"……."

"…… 매영이……. 지금도 만적이 생각을 하면서 살고 있어."

야매영이라는 이름과 함께 서늘한 한 가닥 회오리바람이 가슴 깊은 곳을 헤집고 달려가는 소리를 만적은 듣고 있었다.

"에헤이히 마하부타 데바리시…… 드비야…… 사아타마 아그리야…… 히타바아 아하우팀 아하람 아스민…… 사나히트 브하바 아그니에 하바야 카부야 바하나야 사바하…… 오라, 오라, 큰 실재(實在)여……."

보제사 골짜기. 뒹굴고 있는 시체 주변 높은 나뭇가지들에서는 까마귀들이 새까맣게 몰려들어 있었다.

귀에 익은 주문 소리 때문에 만적은 가마에서 내려서는 사내 쪽으로 고개를 돌렸다.

골짜기에 흩어져 있는 시체의 머리를 베어 내던 병졸들이 가마에서 내리는 사내에게 황급하게 가마 쪽을 향해서 읍을 하고 있었다.

"혹시 친구놈이 죽었으면 죽은 혼이라도 달래주겠다……. 그래 네놈 심성이 보기에 좋구나……. 핫하하하……, 칠종칠금(七縱七擒)…… 그리고 보면 오늘이 너를 만나는 두 번째다……. 핫하하하하……."

높은 웃음소리가 돌아서 버리려던 만적의 발목을 잡아 버렸다. 늦여름 태양빛이 나뭇잎 사이를 비켜 쏟아져 내리면서 나뒹굴고 있는 시체들 위에 얼룩얼룩 그물 같은 나무 그림자를 만들고 있었다.

"내 얼굴을 못 알아볼 만도 할 것이다. 그래서 눈에 보이는 육신이란 늘 허깨비 같은 것이니라."

사내가 만적 앞으로 다가서더니 제 얼굴의 귀 아래쪽 살을 잡아 늘여가기 시작했다. 순간 만적은 흑, 신음을 내뱉고 한 걸음을 물러섰다.

사내의 손에서 천천히 얼굴 가죽이 벗겨져 갔던 것이다.

한쪽부터 벗겨져 가는 얼굴 껍질 안쪽에서 주름진 두두을(豆豆乙) 노인의 얼굴이 드러나면서 큰 웃음소리가 다시 터져 나왔다.

"그래, 이제 날 알아보겠느냐?"

병졸 한 사람이 노인의 바로 뒤에 접는 의자와 일산을 폈다.

다른 병졸은 작은 탁자를 노인 앞에 가져다 놓으면서 만적 쪽에도 의자 하나를 준비해 주었다.

"서로 은원이 없으니 마주 앉아도 피차 살기(殺氣) 띄울 일이 없지 않겠느냐? 너도 그리 앉거라. 너희 스승…… 무예를 가르친다면서 변면술(變面術)은 귀띔을 안 해준 모양 아니더냐?"

노인의 손에는 자기 얼굴에서 벗겨낸 얼굴 가죽이 후줄근하게 들려 있었다.

"싸우지 않고 이기는 것이 병법에서 상지상(上之上)……, 고래로 중국에서는 이런 변면술을 많이 써 왔느니라……. 인피(人皮)로 제대로 만들어 사용하면 한 사람이 능히 열 사람, 백 사람 몫도 하는 것이다……."

꿈자리가 며칠 계속 너무 사나웠다.

그럴 리가 없다고 생각하면서도 피투성이가 된 마라의 모습이 여러 번 보였던 것이다.

그런데 서경군의 마지막 격전지였던 보제사 골짜기에 도사노인이라니…….

"네 친구놈은 이승과 인연이 아직 많이 남아 있다……. 네놈도 죽은 사람 찾아 묻어줄 일, 더 이상 없을 것이고……."

탁자를 마주해 앉아 있는 동안 병사 몇이 시체에서 목을 잘라 머리통만 한쪽에 모으고 있었다.

"보아라. 여기 까마귀밥이 되어 가는 육신들……. 육신이라는 것이 얼마나 허망한 일이더냐?"

노인의 얼굴을 다시 쳐다본 만적이 자리에서 일어나 한 걸음 뒤로 물러섰다. 얼굴이 또 다른 얼굴로 변해 있었던 것이다.

"육신이란 이리 허망한 것이다."

노인이 새로운 인피(人皮) 가면을 벗어 다시 탁자 위에 올려놓았다.

"네놈도 한번 써 보겠느냐?"

"아니오."

"조위총을 만났던 무렵, 한낮 태백성이 태양을 두 줄기로 범한 걸 보았다."

"……."

"그래 네 친구놈에게는 넌지시 말을 했다. 자칫 뜻도 없이 까마귀밥이 되느니, 한때 이승의 의탁할 사람을 찾는 것이 좋지 않느냐고……. 허나 네 친구놈, 내가 가리키는 달은 보지 못하고 내 손가락만 보았다. 네놈과도 곧 만나게 될 것이다…….”

그 때 병졸 한 명이 커다란 자루를 들고 노인 앞에 부복했다.

“동네 아이들이 8백 마리를 채워 잡아왔습니다.”

자루 속에서 매미 우는 소리가 뒤섞여 나왔다.

“날개를 조심해서 거두거라.”

“…….”

“손재주 좋은 예인이라도 매미 날개를 똑같이 만들 수 있겠느냐?…… 비단에 수를 잘 놓는다 해도 작은 벌레, 금화충(金花蟲), 그 녹색 빛을 사람이 낼 수가 있겠느냐?…… 금화충 껍질로 십(十)자 자수를 놓은 치마는 보는 사람 수효대로 수백 가지 색깔, 달리 보인다…… 매미 날개로 익선관(翼蟬冠)을 만들어 장군께 드릴 것이다……. 화기(火氣)가 너무 세어 매미 날개 복두(幞頭)를 쓰면 열화를 가라앉힐 수 있을 것이다……. 7, 8년 땅 속 굼벵이로 살다가 매미는 여름 한 철 열흘에서 보름, 날개를 달고 이슬을 마시면서 노래하다 죽는다……. 그래서 매미 날개 관모는 아침 이슬 정기로 쓰는 사람의 열화를 가라앉히는 것이다. 중국에서는 관직이 높아지면 매사 심기를 가라앉히라고 옛부터 매미 날개로 모자를 만들어 썼느니라…….”

“조위총 유수에게는 매미 날개 모자를 쓰라 하지 않으셨소?”

“잠을 깨운 인연이 뭐가 그리 달가웠겠느냐?”

“…….”

“유수는 이미 인연이 얼마 남지 않았었다……. 이의민 장군은……."
 의민이라는 이름이 나오자 만적의 얼굴은 금방 구겨졌다.
 "네게 장군을 찾으라 하지는 않는다……. 허나 십팔자(十八子)의 천운을 어찌 하겠느냐?."

 경대승이 급사하자, 동경에 있던 이의민이 왕의 부름을 다시 받아 개경에 올라온 후, 이상한 꿈을 꾼 적이 있었다. 아들 지순의 겨드랑이에 날개가 돋쳐 하늘로 올라가는 꿈을 꾸었던 것이다. 그 날 아침, 급히 두두을을 불렀다.
 "이 꿈은……."
 두두을은 잠시 상기되었다가 음성을 낮추었다.
 "용의 승천은…… 옥좌의 예시, 누구에게도 말하지 마십시오."
 "무엇이라? 이 사람, …… 무슨 고약한 농담을?"
 "세간에 오래 전부터 십팔자(十八子) 위왕설이 있었는데……, 이 늙은이 복이 많아 장군, 옥좌에 앉는 걸 볼 모양입니다."
 "내…… 아무리 무식하다 해도…… 농담으로라도 다시 그런 말을 입 밖에 내면……."
 갑자기 의민이 장검을 꺼내들고 두두을에게 겨누었다. 그의 두 눈이 훨훨 타오르고 있었다. 두두을은 이의민의 그 두 눈을 똑바로 마주 바라보았다.
 "내, 무수히 피를 보아왔어. 이 삼한 땅에서 나만큼 피를 보아 온 사람이 있는가?"
 두두을은 하늘을 올려다보며 빙그레 웃음을 띄었다.

"천리(天理)라는 것은 누구도 어길 수 없는 것…… 일간 이 늙은이, 장군 곁을 떠나 얼마간 동경에 머물겠습니다."

"산 속으로 다시 들어간다는 겐가? 그 괴상한 주문이나 옹얼거리려?"

"이 두두을, 장군 곁에서 새 꿈을 꿀 기회가 온 듯싶습니다."

"무슨 소리인지 모르겠네"

며칠 후 두두을이 이의민의 곁을 떠났고, 동경의 김사미 반란이 시작된 까닭은 이의민 본인 역시 확실히는 알고 있지 못했다.

전왕이 이의민에게 허리뼈가 부러져 죽은 다음, 한때 벽상공신으로 중방(重房)의 중심인물은 정중부, 이의방, 이고 세 사람이었다. 이고가 권력을 독차지하려다가 이의방에게 죽었고, 의종이 총애하던 궁녀 무비를 데려다 첩을 삼은 일로 무인들 사이에 비난이 자자했던 이의방 역시 조위총의 반기로 조정이 뒤숭숭한 틈에 정중부의 아들 정균(鄭均)의 손에 살해되어 버렸다.

개경 정부에서는 그 후, 10여 년간 권력을 장악했던 경대승이 나이 서른에 갑자기 급사하자, 불안해진 왕이 동경에 내려가 있던 이의민을 불러올렸던 것이다. 그 후, 이의민은 중서문하평장사로 승격, 다시 1년 후 병부판사직을 맡아 병권을 손에 잡으면서는 공신으로 책봉, 시중이 되어 있었다. 이의민은 정권을 잡으면서 책사 두두을(豆豆乙)의 조언에 따라 파격적인 인사를 단행했다.

특히 내관의 무관 겸직을 허용하자 하급 무신들의 지지가 높아졌고, 그런 분위기에 젖어 이의민 자신도 두두을의 진언에 따라 자신의 호칭을 신도재상(新道宰相)으로 부르게 했다. 이의민이 공부상서로 조정 일에 관여하게 되면서 사실상 왕의 영을 대신할 만큼 세력이 커지자 그의 곁에는 전국 각지에서 인재들이 모여들었다. 책사(策士) 두두을은 이의민을 막후에서 조정하여 권력의 핵심부를 점차 이의민의 사람들로 채워 나갔다.

그렇게 이의민의 실권 아래 나라 안이 조용해지는가 했을 때, 동경을 중심으로 옛 신라의 부흥을 부르짖는 민란이 일어나 다시 나라 안이 뒤숭숭해졌다.
왕은 크게 놀라 대장군 전존걸, 노식 등을 동경 토벌군으로 보냈다. 그러나 토벌군 작전이 반군들에게 미리 흘러들어가 한동안 반란군이 토벌군을 격파해서 토벌군이 패전, 후퇴하지 않을 수가 없었다. 사령관 전존걸은 반란군들이 개경 정권 실세의 어딘가와 은밀히 연결되어 있는 듯한 낌새를 느꼈지만, 그것을 밝히기에는 역부족이었다.

시체들이 뒹구는 골짜기를 빠져나오는 만적의 뒤통수에 노인의 웃음소리가 그의 등줄기를 긁어내렸다.
"오늘이 칠종칠금(七縱七擒)의 두 번째 재회……, 곧 또 만나게 될 것이다."
"그런 일 없을 것이오."

"세파가 고단해지거든 이 두두을(豆豆乙)을 찾아 오거라."

소예의 눈이 파란 불꽃으로 일렁거리던 것이 눈앞에 떠올라 '내 손으로 의민이의 목을 딸 것이오.' 그 말을 노인에게 뱉어주고 싶은 것을 만적은 애써 참았다.

최충헌과 책사 두두을

 늦가을 최충헌의 일 천여 군사들이 동경 가까운 야산마루에 진을 완성시킨 것은 저녁이 꽤 늦어서였다. 산마루에서는 들판과 마을, 마을과 마을을 잇는 길이 한눈에 들어왔다.
 최충헌의 군사들이 동경(東京 : 慶州) 반란 토벌군에 합류하여 개경을 떠난 지 한 달여.
 최충헌의 군대가 나타나자 제대로 접전도 하기 전에 동경 반군 쪽에서 이상하게 겁을 집어먹은 일부 군사들이 투항을 해와서 최충헌군은 싸움도 하기 전 어느 정도 승세를 쥐고 있었다.

 그간 조정 내에서 이의민의 전횡에 반감을 가진 고급 군 출신 최충헌도 명문가의 후예 중 한 사람이었다.

최충헌은 명종 4년,

장군 기탁성이 조위총의 난에 출정하면서 충헌이 병법에 능하다는 소문을 듣고 별초도령으로 선발 임용된 뒤, 그 공로로 누차 승진, 섭장군이 되어 있었다. 장군에 오르게 되면서부터 최충헌의 이름이 사람들 사이에 알려지게 되었다.

최충헌이 서경 반란 진압에 세운 전과에 대한 소문도 한 몫을 한 셈이었지만, 최충헌 군대가 지난 번 조위총과의 싸움에서 시험했던 새로운 병기들을 대량으로 준비한 것이 반군들의 기세를 꺾는 데 도움이 된 점도 있었을 것이다.

검차와 혁거(革車), 등석포(騰石砲), 수질노(繡質弩), 뇌등석포(雷騰石砲), 팔우노(八牛弩), 이십사반병기(二十四般兵器) 들의 신병기를 이끌고 최충헌 군이 남하를 했던 것이다.

우선 수레에 대여섯 개의 창을 꽂아 놓은 검차만 해도 적 기병이 돌진할 때 검차부대를 일렬로 전방에 배치하여 달려오는 기병들에게 큰 타격을 주었다.

팔우노는 여덟 마리의 소가 시위를 당길 만큼 대형의 강력한 화살을 한꺼번에 최대 백여 발을 발사할 수 있었고, 수질구궁노 역시 아홉 발의 강력한 화살을 동시에 쏠 수 있는 것으로 서경 전투에서 탁월한 성능을 보였다.

노의 종류로도 발로 잡아당기는 것, 활과 같이 만든 것, 한 번에 여러 개의 화살이 나가는 것 등이 있었다. 가로놓인 축(軸)에 긴 장대의 중간 부분을 꿰어 돌릴 수 있게 하여, 그 한쪽에 돌을 놓고 다른 쪽에 줄을 매달아 여러 사람이 갑자기 잡아당겨 돌을 날려보내게 되어 있는 포차(抛車) 역시 삼국시대부터 쓰던 것으로 동경 토벌전에 유용하게 사용되었다.

이런 신무기의 등장과 함께 동경의 반군 지도자 효심을 비롯한 1,000여 명의 반란군이 싸움 한 달여 만에 전몰을 당했다. 전사자가 늘어나면서 반란군은 지리멸렬 도주자가 속출, 군세가 눈에 띄게 줄어들자 이번 반란의 주모자였던 김사미가 관군에 항복하였다.

"신라 망한 지 수백 년이 되었는데, 어찌하여 헛된 꿈으로 난을 일으켰던 것이냐?"

그러자 김사미는 똑바로 눈을 부릅뜨면서 대답하였다.

"머잖아 경천동지, 이 삼한에 천기(天氣)가 바뀌어 새 계절이 오면 그대들은 대역죄인으로 삼족이 능지처참 될 것이니……"

"이런 놈을 보았나?"

"지상의 흥망성쇠는 사람 인력으로 맘대로 못하는 것이오…… 나, 이제 육신을 털어 대일여불(大一如佛)에 이를 것이오."

김사미는 의미 모를 말을 남기고 북쪽을 향해 재배하고 참수를 당했다.

몇 차례 저항이 있기는 했지만 동경군의 반군들 자체가 제대로 훈련받은 군사들이 아니어서 최충헌에게는 옛 서경군에 비해 싸움이랄 것도 없었다.

"철이 있어 지금 야기(夜氣)가 차갑습니다."

막사 앞 탁자에 턱을 기댄 채 벌써 한 식경을 움직이지 않고 하늘의 별들을 응시하고 있는 충헌 옆에 시립하고 있던 호위무관 김약진이 걱정스럽게 말했다.
"화주를 내오라."
충헌은 하늘에서 눈을 떼지 않은 채 명령했다.
"너도 한 잔 들라."
두어 잔을 연거푸 비운 다음 충헌은 마시던 잔을 부관 앞으로 내밀었다.
"황공합니다."
"김사미를 쉽게 죽이는 것이 아니었다."
"무슨 말씀이신지……."
"혼이 빠져나가 헛소리를 하던 김사미 말이다."
"천리를 거역한 허황된 놈들이지요."
"그게 아니다."
"꿈이라는 게 잘못 꾸면 그 결말이 어찌되는지 앞서 보여들 주는데도……."
충헌은 쓴웃음을 지으며 일어나 천천히 걸음을 옮겼다.
"계절이 있어 야기(夜氣)가 차갑습니다. 며칠이면 동경성에 입성하실 것이고 개경에서는 벌써 장군님의……."
"싸움은 이제 시작에 불과하네."
"역적들은 스스로 괴멸하고 있습니다."
"전쟁은 이제부터……, 언제 끝날지 모르는 긴 싸움이지……."
충헌은 걸음을 멈추고 온몸을 부르르 떨더니 또다시 하늘로 눈을 옮겼다. 참으로 많은 별이었다. 유난히 반짝거리는 별, 덜 반짝거리는 별, 푸른색을 띠고 있는 놈, 노랑색, 더러 붉은 색을 띠고 있는 별, 별들…….

"달이 뜨면 작은 별들은 보이지도 않아."

"그렇습니다. 장군님."

"해가 떠오르면 별들은 하나도 없이 제 집 속에 처박히고 달까지도 허깨비가 되는 거야."

"……"

"왜 그리 사람들은 헛꿈들을 꾸는 걸까?"

"같은 꿈도 꾸는 사람에 따라 다르지요."

"독사가 물을 마시면 독이 되지……."

충헌은 다시 화주를 따라 연거푸 두어 잔을 들이키고 잔을 부관 앞으로 다시 밀었다.

"그렇습니다. 장군님."

호위무관 김약진은 산마루에 버티고 서서 하늘을 노려보고 있는 청년장군의 모습이 어둠 속에서 천천히 커지고 있는 착각에 잠시 빠진다. 칠척 장신의 키가 두 곱 세 곱으로 커지다가 어느 순간 하늘 끝간 데까지 꽉 차서 까마득히 올려다보이는 느낌이 되는 거였다. 지난 번 서경군과의 전투 때부터 계속 최충헌 곁을 지켜온 김약진으로는 시간이 지날수록 상관의 모습이 단순하게 정리되지 않았다.

당시 서경 반군과의 전투 막바지에 반군의 장수 하나가 조위총 부자의 목을 베어와 투항을 했었다. 지루하던 2년여 싸움이 마무리되는 중요한 사건이었다. 적군 장수 부자의 목을 베어 온 반군의 막료에게 무슨 상이 내려질까 모두가 궁금해 있을 때, 충헌은 단호하게 명령했다.

"그 자를 끌어내어라!……."

"예에?"

"당장 끌어내어 베어라."

그 때 충헌의 얼굴에는 아무런 동요도 없었다.

얼음장같이 싸늘한 눈빛뿐, 약진은 그 때도 충헌의 모습에서 이상하게도 상관의 키가 쑥쑥 자라 올라 제 시야에서 사라져 버리는 것 같은 착각에 잠시 빠졌었다.

싸움터에서 적장의 목이 손에 들어왔다는 것은 싸움의 결말을 보는 것이나 다름없었다. 그 적장의 목을 베어 온 적군이라면 우선 상을 내리는 것이 병가지도(兵家之道)요, 그래야 투항자가 늘어 적진에 혼란이 올 것은 너무 뻔한 이치였다.

그러나 그 때 충헌은 막료들이나 부관들에게 단 한 마디 상의도 하지 않고 설명도 없이 조위총의 머리를 들고 투항해 온 적장의 목을 그 자리에서 베어 버렸다.

빈 화주 병을 부관에게 건네주고 충헌은 장군 막사의 휘장을 젖히고 있었다.

동경성에서는 아무런 저항도, 환영 기미도 없었다.

동경 반군들 쪽에서는 김사미가 죽고 나자 보신을 위해 뿔뿔이 흩어져 대부분 숨어 버리고, 백성들 역시 상당수가 이미 피난 보따리를 꾸렸기 때문이었다.

남아 있던 백성들 몇이 성문을 열고 길을 쓸어 최충헌의 입성을 환영하려고 준비를 했으나 충헌은 날이 새기 전 동경성의 동헌마루 돌계단을 올라서고 있었다.

"김사미 일당이 저희 생각만으로 깃발을 들었으리라 믿는 사람은 없을 게다……. 한때 천 년 신라의 도읍지였다 해도 동경은 이미 삼한의 변두리 땅, 몇몇 놈들이 이번 같은 일을 도모할 수 있었으리라 생각되는가 묻는 게야."

"그러하오면?"

"생각해 보라."

"하오면?"

부관은 최충헌의 불타고 있는 눈을 감히 바로 마주 보지 못하고 고개를 숙인다.

"그렇다고…… 일자 무식, 그 노비 놈 머리 역시 거기까지 가지는 못했을 것이다. 그 무식한 멧돼지한테 먹이를 던지고 있는 또 다른 손을 생각해 보는 거야……. 십팔자(李)가 왕이 된다는 세간의 풍문은 한 번이라도 들어보았을 것 아니더냐?"

"도술을 부린다는 이장군 책사를 말씀하시는지요?"

반란 현장에 있던 장교 중 하나가 최충헌을 찾아와 이번 동경 민란의 뒤에 두두을이 있었다는 고변을 해오자 충헌은 빙그레 미소를 띄우며 한 마디를 했다.

"이놈아, 이 삼한 땅에 그걸 모르는 사람이 몇이나 되겠느냐?"

반군이 무너졌는데도, 충헌은 군사들을 그대로 주둔시켜 둔 채, 개경에 올라가 왕을 배알하고는 되짚어 삼남 쪽으로 다시 내려왔다. 동경 반군 잔당 소탕이 끝나지 않았다는 이유였다.
"너도 가서 쉬어라. 밤바람이 이제는 차다."
김약진은 그대로 물러날 수도 없어 두 손을 마주 잡은 채 충헌의 서너 걸음 뒤쪽에 그대로 서 있었다.
오랜 시간 젊은 장군 곁에 가까이 있으면서도 부관은 이 젊은 상관의 모습이 하나로 떠오르지 않는다는 것을 다시 생각하고 있었다.
서늘하게 얼음처럼 차가운가 하면, 한순간 훈훈하고, 또 어느 때 매섭게 매정하다고 생각하고 있으면 다정하고 여유있는 농담꾼의 모습이 되는 것이었다. 얼마 전 군대가 한 고을을 지나는데 사람들이 웅성거리며 모여 있는 것이 눈에 띄었다. 민란이 끝났다고 해도 불안하고 어수선한 시기였다.
"무엇인지 네가 직접 가보고 오라."
김약진이 말에서 내려 혼자 인파를 헤치고 사람들의 한가운데로 뚫고 들어갔다. 희멀겋게 살이 찐 스님 하나가 목탁을 두드리고 있었고, 부녀자들이 물동이로 물을 길어다가 스님의 지팡이가 꽂혀 있는 땅에 물을 붓고 있었다.
그 곁에 수십 명 부녀자들이 곡식이며, 패물들을 가지고 나와 스님의 발 아래 내려놓고 꿇어앉아 합장을 하고 있었다.
"지금 땅 속으로부터 미륵불이 현신하시는 중이시오."
고개도 돌리지 않고 퉁명스럽게 대꾸하면서 노인은 합장을 계속했다.
"부처님이 현신을?"

그러고 보니 스님의 지팡이가 꽂혀 있는 땅 밑이 분명 꿈틀거리고 있지 않은가.

"나무아미타불."

끊임없이 물동이로 물을 길어다 땅에 부으며 부녀자들도 계속 아미타불을 염하고 있었다.

김약진에게도 스님의 지팡이가 꽂힌 땅이 실제로 꿈틀꿈틀 움직이며 무엇인가가 솟아오는 것이 두 눈에 똑똑히 들어왔다.

땅이 갈라지면서 돌로 만든 석불(石佛)의 머리가 천천히 흙 위로 솟아올라왔던 것이다. 부녀자들이 손에 끼었던 은가락지며 머리에 꽂았던 비녀를 뽑아 앞다퉈 스님의 발 아래 내려놓았다.

"나무아미타불…… 관세음보살……."

스님의 발 아래 곡식과 패물들이 점점 더 쌓여갔고, 스님은 눈을 감은 채 미동도 없이 염주를 굴리고 있었다. 그 얼굴이 점점 거룩하게 빛나 보였다.

김약진은 너무 황당해서 그 석불에서 눈을 떼지 못했다.

"저 중놈을 당장 결박하라!"

쩌렁한 호령 소리가 들린 뒤에야 김약진은 최충헌 장군이 마상에 높이 앉아 있는 걸 발견하고 사람 사이를 헤쳤다.

"사술로 백성을 유혹해 재물을 긁어모으는 자를 당장 포박하지 않고 무얼 하느냐?"

이미 그 때는 석불의 어깨 부분이 흔들흔들 땅 위로 솟아올라오는 중이어서 모여들었던 사람들이 웅성거리기 시작했다. 워낙 추상같은 명령이라 군졸들은 머뭇대면서도 살찐 스님의 몸에 포승을 감았다.

땅 속에는 두어 가마니 남짓의 콩이 부어져 있었고, 부인들이 계속 퍼날라 쏟아 부은 물에 콩이 불어나면서 콩 위에 올려놓았던 석불이 땅 위로 드러났던 것이다.

"팽형(烹形)으로 다스려라."

마상의 충헌이 카랑카랑한 음성으로 명령했다.

팽형(烹形) 혹은 중살. 물에 삶아 죽이는 처형이었다.

"백성을 불쌍히 여기고, 마음의 번뇌를 어루만져야 할 불자로 백성들의 재물을 취했으니 가히 하늘을 향해 고개를 들지 못할 일이다."

사람을 삶아 처형한다는 팽형이 바로 얼마 전 병사들이 죽고, 죽어나간 자리에서 마을 구경꾼들 앞에 시행되었다. 커다란 가마솥 하나가 석불이 솟아오른 공터 한쪽에 걸리고 물이 가득 채워졌다. 드디어 연기가 피어올랐다.

가마솥 아래 불이 지펴지자 두 손을 합장하던 사람들 입에서 그간의 전란을 잊고 오랜만에 웃음이 터졌다. 점점 연기가 높이 피어올랐다. 그러나 정작 솥 밑에서는 연기만 요란스러울 뿐 불길이 제대로 타오르지는 않았다.

팽형의 뜻이 죄인을 끓는 물에 집어넣는다는 의미를 갖고 있긴 했지만 정말로 사람을 삶는 것은 아니었다. 일종의 체면형(體面形)이 팽형이었다.

"백성들의 괴로움을 위무하고 업죄의 무서움을 가르쳐야 할 불자의 신분으로 백성을 기만한 죄, 어찌 내세에 가서라도 벗을 수 있겠느냐?"

 젊은 장군의 카랑카랑한 목소리에 모여들었던 백성들은 고개를 끄덕이며 물에 빠진 생쥐꼴이 되어 솥에서 나오는 스님을 향해 손뼉을 치며 웃음을 터뜨렸다. 사방에서 터져 나오는 웃음소리 속에 묻혀 마상의 장군은 가늘게 눈을 뜨고 입가에 장난스러운 웃음을 띠고 있었다.

 최충헌은 군사들은 움직이지 않고 진을 친 채 보름 이상을 한 장소에 그대로 버티고 있었다.

 그러던 중 이의민이 미타산의 유학사에 들어갔다는 보고가 들어왔다. 미타산은 산이 험준하여 대군을 이끌고 들어갈 수가 없는 곳이었다. 최충헌은 그 때야 동생 최충수를 불러 박진재, 노석숭 등과 정예 사병 100여 명만을 조용히 이끌고 이의민이 기거하는 산사에 다가들도록 명했다.

 의령 땅에 있는 미타산은 동부 지역의 명산.

 그 미타산 기슭에 신라 때 창건된 고찰 유학사가 있고 거기에 무구정광대다라니경(無垢淨光大陀羅尼經)이 보존되어 있었다.

 부처님이 가비라성(迦毘羅城)에 있을 때 겁비라전다(劫比羅戰茶)라는 브라만이 7일 후에 임종할 것이라는 점장이의 말을 듣고 부처님을 찾아와 부처님에게 자신을 구원해 주기를 원하자, 부처님은 성 안에 있는 오래된 사리탑을 수리하고 최승(最勝) 무구(無垢) 청정광(淸淨光) 다라니를 독송하면 수명을 연장할 수 있을 뿐 아니라 죽어서 극락 세계에 태어날 것이라 설했다고 한다.

 이 다라니를 77번 외우면서 탑을 77번 돌거나, 혹은 다라니를

77부를 베껴서 탑 안에 넣으면 수명을 연장하거나 내생에 극락에 태어날 수 있으며 소원 성취를 하게 된다고 한다.

두두을의 권고에 따라 의민은 호위병만 이끌고 유학사에 들러 뜻도 모르는 다라니를 외우고 탑을 돌면서 잠시 쉬고 있었던 것이다. 그 날 유학사에서 탑돌이를 마친, 이의민이 절 문을 나와 한가하게 말을 탈 준비를 하고 있던 때였다. 그 때 절 밖에서 정예군을 이끌고 몸을 감추고 있던 충헌의 동생 최충수가 앞으로 튀어나가면서 의민에게 비수를 던졌다.

그러나 비수는 의민의 옷을 스쳐 떨어졌고, 말 위에 오른 의민이 발을 구르며 산짐승처럼 포효를 했다.

"감히 어떤 놈이냐? 나와라. 이리……"

급작스러운 사태에 이의민을 호위하는 무사들이 칼을 빼어들자 최충수가 데리고 온 장정들과 일대 난투가 벌어졌다.

그러나 최충수 쪽의 무사들 숫자가 많아 점차 이의민의 호위병들이 하나둘씩 쓰러져 결국은 이의민의 호위병들 숫자가 몇 남지 않게 되었다.

"네 이놈, 네놈 최씨 놈이 아니냐? 내…… 너를 소홀히 대접하지 않았거늘 감히 나를? 그리고도 네가 살기를 바라느냐?"

화가 뻗친 이의민이 직접 쌍도끼를 휘두르자 이제 최충수 쪽 무사들이 쓰러져 갔다.

"그물을 던져라."

정상적인 대결로는 힘이 들 거라는 짐작으로 준비했던 그물이 나무 위에 숨어 있던 최충수의 부하들에 의해서 의민을 향해 던져졌다. 그러나 의민은 잠시 그물 때문에 시간을 지체했을 뿐, 그물을 젖히고 말 위에 올라 말 배를 걷어차고 있었다.

"뒤를 쫓아라."

최충수의 부하들이 의민의 뒤를 쫓으면서 활을 쏘았지만 의민이 탄 말은 산짐승처럼 숲길을 빠져나가고 있었다.

"임금님을 시해한 저 천하 역적을 쓰러뜨린 자는 장군의 서열에 오를 것이다."

정예군들이 말을 타고 뒤따르며 활을 쏘고 창을 던졌지만 뒤엉킨 잡목과 칡넝쿨이 방패가 되어 의민이 탄 말은 점점 거리를 두고 멀어져 갔다.

"저 역적을 쓰러뜨린 자, 최고의 상을 받을 것이다."

쫓고 쫓기는 숨가쁜 시간이 얼만큼 지난 뒤, 엉킨 나무 사이를 헤치고 작은 공터에 나왔을 때, 의민이 잠시 말고삐를 잡아당겨 말을 세웠다.

"……. 이놈들, 맨손으로 호랑이를 다섯 마리도 더 때려 죽인 나를…… 핫하하하…… 내게 감히…… 핫하하하…… 내 너희 최씨 형제 놈들 간을 뽑아 씹을 것이다……. 감히 내게 칼을 겨누어?…… 핫하하……."

하늘을 향해 의민이 홍소를 터뜨린 순간이었다.

갑자기 그가 탄 말이 앞발을 꺾으며 쓰러졌고, 그 바람에 말 등에서 뛰어내린 의민이 눈에 불을 튀기며 사방을 노려보았다.

"이번에는 또 어떤 놈이냐? 감히?……."

눈을 부라려 사방을 둘러보던 의민 역시 그러나 다음 순간 풀썩 무릎을 꺾고 그 자리에 주저앉아 버렸다. 순식간에 역시 방향도 모르게 동시에 날아든 날카로운 표창 두 개가 정확하게도 양쪽 무릎 뼈에 한 개씩 깊숙하게 박혀 버렸던 것이다.
"누구냐? 어떤 놈이냐?…… 두두을은 어디 갔느냐?"
의민이 두 눈을 부릅뜨고 양손에 하나씩 도끼를 치켜들며 산이 울리게 포효를 터뜨리는 순간, 시들어 가는 상수리나무 나뭇잎 사이로 검은 말 한 필이 조용히 빠져나가고 있었다.

"두두을……, 두두을은 어디 있느냐? "
의민이 산이 떠나가게 악을 쓰는 사이 충수의 부하들이 몰려와 주저앉은 의민을 에워쌌다.
"네, 이놈들……, 네놈들이 어찌 감히……."
주저앉긴 했지만 눈을 치켜 뜨고 쌍도끼를 휘두르는 바람에 가까이 갔던 장병 둘이 금방 어깻죽지가 찍혀나가 나뒹굴었다. 그러나 투망 하나가 날아들어 주저앉은 의민을 덮어씌워 버렸다.
"어디 있느냐?…… 두두을은 어디를 간 게냐?…… 이놈들, 내 이 손으로…… 이 삼한 땅…… 임금 허리도 부러뜨렸다. 감히…… 감히 너희 최씨 놈들이……."
숲이 흔들리게 악을 쓰며 그물을 걷어내려 버둥댔으나 몰려온 장병들의 창이며, 칼끝이 어지럽게 그물에 갇힌 의민의 몸뚱이를 사정없이 유린해 댔다. 그리고 한순간 누군가의 장검에 의민의 목이 땅바닥에 굴러 떨어져 내렸다. 잠시 후 현장에 도착한 최충헌이 말 위에서 이의민의 잘린 목을 잠시 내려다보았다.

"누가 베었느냐?"

"소인입니다."

비오는 듯 땀에 젖은 얼굴을 소매로 문지르며 노석숭이 충헌 앞에 부복했다.

"말 양쪽 무릎에 표창을 던지고…… 이 역적 놈 무릎에 저토록 정확하게 표창을 꽂은 자가 누구인지 알아보라. 오늘의 공은 그 자의 것이다."

그 때야 병졸들은 목을 잃은 의민의 무릎 양쪽에 정확하게 꽂힌 짧은 표창을 보았다. 그 시선들이 쓰러져 뒹굴고 있는 말의 앞다리 무릎으로 옮겨갔다.

"무슨 수를 쓰던 표창 던진 자를 찾아내어라."

"그리고…… 그 도사 놈을 찾아내 주살하라. 두 번씩 제 주인을 죽인 자다."

의민의 목은 상자에 담아져 곧바로 개경으로 보내져 성 밖 저 잣거리에 매달렸다.

이의민을 제거하자 최충헌은 곧바로 개경으로 돌아가 장군 백존유을 찾았다.

"장군! 동경 반란을 뒤에서 조종한 역적 이의민을 효수하였소. 허나 지금 황도 도처 역도들 무리가 상존하니 장군께서는 전하의 깊은 심정을 헤아려 군을 내어주시오"

충헌이 품 속에서 지난 번 왕에게서 받은 밀지(密旨)를 꺼내들었다. 백존유는 왕의 밀지 앞에 두 손을 모아 예를 표한 다음, 군사를 보내 보제사에 행차중이던 왕에게 이의민의 효수를 보고하게 하고, 2천의 군사를 최충헌에게 내어 주었다.

보제사에서 환궁하던 왕을 최충헌과 최충수 형제가 길가에서 엎드려 알현하였다.

"역적 이의민은 일찍 전 임금을 해친 대역의 죄를 지었고, 그간 신라 부흥이라는 헛된 야망으로 감히 제위를 노린 더 큰 대역을 저질렀습니다. 나라를 위해 역적을 처치했으나 비밀이 누설될까, 선참 후계로 전하께 큰 죄를 졌습니다……. 허나 아직 역도의 무리가 도처에 있으니 이들을 마저 벌하게 하여 주시오소서."

"장군의 공이 크오."

왕은 꿇어앉은 충헌의 손을 잡아 일으켜 세웠다.

충헌의 군대는 곧바로 의민의 아들 이지순, 이지광을 비롯한 그 가족을 모조리 참수하여 저잣거리에 매달았다. 상장군 길인은 수창궁에서 이의민 주살 사건 전말을 듣고는 장군 유광, 박공습 등과 함께 무기 창고의 병장기를 출고, 금군, 환관, 노비 등 약 1천여 명에 나누어 주면서 말했다.

"지금 최충헌이 반란을 일으켜 무고한 사람들을 죽이고 있다. 앞으로 그 화가 너희들에게도 미칠 것이니 각자 힘을 다하여 이런 때 큰 공을 세우라. 현재 신분에 상관없이 공을 세운 자, 노비도 양속되어 벼슬에 나갈 것이다."

평소 무기를 다루어 보지 못한 환관과 노비들까지 우르르 앞다투어 궁문을 나서 시가 쪽을 잠시 향했다. 소식을 들은 최충헌이 결사대 10여 명을 선발, 선봉대로 삼아 그들을 맞게 하자 싸움이 붙기도 전 상대가 되지 못할 것을 안 길인의 무리들은 무기를 버리고 산산이 흩어져 버렸다.

　길인, 유광, 박공습이 급하게 말을 돌려 수창궁으로 들어가 궁문을 닫아 버렸다.

　최충헌 등이 군대를 인솔하고 궁을 포위하면서, 백존유가 화공을 준비시키자, 궁 안에 있던 길인이 앞서 담을 넘어 궁성을 빠져 도망을 해버렸다.

　"이의민 잔당들이 내전에 숨어 들었으니, 청컨대 궁중에 들어가서 수색 체포하도록 하여 주시옵소서."

　왕의 허락이 떨어지기도 전에 충헌의 동생 충수가 군사를 이끌고 왕궁으로 진격, 닥치는 대로 살상, 궁 안은 시체더미로 덮이고 쌓여갔다. 마지막 저항을 하려던 유광과 박공습은 대세가 기울어 버린 것을 알고 나서는 둘 다 스스로 자결을 했고, 왕의 좌우에 있던 내관들까지 흩어져 달아나 버리자, 왕비와 태자와 몇몇 궁녀만이 왕 곁을 떨면서 옹위하고 있었다.

　최충헌은 일단 부하들을 철수시켜 인은관으로 돌아가, 그간 정권의 요직에 있었던 참지정사 이인성, 상장군 강제, 좌승선 문적, 우승선 최광유, 대사성 이순우, 태복경 반취정, 기거랑 최형, 낭중 홍분 등 36명을 체포하여 인은관에 가두었다.

　궁을 빠져나갔던 상장군 길인은 개경 북산으로 몸을 피해 머리를 깎고, 승려로 위장해 있다가 유광, 박공습의 자살 소식을 듣고 절벽에서 뛰어내려 자결했다는 보고가 들어왔다.

　이렇게 하여 순식간에 실권을 잡은 최충헌은 바로 폐정을 개혁하기 위해 왕에게 『봉사(封事)십 조』를 올리게 된다.

'엎드려 보건대 적신(賊臣) 이의민은 성품이 사납고 잔인하여 윗사람을 업신여기고 아랫사람을 능멸하여, 끝내 무엄하게도 임금의 자리까지 넘보고자 하였습니다. 화난의 불길이 성하여 백성이 편히 살 수 없으므로 신(臣) 등이 전하의 위엄과 정신에 힘입어 일거에 소탕하여 멸망시켰습니다. 이제 원컨대 전하께서는 옛 정치를 개혁하고 새로운 정치를 도모하셔서 태조의 바른 법을 한결같이 따라 이를 행하여 빛나게 중흥하소서.

삼가 열 가지 일을 조목별로 아룁니다.'

1. 전하께서 허황된 구기지설로 새로 지은 궁궐에 들지 않고 계시는데 길일을 택하여 들어가시기 바랍니다.

2. 근래 관제에 어긋나게 많은 관직을 제수하여 봉녹이 부족하게 되었으니 원 제도에 따라 관리 수를 줄이시기 바랍니다.

3. 근래 벼슬아치들이 공사전을 빼앗아 토지를 겸병함으로써 국가의 수입이 줄고 군사가 결하게 되었으니, 토지 대장에 따라 원주인에게 돌려주시기 바랍니다.

4. 공사조부를 거두는데 향리의 횡포와 권세가의 거듭되는 징수로 백성의 생활이 곤란하니, 유능한 수령을 파견하여 금지케 할 것입니다.

5. 근래, 양계와 5도에 파견된 제도사가 왕실에게 바치는 공진을 구실로 주구를 일삼고 사비로 돌리기도 하니, 이제부터는 제도사로 하여금 공진을 금하게 할 것입니다.

6. 지금 승려 한두 사람이 궁중에 무상 출입하고 또 내신으로 하여금 불사를 관장하게 하여 곡식으로 민간에게 고리대를 함으로써 그 폐가

적지 않으니, 승려의 왕궁 출입과 곡식 대여를 금할 것입니다.

7. 근래 여러 고을의 관리로서 재물을 탐내는 자가 많으니, 양계 병마사, 5도 안찰사에게 명하여 그들의 능력을 가려 유능한 자는 발탁하고 그렇지 못한 자는 징벌해야 할 것입니다.

8. 요사이 조정의 신하들의 저택과 복식의 사치가 심하니, 검소한 생활을 하도록 해야 할 것입니다.

9. 근래 여러 신하들이 산천의 순역을 가리지 않고 마구 원당을 세워 지맥을 손상하여 재변이 자주 일어나니 음양관으로 검토케 하여 비보사찰 이외에는 헐게 할 것입니다.

10. 언론을 맡은 대성 관리는 요사이 그 임무를 다하지 못하니 사람을 골라 임명할 것입니다.

《고려사 129, 열전 42 최충헌전》

삭풍의 계절

　소나무잎 사이를 엇비슷이 비껴서 비치던 마지막 햇살이 소예의 귀밑머리 사이를 미끄러져 목덜미에 내려앉고 있었다. 오래 전부터 거기 석상으로 굳어 버린 듯 시들어가는 잡초에 덮인 작은 무덤 앞에서 소예는 합장을 한 채 움직이지 않았다. 흔적뿐인 봉분 앞에 놓인 검붉은 얼룩이 진 보자기에 쌓인 제물 하나. 그 앞쪽에 소예가 늘 지니고 다니던 표주박에 따라 놓은 화주 한 잔.
　저녁 햇살이 마지막 산마루 뒤로 미끄러져 내려가면서 저녁 햇살의 붉은 기운은 소예의 목덜미와 두 뺨에만 머물러 남고 사위는 어둠들이 촘촘하게 자리를 채워가기 시작했다.
　'사내와 계집의 인연······. 사내에게는 계집과의 일 말고도 해야 할 일이, 제 목숨 버려서까지 해야 되는 일이 있다는 것, 상상

도 못했지요……. 이제 훨훨 가세요. 이승의 얽힌 은원, 이제 풀고 떠나가세요…….'

성 밖 시장통 기둥에 높다랗게 매달아 놓았던 이의민의 머리가 감쪽같이 없어진 것을 충헌의 부관 김존위가 보고를 받고 황급하게 다른 머리 하나를 대신 매달아 놓은 것을 최충헌은 모르고 있었다.

의민의 머리는 산자락 잡초 무성한 태백산 골짜기의 작은 무덤 앞에 그렇게 놓여 있었다.

눈을 감고 있는 소예의 머릿속으로는 눈밭을 달려가는 말 발자국 소리, 그 때 흘러내리던 달빛만이 다시 맴돌고 있었다.

마른 잎들이 부딪치며 내는 스스한 소리들에 섞여 산짐승의 울음소리가 밀려오는 어둠에 섞여 간헐적으로 들려오고 있는데도 소예는 그 무덤 앞에서 두 손을 합장한 채 꼼짝 않고 앉아 눈밭 위를 달리는 두 마리 말이 내는 발자국 소리만 듣고 있었다.

어둠이 냉기와 함께 사위를 덮어가면서 김정의 무덤 앞에 꿇어앉은 소예의 모습도 그 속에 조금씩 묻혀갔다.

몇 해 전, 동굴 밖으로 폭풍우가 몰아치던 새벽, 김정의 시신 앞에서 새끼손가락 끝에 불을 붙이고 꿇어앉아 있던 때처럼. 그녀의 몸은 시들어가는 잔디 위에 굳어져 가는 듯 보였다.

그녀의 등뒤 십여 걸음 뒤쪽에서 그녀를 지켜보고 있는 시선도 느끼지 못한 채로.

늙은 소나무에 기대어 소예의 모습을 바라보던 사내 역시 오래도록 움직이지 않았다. 두어 번 고개를 들어 별이 돋고 있는 하늘을 올려보았을 뿐.

어둠과 함께 냉기가 산골짜기를 더욱 깊게 감싸오기 시작했다.
"시장하지도 않소?."
드디어 사내가 뚜벅뚜벅 소예의 등뒤로 다가가 발을 멈추었다.
"누이가 부럽소."
"마라가 여길?"
소예는 사내의 목소리를 듣고 나서야 꿈 속에서 빠져나온 듯 일어섰다. 그녀의 다리가 잠시 비틀거렸다. 너무 의외의 대면이었지만 소예는 크게 놀라지 않았다.

두 사람의 시선이 김정의 무덤에서 몇 걸음 떨어져 있던 전왕(前王)이 묻혔던 자리로 옮겨졌다.
"며칠 전 혹시나 하고 여기를 왔다가 저 파묘 흔적에 스승님이 다녀가셨나 그런 짐작을 했지요."
한동안 쉬쉬 했던 전왕 의종의 시신을 찾아내어 국장(國葬)을 치루었다는 소문이 있고 난 얼마 후였다.

둘은 한참 더 그 자리에 서 있었다.
"이 사람도 묻어 줍시다."
마라가 김정의 무덤 앞 보자기에 쌓인 이의민의 머리통을 집어 들어다가 전왕이 묻혔던 파묘 자리에 묻었다.
"내 손으로 피를 보리라 생각했던 사람을……. 자, 이제 그만 내려갑시다."
무덤에서 멀지않은 절벽 앞에 왔을 때 두 사람의 눈은 절벽 위

동굴 입구 쪽을 잠깐 향했다. 바람막이가 된 바위 앞에서 마라가 걸음을 멈추었다. 그 곳 편편한 곳에 마라의 등짐이 놓여 있었다.

"누이 내려오기를 한참 기다리다가……."

마라가 삭정이를 주워와서 불을 피우는 동안에도 소예는 넋이 나간 듯 어두워오는 하늘만을 바라보고 있었다.

마른 나뭇가지들은 금방 불길을 올렸다.

"훗날이라도 아이에게, 네 아비…… 한때 이 나라 장군이었느니라,…… 얼음같이 차고, 불에 달군 쇠뭉치처럼 뜨거운 사내였느니라, 그 말 해주려고…… 또 이 어미……, 네 아비 목숨 버리게 한, 그 사내 머리통을 애비 무덤에 가져다 놓고 술 한잔 따라 올린 당찬 어미였느니라, 그 말도 하고 싶었고……."

한참 모닥불이 기세 좋게 타오르다 불길이 잦아들었을 때, 마라는 불붙은 나무등걸들을 옆으로 밀어 옮긴 뒤, 불 피웠던 땅 바닥을 표창 끝으로 후볐다. 모닥불 자리를 파내자 묻어 두었던 꿩고기가 잘 익어 있었다. 땅에 꿩이나 멧비둘기들을 묻고, 모닥불을 피우면 땅의 습기와 모닥불 열기로 찜이 된다.

"쌀밥도 있고……."

꿩을 끄집어 낸 옆자리에서 이번엔 천에 싼 밥뭉치가 나왔다.

물에 불린 쌀을 천에 싸서 묻고, 불을 피우면 땅 속에서 밥이 되는 이치를 소예도 알고 있었다.

"그 사람 제 스스로 이승의 목숨을 끊은 일, 내 언제든 그 자리에 있었던 사내 놈 목을 베어 그 사람 무덤 앞에 바치겠다, …… 그래놓고도 표창을 사람 가슴에 박는 일을 하지 못했어."

표주박으로 화주를 따라 마신 소예가 그 잔에 화주를 그득 따라 마라에게 내밀었다.

"나라 임금님 허리뼈 분질러 죽인 역적이라면⋯⋯ 내 손으로 죽이겠다고 여러 해, 그리 독한 맘을 먹었는데, 나는 뒤늦게 죽은 머리통이나 훔쳐다 놓고 앉아 있는 것은 또 무엇인가⋯⋯ 팽팽한 줄 위에 있다가 한쪽 줄이 이제는 끊어진 그런 기분⋯⋯."

"나도 서경 싸움터에서 죽었어야 했소."

꿩고기에 쌀밥, 화주와 모닥불.

마라도 몇 해 동안 살아온 이야기를 꺼냈다.

서경군대가 완전 패배한 뒤, 유수의 가솔들 역시 죽고 노비로 끌려간 사이, 넋이 나간 조위총의 딸, 채리만은 거두어 서경성 산속, 외할아버지에게 맡겨 놓고 왔다고 했다.

"사내와 계집의 인연이 제일 힘든 것이라던 스승님 말씀 생각을 참 많이 했소."

"제 맘대로 못하는 일⋯⋯."

"넋 나간 불쌍한 여자한테 내가 무얼 어찌해 주어야 하는지도 짐작이 안 되고, 한 여자에게 마음 기둥도 되지 못하고⋯⋯."

모닥불을 사이에 두고 돌아누워 굵은 별들이 쏟아져 내릴 것 같은 하늘을 바라보며 둘은 한동안 자기 생각들에 잠겼다.

"누이, 잠들었소?"

"아니⋯⋯."

"생각나오? 자칫 누이가 내 색시 될 뻔한 일."

"싱겁기는⋯⋯."

"그 때로 다시 돌아갔으면 좋겠수."

"나는 그보다 한 해 더 전으로……."

"제 남동생 목 떨어졌다는 소식 듣고는 넋을 놓고, 말을 잃습디다……. 뒤이어 제 아비, 조위총의 목이 떨어졌다는 소식을 듣고는…… 그것도 부관 놈이 아비 목을 베어 들고 개경군에게 항복하러 갔다는 말을 듣고는 눈이 뒤집히더니 다른 사람 혼이 들어와 버립디다……. 싸움터에서 싸울 상대가 있을 때, 그 때만은 사는 것 같았소. 그 때는 죽는다 해도 억울할 것 없다는 생각이 들고요. 김정 도련님…… 그 때 어찌 그런 식으로 목숨을 끊었는지 싸움터에 서서야 짐작이 되었지요."

"몇 해 동안 살아온 게 꿈인 듯싶어."

"할아버지도 역적, 나도 역적…… 얼굴도 모르는 어미도 정신을 놓고 지내다 갔다는데…… 이제……."

갑자기 소예가 일어나 앉으면서 꾸르륵 웃음을 터뜨렸다.

"스승님 말씀 흉내내 볼까?…… 마라야, 언제고 싸움은 네 자신하고 하는 것이다. 알겠느냐?…… 옛날에도 그랬고, 앞으로도 싸움은 늘 자기와 하는 것이니라…… 깔깔깔……."

날이 샐 무렵 설핏 잠이 들었다가 한기(寒氣)에 눈을 뜬 마라는 새벽까지 타고 있던 모닥불이 사위어 버린 것을 발견하고 일어나 앉았다.

모닥불 건너편에 돌아누워 있던 소예의 자리가 비어 있었다.

이의민이 주살되고, 그의 세력들이 뿌리뽑히자 왕은 대세에 따라 새로운 명을 내렸다.

'좌승선(左承宣) 최충헌과 대장군 최충수는 악인을 원수같이 미워하여, 손수 의민을 목베어 종사(宗社)를 편안하게 하였으니, 이에 충헌을 충성좌리공신(忠誠佐理功臣)으로, 충수를 수충찬화공신(輸忠贊花功臣)으로 삼고, 그 아비 원호(元浩)를 봉의찬덕공신수태위문하시랑(奉議贊德功臣守太尉門下侍郎)으로 증직하여 모두 각상(閣上)에 얼굴을 그려 부치게 하라.'

새로운 세력으로 등장한 최충헌 3부자에게 벽상공신 명을 내려 그들 3부자의 얼굴을 궁궐 안에 그려 걸어 놓게 하였다.

충헌 형제는 그들 화상이 궁궐 안에 걸리게 되었다는 전갈을 받은 그 날, 충헌의 후원에 있는 정자에서 형제끼리 잔을 기울이고 있었다. 하늘은 오후부터 몹시 흐려 금방 빗방울이 쏟아질 듯 싶더니 저녁이 되면서 바람까지 불어왔다.

"더 이상 금상(今上)에게 나라 장래를 기대하기 힘들지 않겠습니까?"

형의 입에서 폐위 이야기가 나오기를 기다렸으나 충헌은 검은 구름이 몰려드는 하늘로만 시선을 보내고 있어서 충수가 앞서 입을 열었다. 원래 말을 아끼는 편이었지만 이번 거사 이후, 형은 훨씬 말수가 줄어든 듯했다. 왕을 폐하고, 왕위(王位)를 꿈꾼다 해도 무리할 것이 없는 상황이었다. 그러나 형은 좀처럼 마음 속을 열어놓지를 않는다. 어두워지면서 찌푸렸던 하늘에서 천둥이 울리며 바람이 심해졌다.

번개가 치면서 흥국사 길가의 수백 년 된 느티나무가 바람에 쓰러져 감옥 건물과 담을 무너뜨렸다는 시종의 전갈이 있었다.
"김약진 장군을 들라 해라."
동생의 말에는 대꾸도 없이 충헌은 부관을 불렀다.
"형님, 우리가 올린 '봉사 10조'가 그간 얼마나 개혁되고 진전되었습니까? 열 가지 가운데…… 기껏, 새로 지은 궁궐로 금상이 거처를 옮긴 일, 중이 되어서도 절을 비우고 궁중 출입, 무상으로 하던 왕제(王弟)들의 근신이 조금…… 그간 지맥을 손상해가며 권세가들이 너도나도 지었던 사찰 몇 개 헐어낸 것…… 조정 신하들 저택과 복식의 사치도 마지못해 조심하고 있는 것…… 그 이외에 무슨 개혁이 되어 갑니까?"
"……"
"관제에 어긋난 옥상 옥의 관직들, 원래 제도에 따라 관리 수 줄이는 문제…… 벼슬아치들 그 동안 공사전 빼앗은 토지들, 토지 대장에 따라 원주인에게 돌려주는 문제…… 양계와 5도에 파견된 제도사들, 왕실에 바치는 공진을 구실로 사비로 돌리는 일이 많으니 제도사의 공진 금지 문제…… 언론을 맡은 관리, 제대로 된 사람 골라 임명하는 문제…… 양계 병마사, 5도 안찰사에게 명해서 벼슬아치들 능력에 따라 발탁, 징벌할 문제…… 어느 것 하나가 시원하게 되어 나갑니까? 우리가 목숨을 걸고 거사에 나선 것은 고려의 부흥을 보자는 것이 아니었습니까?"
충헌은 난간을 붙든 채 굵은 빗방울이 흩뿌려 오는 어둠만을 노려보았다.
"진정 동생도 그리 생각하는가?"

"더 이상 늙은 왕으로는 안 됩니다."
"이 삼한 땅…… 우리 형제가 하고자 하는 일을 지금 막는 자는 없네."
"무능한 왕으로는 이 고려의 중흥이 불가하다는 것은 미천한 백성들도 다 압니다."
 그 때 충헌의 부관 김약진이 빗속을 달려와 부복했다.
"이리 올라오게."
"두 분 계신 자리…… 저는……."
"혈육과 다름없는 사이…… 이 천둥치는 밤에 같이 한 잔 나누세나."
 어려워하는 부관을 불러앉히고 충헌은 손수 술을 가득 따라 내밀었다. 부관은 고개를 돌려 조심스럽게 술을 비웠다.
"자네, 의민이에게 그 날 표창을 날려 거꾸러뜨린 자를 아직껏 찾지 못했나?"
"사람을 풀어 알아보고는 있습니다만……."
 부관에게서 비바람에 쓰러진 느티나무 이야기를 듣다가 불쑥 충헌이 꺼낸 질문에 충수와 부관 둘 다 충헌의 얼굴에 시선을 모았다.
"그래, 동생의 다음 이야기를 들어보세."
"제 생각에는……."
 충수는 힐끗 김약진을 건너다보았다.
"상관없네. 어차피 같이 상의해야 할 일……."
 충헌은 비바람에 심하게 흔들리고 있는 나뭇가지들에 시선을 주고 있었다. 충수로서는 표정에 변화가 없는 형의 속마음을 읽어내기가 힘들었다.

"종실(宗室)의 사공(司空) 진(縝)을 저는 염두에 두고 있었습니다만."

"그래, 진(縝)도 왕자(王者)의 자질이 있지."

"그럼 형님은?"

"지난 번 금상이 왕위에 나갈 때 금(金)나라에 보낸 표문 문제가 앞뒤 어찌 되었는지 약진이 자네 기억하는가?"

"그 일이야 다 아는 이야기 아닙니까?"

"다시 들어보고 싶어 하는 말일세."

"…… 전왕 의종이 사임하기를 청하는 표문을 금(金)나라에서 의심하고 조서를 내려주지 않아 그 표문을 가져갔던 유응규(庾應圭)가 죽기를 결심하고 무려 이레를 굶어 송장이 다 된 후에야 어렵사리 윤허 조서가 내렸던 것으로 압니다."

"그 때 유응규의 일은 저도 압니다."

"서경 난 막바지에, 조위총이 그 일을 과장하여 금나라에 밀서를 보냈던 것도 생각이 날 게야. 밀사가 우리에게 발각되어 참하지 못했으면……. 때로 숲은 산꼭대기에 올라가서 내려다보아야 할 때가 있다는 뜻일세."

"그럼 형님의 뜻은?"

"진(縝)이 왕위에 나간다면 금(金)나라에서 시비를 걸어올 게 뻔한 일……."

조공을 바치는 일말고도 나라의 큰 일에는 일일이 금나라의 허락을 받아야 하는 현실을 세 사람은 동시에 되새겼다.
 "언제까지 우리는 늘 변방의 속국, 왕위마저 일일이 저네들의 허락을 받아야 하는지 울화통이 끓습니다."
 충수가 제 앞의 술잔을 집어 한 입에 털어넣었다.
 "사람이고, 집안이고, 산에 사는 산짐승들 사이에도 힘이 없으면 당하는 일……, 이 땅의 역사가 늘 그래오지 않았던가?"
 "압니다. 그래서 울화가 치밉니다."
 "진(縝)보다는 평량공(平凉公) 민(旼)이 금상(今上)과 같은 어머니 소생……."
 "형님은 그럼 민을 염두에 두셨습니까?"
 "진(縝)이나 민(旼), 둘 다 왕위의 제목이긴 해도…… 민의 아들, 연(淵) 역시 학문을 좋아하니 그만하면 태자가 될 만하고……. 민(旼)에게 왕위가 전해지면 전왕 의종(毅宗) 때 일처럼 동복아우에게 왕위를 전한 셈이 되어 금나라에서도 다른 시비를 걸지 못할 걸세."
 우지끈하는 소리와 함께 정자 가까이 있던 느티나무 가지 하나가 어둠 속으로 부러져 내리고 있었다.

 초가을인데도 깊은 산골이어서인지 오후가 되자 골짜기의 바람이 목덜미를 선들거리게 했다. 골짜기 아래쪽 풀밭을 가로질러 흐르는 작은 시내는 폭풍우가 지나기 전과 다름없이 조용히 흘러갔다. 물 속 돌 틈 사이를 돌아다니는 고기들이 손에 잡힐 듯이 물이 맑았다.

매영은 허벅지까지 차 올라오는 물 속에 들어가 있었다.
 물 속을 노려보던 매영이 가는 창을 내리꽂았다. 창 끝에 메기 한 마리가 등을 찔려 요동을 치며 물 위로 나왔다. 만적도 매영의 창을 빌려 발 밑을 지나는 메기 한 마리를 잡아 올렸다. 창에서 물고기를 빼내 등에 매었던 광주리에 집어넣는 매영의 이마에 작은 땀방울이 송송하게 맺혀 있었다.
 "내 저녁거리는 내가 잡은 거야."
 둘 다 허벅지까지 물에 잠긴 채 매영의 눈이 물끄러미 만적을 향했다.
 "…… 소예 언니에게 들었어. 찾았던 사람이 죽었다고……."
 매영의 말에 만적의 얼굴이 잠시 일그러졌다.
 그 때 매영이 다시 잡아 건네준 가물치를 두 손으로 받아 쥔 만적이 고기를 놓치면서 잠시 균형을 잃으며 물 속에 첨벙 빠져들었다. 매영이 높은 소리로 깔깔깔 웃어대었다.
 만적이 놓친 고기를 손으로 움켜잡으려고 첨벙거리는 바람에 시냇물에 잠시 물보라가 일었다.
 '그냥 이렇게 살아도 되는 것을…….'
 만적은 광주리에 물고기를 넣어주면서 잠시 생각했다.
 문득 이제 단풍이 들어가는 개옻나무의 붉은 잎사귀가 매영의 눈 속에 어른거리는 것을 보았다. 잡은 물고기를 꼬챙이에 꿰어 모닥불에 구우면서 매영이 혼잣말같이 중얼거렸다.
 "언제든 가고 싶을 때 가고, 오고 싶을 때면 와. 이 산골 원래 그런 곳인 걸……."

그간 동경 쪽 반군들이 최충헌 군사에게 지리멸렬, 패퇴하고 있다는 소식을 들으면서, 딱 한 번 마주친 그 젊은 장군의 눈매에서 느꼈던 섬뜩함도, 시체들 사이에서 인피(人皮)를 벗기던 두두을 노인의 형형하던 눈빛도 지금은 눈 껍질 위에 아롱이는 수십 가지 색실 같은 빛 속에서 까마득히 사라진 듯했다.

비바람이 그친 산 속은 바깥 세상과 상관없이 깊은 물 속 같이 가라앉아 있었다. 만적이 곰노인의 무덤을 찾아 절을 올리고 있었을 때, 그의 뒤통수에 와 닿는 시선이 야매영의 것이라는 것을 본능적으로 알았던 것처럼 그는 눈을 감고 눈꺼풀에 영롱한 무지개색으로 수놓이는 햇빛 속에서도 매영의 발소리를 구별해 낼 수 있었다.

"만적이 어디에 있건 내 눈에는 다 보여……."

그간 세월이 흘렀는데도 폭우 속에 마주한 매영의 모습은 변한 것 같지 않았다. 날렵하던 모습이 조금 불어난 것 같은 느낌말고는 가무잡잡한 얼굴은 전혀 변함이 없어 보였다.

"이 산골로 만적이 들어선 것을 바로 알았지. 바위 뒤에 산짐승이 와 있는지, 없는지 눈으로 안 보아도 아는 것 같이……."

"소예 누이와 송장들 사이를 뒤지고 다녔어."

"감마라는 그리 쉽게 안 죽을 거야……. 대사님 다녀가신 지는 1년쯤 지났나……."

곰노인네 움막은 지붕이 주저앉을 것 같았지만 옛날 그 자리에 그대로 엎디어 있었다.

"어머니는 이태 전 돌아가셨어……. 병들어서 방에서……."

자루에 넣어 나무에 매달아 놓고, 자식이 활을 쏘아 안락사를 시키는 여진족 습관을 생각했던지 매영은 제 어머니가 방안에서 숨을 거두었다고 덧붙여 말했다.
　어머니가 세상을 뜬 후에도 매영은 혼자 살아왔다고 했다.

　어둠 같은 안개가 축축하게 목덜미에 휘감겨 왔다.
　앞이 보이지 않는다. 만적은 다리에 힘을 주면서 눈을 부릅떠 짙은 안개 속을 노려보았다.
　끈적거리는 안개의 습도 속에서 눈앞이 부옇게 밝아오는 듯하더니 그 안개 속을 먼지를 흩날리면서 마차 한 대가 달려가는 모습이 보였다. 그 마차가 달리는 길가에 맨발의 한 소년이 서 있다. 마차가 소년 곁으로 가까워지면서 갑자기 찢어지는 듯한 비명이 들려왔다. 마차를 호위하던 말을 탄 군사 한 사람이 마차 앞으로 뛰어든 여인의 머리칼을 움켜 끌어가는 모습이 보인다. 말발굽 사이로 여인의 몸이 흙먼지 속에서 넝마처럼 뒹군다. 길가의 소년이 마차 뒤를 쫓아간다. 비명 소리는 머리채를 끌려가는 여인이 내지르는 소리였다.
　마차가 안개의 어둠 속에 천천히 잠겨 버리면서 안개의 다른 한쪽이 천천히 열린다. 산골짜기였다. 수십 구 시신들이 멋대로 쓰러져 있는 사이를 흰 옷을 입은 노인 하나가 걸어다니고 있다. 노인은 쓰러진 시체 사이를 돌아다니며 시체의 얼굴 가죽을 벗겨내고 있었다. 두두을(豆豆乙)이다. 만적은 노인이 들고 있는 자루 속에 수십 명의 사람들 얼굴 가죽이 들어 있는 것을 안다.

저런 죽일 놈이…….

만적은 몸을 날려 노인에게 덤벼들어야겠다고 생각한다. 그러나 몸이 움직여지지 않는다. 도무지 두두을 노인이 시체의 얼굴 가죽을 벗겨내고 있는 모습을 보고 있는 만적 자신이 어디에 있는 것인지 짐작이 안 된다. 다시 안개가 한쪽으로 몰리면서 두두을 노인의 모습이 더 이상 보이지 않는다.

다른 한쪽에서 단검으로 얼어붙은 바위 밑 땅바닥을 파헤치고 있는 젊은 사내의 모습이 보인다. 사내 곁에 얼굴이 피투성이가 된 여자의 시체가 놓여 있다…… 저건 분이다. 분이를 묻으려고 땅을 파고 있다……. 이를 갈며 땅을 파고 있는 사람은 만적 자신이었다. 그렇다면 땅을 파고 있는 만적과 그것을 구경하고 있는 만적은 같은 사람인가…….

그는 이를 갈며 허우적거리면서 땅을 파는 제 자신에게 가야 한다고 생각한다. 그러나 움직여지지 않는다. 그는 다시 허우적대다가 시체를 파묻고 있는 사내에게로 히죽거리며 다가오고 있는 작달막한 젊은이에게 시선이 간다……. 망이(亡伊)였다.

"망이야!"

만적은 죽을 힘을 다해 망이를 부르다가 눈을 뜬다. 깜깜한 어둠이었다. 그리고 빗소리와 바람 소리였다.

"무슨 나쁜 꿈을 그렇게 많이 꿔?"

매영의 손이 어둠 속에서 만적의 이마 위에 있는 흉터를 가만히 쓸어왔다.

"전생의 내 죄가 너무 많아 이승에서 혼자로는 그 설 다 못 갚을 것 싶으니, 가까이 했던 사람들에게 액화가 뻗치고 있지 않나, 그 생각이 나…… 어매가 그랬고…….."

잠시 만적이 입을 다문다.

"전생에 젊은 여자들에게 못할 짓을 많이 했을까?"

만적은 마른 억새밭 속에 잠시 마주 누워 손길을 뻗었던 분이의 까칠하던 속살을 떠올린다. 빗소리가 다시 거칠어진다.

"우리 종족 여자들……. 제 좋아 사내를 몸으로 받고, 그 사내가 바람으로 떠나도 여자는 나무같이 그 자리에 남아."

"망이를 만나면 가슴 속 불길이 사그러들 듯싶어."

"가고 싶을 때 언제고 가. 언제든 오고……."

"어찌해서 매영이 네게서 어매 냄새가 나는지……."

"흙 냄새일 거여. 땅에 뿌리박고 있는 나무…… 억지로 옮기면 죽고…… 비바람에도 그 자리에 엎어져 살아가고, 뿌리가 너무 드러나면 그 자리에서 말라죽기도 하고……."

어두워지는 강가로 마을 사람들이 떠들썩하게 몰려나오고 있었다. 강을 내려다보는 언덕과 모래밭은 횃불을 내걸고 있어서 강 주위가 딴세상처럼 밝았다. 휘장을 둘러치고 술국을 파는 집들도 몇 집. 만적은 이마에 묶은 수건을 더 아래로 내리고, 사람들 사이로 들어섰다.

태백산을 떠난 지 엿새째.

마을에 줄불놀이가 있다고 했다. 그간 계속된 난리로 옛날의 팔관회며 연등회가 중지되어 버린 것도 여러 해. 곳곳에서 일어났던 민란들이 거의 토벌되고 그 공으로 최충헌이 실권을 잡으면서 백성들 사이에서도 새 왕의 등극을 축원하는 놀이판이 벌어지고 했다.

새 왕의 등극으로 지방 관리들도 많이 바뀌면서 관(官)의 민초(民草)들에 대한 태도도 얼마간 바뀐 것도 사실이었다. 그 동안의 민란들이 백성들 위에 군림해 온 관리들의 폐해에서 비롯되었다는 인식으로 중앙에서도 수시로 지방에 안찰사를 파견, 지방 수령들의 실정을 파악하게 하고 있었다.

강 건너 절벽 꼭대기 바위와 고목 뭉치에서 강 이쪽 모래밭 쪽으로 밧줄을 연결, 밧줄 사이에 매어난 숯가루 봉지에 불을 붙이는 이 놀이는 보통 음력 7월에 했던 것이지만 새 왕 등극 축원을 위해 초겨울 밤에 하게 된 것이라 했다.

뽕나무와 소나무 껍질 숯을 곱게 간 숯가루에 소금을 섞어 창호지로 좁고 길게 만든 긴 봉지에 다져 넣고, 실로 봉투에 몇 매듭씩 마디지어 묶어 줄불봉지를 만든다.

강 저쪽 절벽 끝 촛대바위와 50여 보 떨어진 늙은 소나무 밑동에 각각 밧줄을 두 겹으로 걸치고 그 밧줄에 두어 발 간격으로 매달아 놓은 줄불봉지 밑에다 아래쪽에서 약쑥으로 불을 붙인다.

건너편 절벽 끝에서 서서히 줄을 당겨올리면 줄불봉지 밑에서부터 붙은 불은 숯가루를 태우면서 소금이 튈 때마다 폭죽이 되어 한 마디씩 터지면서 불꽃을 날리게 되는 것이다.

새 왕이 등극하자 최충헌을 정국공신 삼한 대광대중대부상장군 주국(靖國功臣 三韓 大匡大夫 上將軍 柱國)으로 삼고, 그의 동생 충수에게는 수성제란공신 삼한광정대부 응양군 대장군 위위경 지도성사 주국(輸誠濟亂功臣 三韓正匡中大夫 鷹揚軍 大將軍 衛尉卿 知都省事柱國)이라는 기다란 직책이 내려졌다.

충헌은 각 지방관에게 관에서 기본 비용을 지출, 그 동안 중단되었던 놀이판을 열어 새 왕의 등극을 축원하고 백성들을 위무하도록 명을 내렸다고 한다.

줄불놀이는 봉지가 터질 때마다 수백 개의 불꽃이 튄다.

줄불에서 떨어지는 고운 숯불 가루가 줄불봉지 사이사이 끼워둔 송진 촛불과 함께 강물을 비추면 화려한 장관을 이루는데, 줄불봉지를 만드는 수고가 만만치 않아 옛날에는 그 지역의 호족이나 부농들이 비용을 내 왔던 것이 전란으로 그 맥이 여러 해 끊기자 최충헌은 지방관청에서 그 비용을 부담하도록 영을 내린 것이다.

줄불놀이가 시작되기 전 잠시 흥을 돋는 문둥이탈춤이 있었다.

법고(小鼓)와 소고채를 든 사내 하나가 문둥이탈을 쓴 채 갑자기 사람들 사이를 헤치고 나오더니 손가락을 오그리고, 사지를 비틀어대며 느린 굿거리장단에 맞추어 비틀비틀 춤을 추는 바람에 사람들 시선이 그 쪽을 향했다.

"줄불 붙인다!"

누군가 소리를 쳤고 탈춤을 추던 사람들도 우르르 한쪽으로 밀려가 버렸다. 그 바람에 문둥이탈이 땅바닥에 떨어져 나뒹굴었

삭풍의 계절 261

다. 만적이 그 문둥이탈을 집어들었다.

드디어 걸쳐 놓았던 두 개의 밧줄 아래쪽 줄불 심지에 불이 붙었다. 사람들 사이에서 와 하는 함성이 일어났다.

강 건너 절벽 끝에서 팽팽하게 잡아당긴 밧줄을 타고 불꽃이 두 줄로 허공을 수놓으며 타올랐다. 봉지 한 개가 터질 때마다 수백 개의 고운 숯가루가 소금과 같이 휘황하게 튀어오르면서 강물 위로 구름다리를 만들어 갔다. 강둑에 모인 사람들의 시선이 모두 밧줄을 타고 건너편 절벽 끝으로 이어지는 불꽃이 하늘의 별무리로 이어지는 착각과 함께 잠시들 넋이 빠져들었다.

만적은 무의식적으로 들고 있던 문둥이탈을 얼굴에 썼다.

그 때 뒤쪽에서 귀에 익은 음성과 함께 살그머니 손 하나가 만적의 손을 쥐었다.

"그놈의 탈바가지 좋아하다가 진짜 그 탈같이 된디야……. 문둥이 되고 싶은감?"

만적이 들고 있던 탈바가지를 나꿔채어 던져 버리고는 작은 체구의 사내가 그의 등뒤에서 히이익 웃음을 뱉었다.

"내 눈이 서른여섯 개여……."

사내가 만적의 손을 쥔 채 고깃국물에 화주를 파는 가게의 휘장을 젖혔다.

"내가 죽기라도 했을 것 같았는감?…… 어째 날 보는 눈이 죽은 귀신 보듯 혀…… 내가 말했지 않여?…… 내 이래 뵈도 삼십육계 튀는 데는 이 삼한 땅에서 날 따를 사람 없다고……."

"그래, 나는 문둥이탈이라도 쓰고 있고 싶었던 거여."

망이를 만날 수 있으리라 생각은 했지만 급작스러운 대면에 울컥 명치끝이 뜨거워졌다.

"짐작 혀…… 여기가 어디여? 경상도 충청도 땅 어름이면, 여기가 다 내 손바닥 안이여. 내가 죽었으면 모를까, 만적이를 딱 기다리고 있었던 것 아니겄어?"

"며칠을 계속 꿈에 보았구먼."

국물에 화주 서너 잔을 나누어 마시고 두 사람은 강 언덕을 올라갔다.

"나도 한때 공주 땅은 다 손안에 잡았다가 놓쳤구먼……. 그래서, 나도 장군이여…… 히이익…… 눈올 때까지 만적이 소식이 없으면 찾어 나설 생각이었구먼…… 히이익……."

"소문 들었어. 나도 한 이틀 더 가면 충청도 땅에 들어선다, 생각했어."

가까운 산 속에 거처가 있다고 했다. 공주(公州)를 중심으로 해서 노비들이 한때 세력을 키워 관에 대항하다가 개경군과 싸움에 뿔뿔이 흩어진 뒤 몇 사람이 산 속에 은신하고 있다고 했다.

"나라 임금 바뀐 것이나 아능겨? 최충헌 세상 되었고 말여. 혀도 그놈이 맨 날 그놈일겨…… 그려. 맨 날 그놈이 그놈이여."

망이는 개경의 중앙 정부 움직임에 대해서도 관심을 가지고 여러 가지를 알고 있었다.

그간 조정에서는 새 왕을 옹립한 후 고공원외랑(考功員外郞) 조통(趙通)을 금나라에 보내 고려왕이 바뀌게 된 표문을 새 왕의 이름으로 보내었다.

"……. 신(臣)의 형, 국왕 호(皓)가 상국 금나라를 섬겨 속국의 직책을 이행한 지 30년 동안 예에 어긋남이 없었습니다. 그러나 세상을 산 지 60년에, 병들어 일어나지 못하는데, 만금의 약이 없고, 이수(二竪)의 괴롭힘이 되어 중한 책임을 벗고 수명을 보전하려 하니, 신(臣)의 아버지 유촉을 받아 신(臣)으로 하여 군국(軍國)의 사무를 임시로 맡게 하셨사오나 신은 이 간곡한 말을 무슨 계책으로도 피할 길이 없이 되었습니다. 일이 너무 중하여 상국에 하소연하려 하였사오나, 종묘(宗廟)는 제사 지낼 사람이 없으면 안 되고 백성은 왕이 없으면 안 되겠으므로 간청에 따라 번잡한 정무(政務)를 임시로 맡았습니다……."

전왕의 표문 역시 나란히 금나라에 같이 전해졌다.

"……. 신(臣)이 외람스럽게 약한 힘으로 번봉(藩封)을 물려받아 동해가에서 오래도록 대국의 문화에 훈도(薰陶) 되었사오나, 서산에 해가 지는 때에 임박하여 병에 걸리게 되었습니다. 한 다리가 반신불수되어 걸을 때 남에게 의지해야 되고, 두 눈이 어두워 시력은 한 걸음을 보지 못합니다. 연령 탓으로 약물로 치료할 수 없고, 앞에 국정은 쌓였는데 정신이 혼미하오니, 혹시 상국(上國)의 사신이 경내에 오더라도 예절이 빠질 것입니다. 작은 변방이라 하지만 왕위를 하루라도 비우기 어렵습니다. 마땅히 아우에게 왕위를 전하라.'는 아버님의 말씀이 귓가에 항상 남아 있고, 신이 예전에는 신(臣)의 형으로부터 부탁을 받았고, 이제는 신이 아우에게 중한 책임을 전해야겠습니다. 신의 동모제(同母弟) 탁(晫)은 덕(德)이 인심을 복종시키고 이름이 종실에 높사오니 하국(下國)만 보전해 다스릴 뿐 아니라, 상국의 속국(屬國) 노릇을 잘 할 것입니다. 이에 아우 탁으로 군국의 사무를 맡게 하여 감히 마음 속의 적은 정성을 피력하여 천지와 같은 은혜를 바라옵니다……."

본래 새 왕의 이름은 민(玟)이었으나, 금나라 황제와 같은 이름이어서 왕위에 오르자 재상들에게 새 이름을 의논하라 했더니, 참지정사 최당(崔讜)이 탁(晫)를 지어 올렸다.
사가(私家)에 있을 때 왕의 꿈 속에서 어느 도인이 이름을 천탁(千晫)이라고 고쳐준 것이 생각나기도 해서 왕은 그 꿈을 떠올리면서 탁(晫)으로 이름을 바꾸었던 것이다.
망이는 그런 사연까지도 알고 있었다.
망이는 길가의 작은 주막으로 만적을 데려갔다.
"왕 바뀌었다고 천한 민초(民草)나, 노비들 신세가 바뀌는 것은 아니여……. 왕이 바뀌었다고 죽은 서방 다시 벌떡 일어나 과부가 마님되는 것 보았능겨?"
망이를 대하는 주인 남자의 태도가 깍듯했다. 망이는 주막 주인에게 말 두 필을 부탁했다.
"한때 이 사람들 나한테 신세진 적도 있었구먼……."

말이 준비되자 망이는 만적을 재촉하여 산길로 들어섰다.
"옛날 내가 한 이야기 생각날 거여……. 나한테 능구렁이, 황구렁이, 백사, 칠점사 얻어먹은 놈들이 한둘 아니라고……. 그놈들이 백 리 사방에 여럿 엎디어 있구먼……."
낄낄거리며 앞서서 말 배를 걷어차는 망이를 뒤따라 산굽이를 서너 개 돌았을 때였다. 사방이 절벽으로 둘러싸인 공지가 나타났고, 엎딘 듯 초막 세 채가 보였다.
몇 번의 개경 토벌군과 싸움 끝에 남은 부하들 몇 사람을 이끌고 그 동안 이 산 속에 은거해 있었다고 했다.
"형님 오셨다!"
두 사람이 도착하자 산채 마당에는 금방 횃불이 밝혀지고 우락부락한 사내들 이십여 명이 그들을 둘러쌌다.
"어서 잔치를 준비혀. 내가 자주 말하던 만적, 올 겨울 눈 내리면 내 찾아 나선다 했던 그 옛친구를 내가 천지 감응으루 찾아왔구먼. 무술로 따지면 이 삼한 땅 누구도 못 따를 장군감이여. 자. 다들 형님으로 모셔."
'와!' 하는 함성이 일었다.
"허 참, 내가 무슨 장군감이여?"
"편하게 당분간 지내면 되어. 부족한 것이라곤 아무것도 없으니께……."
횃불을 가운데로 곧바로 멍석이 펴지고 술과 고기 안주가 푸짐하게 나왔다.
"이 사람이 효삼(孝三)이, 돌멩이 한 개로 서른 걸음 떨어져 있는 공주유수 대갈통을 맞춘 사람이여. 여기는 정완, 별호가 비호(飛虎), 나도 걸음이라면 누구한테 안 지는데 이 동생한테는 세 살 아기에 장정이여. 여기 장흥국…… 글도 많이 알고, 칼을 잘 써…… 그리고 이 사람 덩치 보게. 장정 다섯을 한 손으로 휘휘 집어 내던지는 힘이여. 이름은 충국…… 나라에 충성하라고 저희 할아버지가 지어 주었다는데, 나한테 황구렁이 몇 그릇 얻어 먹고 이리 한식구가 되어 버렸구먼…….”

보통사람 서너 명은 될 만한 거구의 사내가 만적에게 꾸벅 고개를 숙여 보였다. 서로 눈인사를 나누고 술이 몇 순배 돌아서 거나해지자, 망이가 자리에서 일어섰다.

“불알 달고 이 세상에 나와 보니 잘못세상이더라 이거여. 그래서 내 천문(天文)을 보았더니 한 두어 해쯤 이 산채에 꼼짝 않고 있다 보면 언젠가는 다 지난 날 이야기하며 웃을 수 있을 것이다, 이렇게 천기(天氣)에 나오더란 말이여. 허나 우선 뜻맞는 식구들이 더 모여지기까지는 은인자중, 뱃속에 기름부터 채워야 한다, 이거여……. 그러니 많이들 먹고, 마셔…….”

여기저기서 서로 술잔을 부딪치면서 함성을 질렀다.

“내가 어찌 오늘 밤 만적이를 찾아내었는지 아직 모르겄어?…… 어찌 그리 사람이 외곬이여…… 이 곳 백 리 사방, 일어나는 일을 이 산채에 앉아서도 내가 훤히 보고 있능겨…….”

먹고 마시는 잔치는 이튿날에도 아침부터 계속되었다.

한낮이 되자 망이가 그 동안 생각했던 것이라며 산채에 아낙들이 없어 불편하니 고향에 색시가 있는 사람은 제 색시를, 없는 사람은 다른 수를 써서라도 짝을 하나씩 데려와서 장기적으로 한두어 해 이 산채에 소리 없이 있기로 했다고 했다. 그간 보관해 놓은 은(銀)도 상당하니, 은을 가지고 눈에 안 뜨이게 두어 사람씩 산을 내려갔다가 돌아오는 것이 좋겠노라고 했다.

만적은 당장 혼자 다른 계책이 서 있지도 않았고, 망이네들이 하는 일에 의견을 말할 입장도 아니었다.

그 역시 잠시 매영을 생각하기도 했다. 생각하면 사람들 눈치 볼 것 없이 마음 편한 사람끼리 이렇게 한세상 살아갈 수도 있는 것이려니 그 생각도 들었다.

한낮이 지나자 앞서 망이가 효삼, 정완, 장흥국과 흩어져 산을 내려가고, 졸개들 칠, 팔 명 역시 시간차를 두고 산을 내려갔다.

"만적이는 말여. 나 돌아올 때꺼정 충국이와 여그를 좀 지켜주어야 겄어,…… 생각나는감? 옛날 과부들 둘 있었지 않어? 내 그것들을 데려올 거니 만적이도 그중 하나 차지하던지 말여……."

10여 명이 떠나고 나자 산채가 금방 휑 하니 조용해져 버렸다.

"망이 형님한테 이야기를 자주 들어서 초면 같지를 않아유."

충국은 큰 덩치답지 않게 몹시 조심스럽게 만적을 대했다.

색시를 구하러 동료들이 떠난 뒤 산채에 남은 사람들은 제 각각의 울적함으로 모두가 엄청나게 퍼마셔댔다.

문제의 사단은 남아 있던 사람들이 너무 술을 많이 마셔 몸을 못이기고 나가 떨어져 버린 바람에 시작되었다. 늦은 오후 오숙비와 준존심이 지휘하는 최충수의 최측근 정예군들 100여 명이 말발굽 소리를 줄이면서 산채를 에워싸 버렸던 것이다.

　최충수는 이의민을 제거, 새 왕을 옹립한 공으로 형 최충헌에 이어 수성제란공신 삼한광정대부 응양군 대장군 위위경 지도성사 주국(輸誠濟亂功臣 三韓正匡中大夫 鷹揚軍 大將軍 衛尉卿 知都省事 柱國)이라는 기다란 직책을 받아 형 충헌에 이어 최고의 세력가로 부상되어 있었다.

　실질적으로 이의민 제거의 거사에 참여한 사람들 대부분도 최충수의 사람들이었다. 그러나 새 왕 옹립에 진(縝)을 마음에 두었던 충수와 형 충헌의 생각이 달랐던 것에서부터 형제간에 미묘한 갈등이 시작되고 있었다. 거기에 형의 생각대로 새 왕이 옹립되자, 왕과 신료들의 시선이 형 쪽으로만 몰려가는 것에도 충수로서는 심기가 불편했다.

　더 근본적인 것은 아직 권력 주변에 남아 있는 구세력들, 훗날 정적이 될 만한 자들을 한꺼번에 쓸어내고 새로운 세상을 만들고 싶은 충수에게 형은 느긋하게 대처하는 점이었다.

　충헌은 다혈질적인 동생 충수의 간언에 자주 침묵을 해버려 그럴 때면 슬슬 울화가 치밀어오르기도 했다. 그러던 차 최충수가 세자비를 폐하고, 자신의 딸을 세자비로 들이려는 공작을 하면서 최충헌과 의견이 심하게 충돌하게 되었다. 세자비 문제만은 형 충헌이 더욱 강경하게 반대를 하고 나섰던 것이다.

　"이의방이 제 딸을 억지로 동궁에 들여보낸 일로 인심을 잃고, 훗날 남의 손에 죽은 전철을 동생도 알고 있지 않는가?"

"어찌 형님은 이 아우를 이의방에게 비유하십니까?"

"하루 이틀도 아니고, 몇 해를 부부로 살아온 사람들을 하루아침에 헤어지게 하고 그 자리에 딸을 들여보내는 것이 다른 사람들 눈에 어찌 보이겠는가?"

"허나 이미 그 일은 금상의 윤허가 계셨고······."

"아닐세. 이 문제만은 아우가 다시 생각하시게."

"형님이 그리 말씀하시니, 그럼 형님 말씀 따르겠습니다."

그 날 형과 대면하고 제 집으로 돌아온 충수는 딸의 결혼에 필요한 장구(粧具)를 준비하도록 여러 날 전부터 불러모았던 기술자들을 돌려보내도록 명했다.

그러나 불편한 심기가 쉽게 가라앉지를 않았다.

"오숙비, 준존심을 불러오라. 박진재, 노석숭도 같이 불러라. 오늘 같은 날은 취하게 술이라도 마셔야겠다."

울분을 쏟아 버려야 울화가 걷힐 것 같아 가까운 막료들을 찾았으나 오숙비와 준존심은 군사들을 이끌고 며칠 전 성 밖에 나갔다는 전갈이었고, 박진재와 노석숭만이 부랴부랴 충수를 찾아 들었다. 혼자 미리 화주를 몇 잔 들이키던 충수는 두 사람이 들어서자 곧바로 마음 속에 있던 말들을 뱉어 내었다.

"자네들이 솔직하게 말을 해보게. 이의민 도당을 실질적으로 제거한 것이 누구인가? 그리고 태자비 문제는 이미 금상의 윤허를 얻은 일 아닌가?······ 그런데 이제 와서 대장부 한번 뺀 칼을 집어넣으라니······."

상대방의 대꾸를 들을 사이도 없이 한참 마음 속 불만을 털어

놓던 충수는 손님들을 앉혀 놓은 채, 말을 끌어내오게 해서 단신으로 집 앞 대로를 질주하기 시작했다. 그는 말 배를 걷어차면서 불편한 심기를 쏟아낼 대상을 찾던 중이었다.

그 때 산 속에서 술에 곯아떨어진 만적 등 십여 명을 생포하여 오던 오숙비와 준존심이 지휘하던 정예군을 큰 길 가운데서 만났던 것이다.
"그래, 사냥을 나갔었구먼……, 헛허허허……."
만적 등을 훑어보던 충수가 고개를 치켜들고 웃음을 터뜨렸다.
"오늘은 멧돼지인가? 곰인가?"
그러나 술에 취해 몸을 가누기 힘들었다 해도 산짐승 같은 본능이 몸에 배인 만적이나 충국이 같은 장정이 호락호락 병사들의 오랏줄에 묶였을 리가 없었다. 부하들 중 여러 사람이 충국의 완력에 나가 떨어져 뼈가 으스러지고, 만적의 발길질에 간신히 목숨만 붙은 사람들이 열 명이 넘는다는 보고를 들으면서 충수는 놀잇감을 얻은 듯 입을 벌리고 홍소를 날렸다.
"지금 나도 사냥을 나갈까 했더니 그런 짐승들이라면 잘 되었다……. 돌아가자, 집으로……."
충수가 말고삐를 돌리며 말 배를 걷어찼다.
"이것들을 우선 후원 창고에 집어 처넣고…… 아니다…… 저 곰하고, 살쾡이 상호 가진 놈, 저 이리 눈깔을 한 놈, 저 멧돼지같이 생긴 놈, 우선 그놈들은 당장 후원 나무에다 족쇄를 채워서 하나씩 묶어라."

후원으로 돌아와 나무에 묶인 네 장정들을 훑어보던 충수가 다시 버럭 소리를 질렀다.

"말 엉덩이에 찍는 쇠 인장을 찾아오고, 화로를 피워라."

"……"

"이것들 이마빡에 노비 표시가 이리 희미해서야 구별이 되겠느냐?"

주인의 급한 성격을 아는지라 부산스럽게 곧바로 후원에 불화로가 준비되고 말 엉덩이에 찍는 쇠 인장이 불화로 속에서 벌겋게 달아오르기 시작했다.

하늘이 내려앉을 듯 잔뜩 흐려지고 있었다.

"무슨 죄목으로 우리를 잡아온 것이오?"

불곰 같은 몸집의 충국이 고개를 치켜들고 눈알을 부라렸다.

"어느 안전에 목소리를 높이느냐? 네, 이놈"

병사 한 명이 채찍으로 충국의 어깨를 사정없이 후려쳤다.

"자, 시작해라."

곧이어 후원이 떠날 만큼의 비명과 함께 시뻘겋게 달아오른 쇠 인장이 충국의 이마에서 지지직거리며 누린내를 풍겼다.

"술을 내오너라."

"안으로 드시지요."

"아니다. 안주는 고기 굽는 냄새로 되었으니 화주에 술잔만 가져오면 된다."

"장군께서 오늘 심기가 어찌……."

"조금 전, 숙비와 존심, 자네 둘하고 술을 한 잔 하고 싶어 찾았었네. 박진재, 노석숭, 그놈들하고는 취흥이 나야 말이지. 자네 둘하고 이렇게 한 잔씩 하는 것도 잘 된 것 아닌가?"

술병이 나오자 충수는 청자 술병을 기울여 최측근 장수인 오숙비와 준존심의 잔에 손수 술을 채웠다.

"다음 안주 대령해라."

이어서 벌겋게 달구어진 쇠 인장이 이번에는 만적의 이마를 태워들었다.

"안주가 있으니 한 잔씩 더 하세나."

충수는 다시 부하들 잔에 술을 따라주고 제 잔을 입 속에 털어넣었다. 오숙비와 준존심은 살 타는 냄새에 고개를 돌리면서 술을 입안에 털어넣고 있었다.

"눈에 잘 보이게 이마빡에 화인을 깊이 새겨라. 나는 충헌 형님하고는 다르다."

잡혀온 열 명이 차례로 끌려나와 이마에 차례차례 깊은 화인(火印)이 새겨졌다.

"무슨 잘못이오? 우리가……."

곰 같은 몸집의 충국이 다시 눈을 부릅뜨며 소리를 질렀다.

"그놈이 또 취흥을 깨뜨려?…… 그놈, 혓바닥을 당장 잘라 버리거라."

"장군님 안으로 드시지요. 저것들은 우리가……."

오숙비가 청을 했지만 충수는 고개를 저으며 똑바로 부관들을 노려보았다.

"그대들, 말해 보라. 역적 이의민 도당을 누가 몰살시키고, 누가 새 왕을 세웠으며, 부패한 나라의 개혁을 시작했는가? 그대 말해 보라."

"그 일은 삼한 땅이 다 아는 것 아닙니까?"

"그런데…… 이 최충수가 제 딸 시집 보내는 것도 일일이 허락을 받아야 되는 것이냐 말이다."

"장군님, 안으로 드셔서 이야기 나누십시다."

준존심까지 권하자 충수는 비틀거리는 걸음을 옮기려다 병사쪽을 돌아보고는 다시 소리를 질렀다.

"무얼 하느냐? 그 곰 혓바닥을 뽑으라는데……, 네놈부터 뽑힐 거냐?"

"분부대로 거행하겠습니다."

"힘깨나 썼다는 놈들은 그 자리에 그대로 묶어 두어라. 졸개들은 깊이 화인을 새겨 다시 창고에 처넣었다가 한꺼번에 형님 댁에 선물로 보낼 생각이다. 아직껏 저런 역모의 잔당들이 이 삼한 땅에 남아 있는 것을 형님은 믿지 않으시니 말이다."

"모든 사단이 나 때문에 생긴 일…… 내가…… 산채에만 안 갔어도……."

만적은 발목에 채워진 족쇄에다 뒤로 묶인 팔목 때문에 꼼짝할 수도 없었지만, 이마의 상처와 왼쪽 어깨에 상처가 있었던지 비릿한 선혈이 팔목을 타고 흘러내려 이빨을 악물어대는데도 정신이 혼미해지곤 했다.

"어찌해 이게 형님 탓이오?"

땅을 박차고 서너 길을 뛰어오를 수도 있을 것 같은데 그 생각도 잠시뿐 그는 혼미한 꿈 속으로 빠져들곤 했다.

사부 허정은 눈보라 속에서 몇 밤을 정좌하면서도 이마에 김이 오르고 있었지 않은가…….

'저는 지금 상처를 입지 않았습니다. 제 몸에서 피가 흘러나가지도 않습니다. 사부님 저는 묶이지도 않았고 상처를 입은 것도 아닙니다…….'

그러나 그것도 잠시, 정신은 깊은 어둠의 골짜기 속으로 자주 굴러 떨어지고 있었다.

'어찌 토끼가 엉겅퀴 가시 사이를 찔리지도 않고 살살 빠져나가는 줄 아남?…… 어찌 한 발도 넘는 황구렁이가 손가락이나 들어갈 작은 구멍 속으로 스르르 들어가는지 아남? 이 솜씨가 이래 뵈도 구렁이 잡던 솜씨여. 살모사, 백사까지 잡던 솜씨여.'

눈을 반짝이며 병졸들 사이를 헤치고 다니는 망이의 모습이 금방 어둠 속에 흐물거리며 흩어져 가고 있었다.

"고개를 들어라."

만적은 등으로 불빛을 받으며 제 앞에 서 있는 사내의 얼굴을 올려보았다. 구름 속에 잠깐 나온 초승달 빛이 사내의 옆얼굴에 파리하게 내려앉아 얼음 같은 냉기가 흘렀다.

"듣자니 네놈은 잡히지 않을 수도 있었을 게다."

"……."

만적의 눈이 충수의 시선을 맞받았다.

"내 너를 놓아줄 수도 있다. 널 놓아주면 뭘 하겠느냐?"

"……"

"내 형 같으면 널 살려줄지도 모른다. 하지만 나, 최충수는 그늘 만들 나무는 밑동을 자르는 게다."

음습한 냉기가 초승달에서가 아니라 충수의 눈에서 뿜어져 나오는 듯도 싶었다.

"너 정도 무술을 가진 놈이라면……, 언젠가 내 새벽잠을 흩어 놓을 것이다."

"나 정도 무술은 이 삼한 땅, 민초들 사이에 천 명, 아니 만 명은 더 있소."

"헛허허, 그래. 네 말이 맞다……. 여봐라."

충수는 갑자기 돌아서서 악을 쓰듯 명령을 내렸다.

"여봐라. 여기 묶어 놓은 네 놈들, 오른쪽 다리 인대 하나씩을 끊어서 창고에 같이 처넣어라……. 형님한테 보낼 선물이 너무 사나우면 형님 연세에 벅차실지 모른다, 무얼 하느냐? 어서 시행치 않고? …… 그리고 내보냈던 세자비 혼인 장구(粧具) 만들던 공장이들을 내일 아침 일찍, 다시 불러 하던 일을 계속하게 하라…… 무얼 하느냐? 어서 움직이지 않고……"

매 사냥

　최충헌 상장군의 저택 후원은 곧장 야트막한 자남산으로 이어져 있어, 충헌은 자주 자남산 기슭에서 예성강 하류 쪽을 굽어보는 일이 많았다.
　부관 김약진이 바쁘게 후원을 지나 오솔길을 오르다가 늙은 노송 곁, 바위 위에 버티고 선 충헌의 모습에 걸음을 멈추었다. 초겨울 바람이 칠 척 장신, 장군의 수염을 흩날리고 있었다. 인기척을 내기가 잠시 두려워진다.
　여러 해, 장군 곁을 지키면서 그는 장군의 심기를 짐작하고 있었기 때문이었다. 동생 충수의 일로 지금 상관의 심기가 극도로 불편한 것을 그는 안다.
　형 앞에서 거두어들이겠다던 딸의 세자빈 문제를 하루도 지나지 않아 다시 추진한다는 보고가 들어왔기 때문이다.

더구나 충수집에 기거하는 노모가, 형의 말을 따르겠다던 아들이 다시 마음을 바꾸자 황황히 면전에 나갔던 모양이었다.

"어찌 바깥 일들에 부인들까지 나서서 시끄럽게 하시오?"

부하 장수들과 세자빈 세간 문제를 상의하던 충수가 노모의 간섭에 짜증을 내면서 어머니를 밀쳤다는 것이다. 그 바람에 어머니가 땅에 넘어졌다는 소리까지 상장군에게 들려왔던 것이다.

"그래, 끝내 거역하겠다더냐? …… 세상에 불효보다 더 큰 죄가 없는데……."

충헌의 고뇌에 찬 얼굴 앞에 부관은 입을 열기가 어려워진다.

"…… 그래, 말해라…… 기어이 역(逆)을 택하겠다더냐?"

"화살이 이미 시위를 떠난 듯싶습니다."

"이미?…… 못난놈……."

"형부시랑(刑部侍郎)을 불러 의논하십시오."

"박진재(朴晋材) 말이냐?."

박진재는 최충헌(崔忠獻)의 생질이었다. 대정(隊正)으로 있을 때, 최충헌 형제와 함께 이의민(李義旼)과 그의 가솔들을 멸하여, 충헌이 권력을 잡는 데 결정적인 역할을 한 장수였다.

두경승(杜景升) 등 중신 13명과 대선사(大禪師) 연담(淵湛) 등 고승(高僧) 10여 명을 유배시키는 일에도 앞장서서 명종을 축출하고 새 왕을 옹립하는 데도 큰 역할을 하여 형부시랑(刑部侍郎)이 되어 있었다. 충헌은 산길을 내려오면서 김약진에게 더 이상 한마디도 말을 더 건네지 않았다.

얼마 되지 않아 박진재와 노석숭(盧碩崇)이 후원의 정자에 들어섰다. 충헌은 인사도 나누지 않고 정자 기둥을 움켜쥔 채, 송악산 쪽 하늘만을 노려보고 있었다. 무거운 침묵이 한참 그렇게 흘렀다. 그 침묵을 박진재가 앞서 깨뜨리며 입을 열었다.

"두 분 다 제게는 외숙이 되십니다. 혈육의 정의(情誼)로 보면……, 두 분에 대한 제 정이 어찌 더하고 덜하겠습니까? 그러나 막중지사, 이번 일에 국가의 안위가 달렸으니 아우를 도와 역적이 되느니, 순리에 따르고자 합니다……. 옛날부터 대의 앞에서는 사사로운 골육의 정을 끊는다 했으니, 제가 마땅히 약진과 석숭과 더불어 내일 아침, 강제로 세자비를 들이는 불충을 막겠습니다."

"바로 이 정자에서 충수와 금상(今上)의 왕위 문제를 오래 의논했었다."

"말은 이미 역참(驛站)을 떠났고, 화살도 역시 시위를 떠나 버렸습니다."

"흥국사 느티나무가 부러진 일도 이 자리에서 충수와 같이 들었었다."

여전히 얼굴을 돌리지 않은 채, 충헌은 처음의 자세대로 북쪽 하늘만을 쏘아보고 있었다.

"내일 아침 일찍 광화문(廣化門)에서 기다리고 있다가, 그 딸을 동궁으로 들여보내려 하면 막아 들여보내지 않겠습니다."

"어찌 이리 형제 복이 없더란 말이냐?"

평소 마음 깊은 곳을 밖으로 내보이지 않는 최충헌이었지만 정자 기둥을 두 손으로 움켜쥐고 있는 그의 표정이 일그러져 있는 모습을 부하들은 보아야 했다.

그날 밤 삼경,
충헌은 군사 1천여 명을 이끌고, 고달판(高達坂)을 지나 광화문에 이르러 문지기에게 알렸다.
"충수가 내일 아침 난리를 일으키려 하니, 사직을 보위(保衛)하기 위해 내가 왔다고 금상 전하께 이를 알려라."
왕이 크게 놀라 궁궐 문을 열어 충헌의 군사들을 구정(毬庭)에 둔(屯)을 치게 하고, 왕궁 무고(武庫)를 열어 금군(禁軍)들에게 내주어 태에 대비하도록 명했다. 그 소문에 여러 위(衛)의 장군들 역시 부하들을 끌고 왕궁 안으로 모여들었다.
충수는 형 충헌의 군대가 한밤중에 왕궁 안에 진을 쳤다는 보고를 받으면서 들고 있던 술잔을 마루바닥에 내팽개쳤다.
"금상께서도 이미 윤허를 내리신 일이 아니냐?…… 어찌 형님 한 사람만이 내 앞길을 이리 막는단 말인가?"
동궁(東宮)으로 실어보내려고 준비해 둔 세자빈의 세간들이 대문 한쪽 우마차 석 대에 가뜩 실려 있었다. 충수의 막료들 시선도 쌓아놓은 세간 쪽으로 잠시 갔다가 되돌아왔다.
"이미 엎질러진 물, 이럴 때일수록 침착하게 앞뒤를 재셔야 합니다."
오숙비 역시 술잔을 내려놓았다.
"우리 군사들도 앞서…… 궁성 가까이 대기하고 있습니다."

충수의 군대도 만약을 대비, 궁에서 가까운 흥국사와 보제사 주변에 진을 치고 있었지만 형의 군대가 왕을 등에 업고 앞서 왕궁 안에 자리를 잡았다는 소식은 충격이었다.

"한 발 늦었다."

"걱정 마십시오. 위기는 언제고 더 큰 기회일 수 있습니다."

준존심이 칼자루에 힘을 모으면서 말했다.

"대장군께서는 이의민 일당을 도륙하던 당시의 초심으로 돌아가셔야 합니다."

준존심은 제 잔에 연거퍼 술을 따라 석 잔을 마시고, 두 손으로 칼자루를 짚은 채 일어섰다.

"지금 이 나라 정치가 전왕 때보다 나아진 게 무어가 있습니까? 나라꼴이 제 자리 걸음이니……, 금나라를 보십시오. 저네들은 여전히 우리 고려국이 저희에게 조공을 바쳐야 하는 오랑캐이고…… 임금도 저희가 임명해 주길 기다리는 변방의 속국이고…… 거기까진 좋습니다."

"……"

"나라 안이 개혁되고 새로운 기세로 융성해지는 기미가 보였으면 저네들이 이번 신왕(新王) 표문(表文)을 올리러 간 고공원외랑(考功員外郞) 조통(趙通)에게 지금까지 답서를 안 내리고 있겠습니까?…… 이게 다 나라 안 형편 때문입니다. 우리가 일어나면서 내걸었던 『봉사 10조』……, 지금 보면 공염불 아닌가요?…… 중이 된 왕가 자제들 몇, 절로 돌려보낸 것 말고 무슨 개혁이 되어갑니까?…… 옥상 옥의 관직들, 원래 제도에 따라 관리

매 사냥 281

수 줄이자고 했다가 지금 더 늘어났습니다……. 벼슬아치들 빼앗은 땅들, 원주인에게 돌려주는 일, 얼마나 시행이 되었습니까?…… 제도사 공진 금지 문제…… 양계 병마사, 5도 안찰사에게 시킨 지방 관원들 포상, 징벌 문제…… 목숨 걸고 우리가 거사에 나섰던 것은 고려의 부흥을 보자는 것이었습니다…… 그런데 전왕 때하고 무엇이 달라진 것입니까?"

"누가 그걸 모르는가?"

최충수가 버럭 소리를 질렀다.

"그것이 다 최충헌 상장군께오서 말씀으로만 개혁을 내걸어 놓고, 물에 물 탄 듯, 모든 일은 세월이 흐르면서 순리로 해결되리라, 그리하셔서 이렇게 된 것 아니던가요?"

"그 일로 형하고 많이 맞서고 했네. 암, 많이 맞섰지."

"쇠는 뜨거울 때 두드려야 하는 것이 만고의 진리입니다."

"허나 형제간에 칼을 맞겨룰 수 없는 것 아니던가?"

"형님, 동생의 순서만 바뀌었어도 이 나라가 지금 이렇지 않았을 것입니다."

"식어 버린 쇠, 차라리 다시 풀무질할 기회입니다. 대장군께서도 지금은 공과 사를 구별하셔야 합니다."

"허나……."

말없이 자기 앞 술잔들에 술을 채우고 다시 몇 잔씩이 더 돌아갔다. 충수는 눈을 내려뜨고 계속 술잔만을 비웠다. 오랜 침묵이었다.

"지금 내가 할 수 있는 일은 그렇네……. 내가…… 이 밤안으로 어머니를 뫼시고…… 구정에 들어가 형을 만나고…….”

"장군님…….”

"…… 자네들은 우선 잠시 흩어져 있다가 훗날의 기회를 다시 볼 수도 있는 게고…….”

"대장군께서 지금?…… 무슨 말씀을 하시는 겁니까?”

오숙비(吳叔庇)가 술잔을 버린 채 자리를 박차고 일어섰다.

준존심(俊存深), 박정부(朴挺夫) 역시 의자에서 일어났다.

"우리가 대장군 문하에 의탁해 목숨을 초개와 같이 버리고자 했던 것은 대장군께 세상을 뒤덮을 기개가 있었기 때문이었습니다. 이 고려국에 새 바람을 일으키고, 저 중원의 금나라에 맞설 그 기개를 우리가 믿었기 때문입니다.”

"지금 우리 군사들이 죽기를 기약하고, 옛날 거병 때의 그 기세로 싸움이 시작되기만을 기다리고 있습니다.”

"지금 주저앉으면 우리 모두가 멸족(滅族)의 화를 입을 것은 뻔한 터…….”

"칼집에서 한번 뺀 칼, 싸워 승패를 겨루겠습니다”

충수를 둘러싸고 있던 장수들 모두가 자리에서 일어서면서 한마디씩을 하자, 그들 얼굴을 하나 하나 둘러보던 충수가 자리에서 일어서며 장검을 빼어 들었다.

"알았네. 이미 칼은 뽑아졌네.”

"만세, 만세…….”

충수가 장검을 치켜들자, 그의 장수들 역시 장검을 높이 치켜들었다.

한번 시위를 당긴 화살은 거두어들일 수 없는 것. 충수 군대의 본진은 그 새벽, 1천여 명의 군사로 오숙비의 지휘 아래 왕궁 가까운 십자가(十字街)에 둔을 쳤다.

흥국사 입구에 놓인 다리를 건너 동문인 광화문으로 나가면 광화문에서 남대문 사이에 이르는 넓은 도로 양편은 회랑으로 이어진 가게들이 죽 늘어서 있었다. 넓은 길은 긴 회랑 옆 골목의 무질서하고 초라하게 늘어선 민가를 가리기 위해 길게 담장을 쳐두었고, 가게 문루에는 영통(永通), 광덕(廣德), 흥선(興善), 통상(通商) 따위의 간판이 걸려 있었다.

그 뒤 절벽 아래 공지에도 가게들이 어지럽게 들어차 있었다.

흥국사와 보제사 부근에 주둔하고 있던 충수의 군대들은 광화문 앞거리의 가게 옆 골목과 절벽 아래 공지에 나누어 자리를 잡았다.

"모두 마땅히 죽을 힘을 다해 싸워야 할 것이다. 적의 무리들을 죽이는 자, 마땅히 그 죽은 자의 관직을 그대로 내려줄 것이다."

말 위에서 오숙비가 보병들을 향해 소리쳤다. 그러나 궁 쪽에서는 날이 샐 때까지도 아무런 반응을 보이지 않았다.

궁 안쪽에서 아무런 기미도 보이지 않았지만 충수의 병졸들 사이에서는 궁 안에 있는 충헌의 군사가 훨씬 많은 데다가, 대부분 무인들이 그쪽 편에 서 있다는 소식이 금방 퍼져 들었다. 더구나 이미 혼인을 한 세자빈이 있는데도, 그 세자빈을 강제로 내쫓고, 충수가 제 딸을 세자빈으로 들여보내려 하다가 벌어진 싸움이라는 데서 병사들 사이에서도 일말의 회의들이 있었다.

더구나 왕의 위의(威儀)를 등에 업은 상장군 최충헌을 상대해야 한다는 데 대해 기세가 꺾일 수밖에 없었다.
 날이 새고 충헌의 군대가 궁문을 열고 밀어 내려오기 전, 충수 군대의 군졸들 상당수가 눈치를 보면서 어두운 골목을 빠져나가기 시작했다.

 날이 밝아지면서 충헌의 군사들이 한꺼번에 광화문을 나와 시가 쪽으로 내려오기 시작했다.
 충수의 군사들은 골목에서 큰길로 모두 빠져나와 광화문을 향해 대오를 지어 올라가다가 흥국사 남쪽 길에서 충헌 군의 본진과 서로 부딪쳐 싸우게 되었다.
 그러나 박진재가 거느린 일군의 군사들이 이미 새벽녘에 이현(泥峴)을 넘어가고, 석승의 군사들은 사현(沙峴)을 넘어가서 대기하고 있다가 충수의 군대를 뒤쪽에서 포위하여 올라오고 있는 것을 충수의 군대들은 계산하지 못하고 있었다.
 광화문을 밀고 나온 본 부대와 박진재와 석승의 군사들이 한꺼번에 고달판에서 충수의 군대를 포위한 채 압박해 들어오면서 본격적인 전투가 벌어졌다.
 특히 궁에서 나온 주력 부대가 어고(御庫)에 있던 대각노(大角弩)로 끌고 나와 충수의 보병 부대를 향해서 화살을 빗발처럼 쏟아내자 충수 군대의 일부는 흥국사 쪽으로 퇴각, 절의 문짝들을 뜯어다가 이를 방패로 저항했으나 역부족이었다.
 우선 숫자가 비교되지 않았다. 거기에 임금을 뒤에 업고 있는 최충헌 군대라는 생각에 충수의 병졸들은 이미 새벽에 상당수가 부대를 이탈해 버려 사기가 떨어질 수밖에 없었다.

오숙비, 준존심 등과 충수는 자기 군대가 얼마 지나지 않아 지리멸렬 전의를 잃고 흩어지는 것을 확인하고는 급기야 말고삐를 돌려 보정문(保定門) 쪽으로 내달았다. 앞을 막아서는 문지기를 오숙비가 단칼에 베고 그들은 곧장 남쪽으로 말고삐를 돌렸다.

그러나 장단(長端)을 빠져나가는 동안 매복하고 있던 박진재의 군사들을 만나 충수는 오숙비가 열어준 혈로로 간신히 매복한 군사들을 따돌리고 단신 파평현(坡平縣)의 금강사(金剛寺) 쪽을 향했지만 오숙비와 준존심은 포위망을 뚫지 못해 결국 목이 날아가 버렸다.

그 형제간 싸움이 있던 날, 만적들은 하루 종일 물 한 모금 얻어 마시지 못하고 창고에 그대로 갇혀 나뒹굴어져 있었다.

창고에 갇힌 이튿날은 주먹밥을 넣어주더니 그 날은 종일 창고 안에 사람이 갇혀 있는 것도 밖에서 잊은 듯했다. 새벽부터 집안이 수선스러워지면서 문 앞에 서 있던 병사도 자리를 비운 듯싶었다.

세자빈 문제로 형제간 싸움이 일어나리라는 소리는 문 앞을 지키던 병사들 입에서 주워 들었지만 그들로는 그 깊은 내막을 알 수는 없었다.

만적은 산에서 입은 어깨 상처에다가 이마의 화상(火傷), 오른쪽 다리 힘줄 상처까지 겹쳐 후원에 묶여 있을 때는 정신까지 아득해지고 했지만 이제 머릿속만큼은 맑아져 왔다.

한동안 깊이를 알 수 없는 어둠의 골짜기로 가라앉아가던 정신이 제 자리로 돌아온 듯싶었다.

먹은 것이 없는데도 몸집 작은 사내 하나가 창고 한쪽에 쭈그리고 앉더니 대변을 보았다.

"자네들 분주(糞酒) 마셔본 사람 있는가?"

구린내에 얼굴을 찌푸리고 있는데 만적이 불쑥 입을 열었다.

"항아리에다 똥을 누고, 그 위에다가 누룩가루를 한 줌 두르고, 이튿날, 다시 똥 누고 누룩가루 한 줌 뿌리고…… 항아리가 다 차오르면 잘 봉해서 땅에 묻어 석 달 열흘을 지나서 마시는 술이 분주…… 천하 명주라네……."

"아프고 배고프니 헛소리까지 나오는 모양일세."

"이놈의 이마빡 흉터는 살 껍질을 다 벗겨내도 영영 안 없어질 것이여."

복삼(福三)이라는 이름의 사내가 동료들 이마의 검붉게 부풀어오른 상처들을 돌아보면서, 부드득 이를 갈았다.

"언제고 나, 저놈들 얼굴 껍질을 왕창 벗겨놓을 거여."

"도망가다 잡혀온 종놈 표시를 했으니…… 이제 누가 봐도 진짜 종놈이 아닌가?…… 차라리 잘 된 것 같은 생각이 든다는 말일세."

"너무 굶어서 똥술 이야기를 하더니…… 이제는 헛소리까지 하는 것 아니여?"

"옴중탈이건, 문둥이탈이건 탈만 눈에 보였다 하면 그걸 어찌

해서 자주 뒤집어썼는지 지금에사 그걸 알 것 같다, 그런 말일세……. 종놈 표시 안 내려고…… 태어날 때부터 종놈이었는데 그걸 감추려고 탈바가지만 보면 그걸 뒤집어썼구나, 그런 생각이 드는 게야."

밖이 또 소란스러워졌다.

"앞으로는 우리들 다 낯가죽 껍데기를 몇 꺼풀 벗겨내기 전에는 이 상처, 이 이마빡 흉터를 감출 수 없으니 차라리 잘 된 거란 이야기지. 내놓고 누구든 봐라, 도망가다 잡혀온 노비 표시 이렇게 크게 한 왕짜 종놈이다. 떳떳이 그리할 수 있다는 게지."

"……"

"어디를 가도 나는 종놈이다, 이렇게 표를 달았어……. 같은 종놈, 종년 알아보기 쉽게 이렇게 표를 새겨 주었으니 고맙다고 해야겠어……."

밖에서 무엇인가 우지끈 부서지는 소리, 말발굽 소리에 섞여 비명과 울음소리가 들렸다.

오른쪽 다리의 각근(脚筋)은 칼날이 지나가기는 했어도 완전히 끊기지는 않은 것 같았다. 이마의 불도장 자리가 욱신거려 왔지만 죽지만 않으면 가라앉으리라.

밖이 점점 더 시끄러워지더니 사람들 비명과 말발굽 소리가 뒤섞여 불이야, 다급하게 외치는 소리가 들렸다.

"불이 났어."

판자 틈 사이에 눈을 주고 있던 복삼(福三)이가 오른쪽 발을 끌면서 왼쪽 무릎으로 만적 앞으로 기어오면서 소근거렸다. 혀가 잘린 충국이 거대한 몸을 힘들게 일으켜 만적 곁으로 다가왔다.

밖은 점점 더 소란스러워졌다. 복삼이 만적의 눈치를 살폈다. 밖은 더 수선스러워지고 판자 틈 사이로 연기가 매캐하게 파고들면서 사람들의 비명도 섞여 들려왔다. 복삼이 기우뚱거리며 일어서서 몸을 판자 문에 부딪칠 기세였다.

창고를 나간다 해도 굶주린 데다 다리 힘줄이 끊겨 뛰기도 힘들고, 이마의 상처까지 깊은 처지에 싸움의 와중에서 어느 쪽 화살이나 창이 날아올지 모르는 상황이었다.

목이 따끔거리는 연기가 그들이 갇혀 있던 창고 속까지 채우고 나서야 불길이 잡혔는지 소란스러움이 잠시 가라앉았다.

다시 말발굽 소리와 사람들의 비명이 들렸다.

"역적 최충수의 목이 잘렸다."

말발굽 소리에 섞여서 누군가 내지르는 소리와 통곡 소리가 뒤를 이었다. 만적 들의 눈이 서로 맞부딪쳤다.

그 시간 개경에서 단신으로 파평현으로 빠져나간 최충수가 뒤쫓아간 박진재 군사들에게 목이 달아났던 것이다. 온 집안에 한바탕 더 소란이 일더니 창고 문이 열렸다. 초겨울 쨍하고 맑은 하늘의 햇빛이 부시게 얼굴 위로 쏟아져 내렸다. 마상에 높이 앉았던 김약진의 날카로운 눈빛이 송장처럼 널브러져 있는 만적 등을 잠시 노려보았다.

"데려가라, 이것들도……. 두었다가 쓸 데가 있을 것이다."

이 집 노비들로 보이는 스무 명쯤 되어 보이는 젊은 사내와 계집들이 한쪽에 비 맞은 닭들처럼 서 있었다.

"아니 이것들은……."

창고 밖으로 나온 사내들이 제대로 일어서지 못하고 비칠거리며 땅바닥에 주저앉자 김약진의 눈이 사내들의 이마에 가 닿았다. 그 눈이 열 명의 사내들을 하나씩 훑어갔다. 그 눈이 만적의 이마에도 잠시 꽂혔다.

"이것들을 고쳐서 써먹을 수 있을지 모르겠구나."

김약진이 부하들을 향해서 명령을 내렸다.

"안 되겠다, 달구지를 찾아다 이것들을 실어서 저기 있는 노비들한테 밀고 끌고 가게 해라"

스무 명의 노비들과 이마 위에 화인(火印) 찍힌 사내들 열 명은 발 묶인 토종닭들 같이 최충헌 장군의 후원에 버려졌다. 오른쪽 다리 인대가 잘려 걸음을 걸을 수 없는 사내들은 달구지를 내린 뒤에도 제대로 서지 못하고 몇 명이 땅바닥에 주저앉았다. 만적이네들이 후원에 버려졌을 때 젊고 건장한 노비가 그들에게 다가왔다.

"이 노비들은 미조이(味助伊), 네가 맡아라."

거구의 충국은 달구지에서 밀려 내리자 그대로 땅바닥에 처박혀 버렸다. 만적이 오른쪽 다리를 끌면서 쓰러진 충국의 몸을 간신히 일으켜 앉혔다. 힐끗 미조이의 눈이 만적과 부딪쳤다.

마당 앞쪽은 말 탄 병사들의 왕래로 시장바닥같이 시끄러웠다.

"길바닥에 사람 대가리들이 발길에 차여 굴러다니는 것이 푸줏간 돼지 오줌통이나 진배 없는데, 이런 날 목숨 붙어 있는 것, 운 좋은 줄이나 알고 말여……."

"……."

"이 미조이가 말여. 너희들 생사여탈권까지는 없어도 말여, 다리몽둥이 두어 개씩은 기분 삼아 분질러 줄 수도 있다는 것만 알면 우선 여기 와서는 굶어 죽지는 않을 거여. 괜스레 기운 빼고 도망가 보아야 항아리 속 생쥐새끼니 가만 엎드려 있는 것이 그래도 목숨 부지하는데 이로울 것이고 말여……. 헌데 이놈의 곰은 겨울잠이 덜 깨었나, 왜 그러는 거여?"

쓰러져 있는 충국의 몸뚱이를 걷어차면서 미조이가 히쭉 웃었다. 잠시 만적의 눈이 미조이의 눈에 맞부딪쳤다.

"자네 눈뜨는 것이 이 사람 생각에는 조금 안 좋게 느껴진다, 이 말이여."

갑자기 미조이가 만적의 엉덩이를 걷어찼다. 순간 만적의 왼손이 미조이의 발목을 으스러지게 움켜쥐었다. 그 때 갑자기 말을 탄 장수 하나가 먼지를 일으키며 후원으로 들어서면서 그들을 향해 채찍을 날렸다.

"어디서 소란이냐? 지금 상장군께오서는 몹시 심기가 불편하시다."

잠시 정적이 오는가 하더니 최충헌의 쩌렁쩌렁한 호통 소리가 후원에까지 들려 왔다.

"어느 놈이냐? 어느 놈이, 맘대로 충수 목을 베었단 말이냐?"

"…… 파평현에서……."

"시신을 거두어 정중하게 장례를 치르거라. 그리고 성 밖 한가한 곳에 거처를 마련해 가솔들이 연명하게 각별히 돌보아라."

울창한 소나무 숲의 송악산(松岳山)을 북으로 두르고, 동쪽의 용호산(龍虎山)과 서쪽 진봉산(進鳳山)이 청룡 백호의 지세를 이루는 개경(開京)은 한강(漢江)과 예성강(禮成江)의 하류가 맞닿아 만든 평야를 굽어보는 배산임수(背山臨水)의 지형을 이루고 있었다.

그 개경의 중심에 구릉을 이루고 있는 작은 산, 자남산이 있고, 그 기슭에 예성강과 한강 지류를 내려다보는 자리에 최충헌의 저택이 자리잡고 있었다.

"오늘 특별히 상장군께서 너희한테도 고기와 술을 내리셨다. 모두 뒤뜰로 나와서 상장군의 공덕을 기려라."

마루방에 쭈그리고 있던 노예들이 우르르 밖으로 몰려 나가자 방안이 텅 비어 버린다. 오른쪽 다리 힘줄이 끊긴 무리들까지도 뒤뜰로 어기적거리며 한 다리를 끌고 기어나가고 있었다.

만적은 무릎을 세워 고개를 묻은 채 혼자 한참을 그대로 앉아 있었다.

왁자하게 술 취해서 떠드는 밖의 병사들의 목소리가 들려온다.

어느 마을 놀이터에서 마상의 젊은 장군으로 최충헌을 처음 보았을 때의 그 섬뜩함, 그 낯익음이 동경의 김정에게서 풍기던 그 싸늘함이었음을 그는 시간이 좀 지나서야 가끔 떠올렸었다.

기회가 된다면 김정만큼은 직접 제 손으로 죽이겠다던 그 증오가 한때의 하잘 것 없는 기억으로 사라지고 있을 때 그는 마상의 충헌을 보았었다.
"만적이라고 그랬지? 헌데 첫날부터 그리 혼자 엎어져서 어쩌겠느냐, 말여."
고개를 들자 미조이가 방안에 들어와 서 있었다.
"얼마나 멀리로 도망을 갔기에 잡혀서 이마빡에 그리 깊이 화인을 새겼느냐, 이거여. 또 그 곰퉁이는 뭐라고 입을 잘못 놀려 혓바닥까지 잘렸고……?"
"이마의 주름은 이왕지사 깊이 새겨줍시사, 내가 했고…… 노비 놈이 노비 표시가 제대로 나야 제 구실을 하지 싶어서."
"그 주둥이에 그래도 혓바닥 안 뽑히느라 다행이구먼."
미조이가 만적 앞에 마른 약쑥 한 주먹과 길다란 베 조각을 내밀었다.
"덧나면 고생이니 그거라도 바르고 동여 둬. 다른 놈들도 다 주었으니 내가 특별히 생각한다고 미안해 할 생각은 말고 말여, 아귀힘이 보통 아니던데 말여. 가만, 내가 동여 주지."
미조이는 약쑥을 부드럽게 비벼 만적의 이마 상처에 대고 베 조각으로 머리를 둘러 묶어주었다. 그러다가 만적의 어깨에서 배어 나온 피가 옷 위로 엉켜 붙은 것을 보고는 흠칫 물러앉아 잠시 만적의 얼굴을 들여다보았다. 그는 만적의 적삼을 벗기고 어깨 상처에도 약쑥을 대고 겨드랑이에서 천 조각으로 묶어주고 오른쪽 다리의 상처에까지 약쑥을 대고 천 조각을 감았다.
"특별히 생각해 준다고 미안해 할 것은 없다, 그 말이여…….

노비가 병나고, 죽고 하면 한 삼동 뒷산에 나무하러 가서 내가 일이 많아져서 그러는 거니께 말여."

"고맙구먼. 언제 갚을 길이 있을 거여."

후원으로 미조이를 따라나가자 작은 모닥불 앞에 오늘 최충수 집에서 끌려온 노비들이 둘러앉아 고기 몇 점씩을 얻어먹고 있었다. 미조이 말대로 다른 사내들 이마에 띠가 둘러져 있었다.

"우리 상장군 나리는 벼슬아치들한테는 호랑이어도 아랫것들한테 그리 모질게 하거나 하질 않으신다, 그 말이여……. 거 화주(火酒)도 한 잔씩들 혀. 오늘 상장군나리 기분이 좋으시고, 또 나쁘신 날이어서 시끄럽게 구는 것은 안 되고 말여. 병사들도 다른 때 같았으면 야단났을 거여. 오늘은 형제분이 싸웠고, 이기기야 했지만 친동기간이 죽었으니 심기가 편하시겠어?…… 자, 만적이 자네도 한 잔 혀."

미조이가 화주 한잔을 권했으나 만적이 고개를 저었다.

"그 친구는 똥으로 담근 술밖에 못 마신다는 게여."

누군가가 히죽 그들 말 사이에 끼어 들었다.

"뭣이여? 똥술?"

"허, 자네들같이 이마빡 불뜸 뜬 데 마시는 술이구먼……."

분주 이야기가 나오면서 긴장이 풀리는지 잠시 싱거운 웃음이 번졌다. 오늘 형제의 싸움으로 최충수만이 아니라 산채에 들이닥쳐 만적과 그들을 끌어내온 장수들이 죽었다는 소식도 그 자리에서 확인되었다. 이마에 띠를 두른 산채파들은 미조이가 눈치채지 않게 화주 한 잔씩을 목구멍에 털어넣었다.

만적은 고려국 최고의 세력가, 최충헌 상장군집의 노비로의 새로운 생활이 시작되었다. 처음 며칠은 상처가 어지간히 아물면 산채에서 온 열 명과 같이 집을 뛰쳐나가 도망갈 생각도 했었다.

산에서 온 사내들은 늘 그 생각으로 만적의 눈치를 살폈다.

"이대로 사는 것도 괜찮지 싶구먼 그래."

사실 만적의 생각도 얼마 동안 많이 바뀌어가고 있었다.

"주인 하나 죽이고, 제 몸 내빼는 것은 아무 일도 아니지. 도망가서 산 속에 숨어 능구렁이 잡아 먹고 엎디어 있을 수도 있고, 산채를 마련해서 먹을 만한 집에서 훔쳐도 오고 빼앗기도 하고…… 그리 한세상 살 수도 있어."

"……."

"우리 한 사람 집을 나가도 이 땅에 노비는 없어지지도 않고, 새로운 노비는 자꾸 또 생겨나……. 노비라는 것이 완전히 없는 세상이 되기까지는……."

"무슨 속셈인지 알다가도 모르겠소.

호랑이를 잡으려면 호랑이 굴로 들어가야 한다는데, 지금 우리는 제일 큰 호랑이 굴에 들어와 있지 않느냐고, 그렇게 말하고 싶었지만 만적은 입을 다물었다. 이마의 흉터는 흉물스럽게 남았지만 오른쪽 다리 힘줄이 완전히 끊기지는 않아 한 달이 지나자 만적은 걷기에 불편함이 없어졌다.

그날 첫눈이 내렸다. 만적은 미조이를 따라 푸슬거리는 눈을 맞으면서 자남산 자락에서 잡목 한 짐씩을 해 가지고 내려오는 길이었다. 산 중턱에 나뭇짐을 세우고 둘은 바위에 등을 대고 잠시 개경 시가지 아래쪽으로 한강과 예성강의 지류가 감싸고 있는 평야를 내려다보았다.

살얼음이 언 듯 강 언덕 양쪽들은 눈에 덮여가고 있었고, 가운데로 흐르고 있는 강물이 길게 뱀이 누워서 꿈틀거리는 듯이 보였다. 두 마리의 커다란 뱀이 꿈틀거리며 뒤얽혀 있는 듯한 강의 모습을 눈 속에 바라보며 만적은 깊이 숨을 들이마셨다.

눈은 모든 것을 덮어 버린다.

마른 풀도, 노루나 산토끼가 싸놓은 배설물도 눈은 가리지 않고 덮어 세상을 한 가지 색깔로 만들어 버린다. 잎을 다 떨구어 뼈만 남은 듯한 마른 나뭇가지도 눈이 내리면 그 눈 속에서 흰색의 잎과 꽃으로 온몸을 감싼다.

풀풀거리며 내려앉는 눈발을 바라보며 만적은 눈 쌓인 태백산을 떠올렸고, 오래 못 만난 스승 허정대사도 생각했다.

살아왔던 세월이 눈 속에 묻혀간다는 생각도 든다.

얼어붙은 땅을 후벼파던 겨울비 내리던 밤도, 친구가 시체로 뒹구나 싶어 송장 사이를 헤매던 골짜기와 두두을 노인까지도 다 눈에 덮여 사라져가는 아득한 느낌이 온다.

그 때 그들이 앉았던 바위 등성이 왼쪽에서 부스럭 소리가 났고, 만적은 거의 본능적으로 돌멩이를 집어 그쪽으로 던졌다.

"암만 해도 만적이는 뭔가 까닭이 있는 사람이다, 그런 생각이 든다, 말여."

몸을 날린 미조이의 손에 만적의 돌멩이에 맞은 산토끼가 들려 있었다. 미조이는 날렵한 솜씨로 부싯돌을 쳐서 마른 억새꽃에 불을 옮겨 붙인 뒤 나무 등걸들을 모아 모닥불을 만들었다.

"보통 솜씨가 아녀. 아니 첨부터 그리 보이더라, 그 말여."

"내 이마빡에 토끼 잘 잡겄다, 그렇게 써 있지 않던가?"

불 위에서 구워지는 토끼고기 냄새가 콧속으로 파고들었다.

"살 타는 누린내를 안주 삼아 술을 마시던 놈도 보았지……. 시끄럽게 한다고 사람 혓바닥을 잘라내기도 하고……."

"죽은 최충수 나리 그리 성질 더러워서 제 명에 못 죽었다, 그 말이여."

만적은 그 날 밤 불빛을 등으로 받으며 제 앞에 서 있는 사내의 얼굴을 다시 떠올렸다.

초승달 빛이 사내의 옆얼굴에 파리하게 내려앉아 얼음 같은 냉기가 흐르던 얼굴……, 내 형 같으면 널 살려줄지도 모른다. 하지만 나는 그늘 만들 나무는 밑동을 자르는 게다……. 음습한 냉기가 초승달에서가 아니라 충수의 눈에서 뿜어져 나오는 듯도 싶었던 얼굴……. 나 정도 무술은 이 삼한 땅, 민초들 사이에 천 명, 아니 만 명은 더 있소…….

"그래서 세상 나올 때 어미 배를 잘 골라서 나와야 하는 거란 말이여……."

"어미 한쪽으로 되어?"

양천교혼(良賤交婚)으로 태어난 자식은 천자수모법(賤者隨母法)에 따라 어미의 신분을 따르도록 되어 있었다. 그러나 어미가 양인이고, 아비가 노비이면 자식이 또 아비 신분을 따르도록 되어 있어 부모 중 한쪽이 노비 신분이면, 그 자식은 노비 신분을 세습할 수밖에 없도록 규정되어 있었다.
"자, 익었구먼."
둘은 토끼 다리 하나씩을 든 채 눈에 덮여가는 예성강 하류까지의 평야에 눈을 주었다.
"토끼는 토끼 새끼를 낳고, 고라니는 고라니 새끼를 낳고, 호랑이는 호랑이 새끼를 낳는 게 맞긴 해……. 최씨는 최씨 새끼를 낳고…… 정씨는 정씨 새끼를 낳고…… 종놈은 종놈의 새끼, 종년도 종년 새끼…… 그리 되는 건가?"
눈은 계속 세상 모든 것을 한 가지 색으로 덮어가면서 계속되고 있었다.

눈발이 굵어지면서 산등성이와 골짜기가 흰색 하나로 덮여가기 시작했다.
쏟아 붓는 눈송이로 세상이 아득한 꿈 속인 듯싶어진다.
눈에 쌓여 형태가 사라져 가는 두 개의 작은 무덤 앞에 서 있는 마라의 어깨와 머리 위에도 소복하게 눈이 덮여간다. 꼼짝 않고 눈 속에 묻혀가면서 지난 몇 해의 세월조차 꿈이었나 싶게 현실감이 없어진다.
한때 서북인(西北人)의 강인한 기상을 보이던 서경유수, 조위총의 그 불타던 눈은 지금 어디 있는 것일까.
몸통도 없이 머리만 묻혀 있는 두 개의 작은 무덤.
지그시 이를 악문 마라의 귓속으로 바람 소리같이 조위총의 쇳소리 같던 목소리가 잠시 살아온다.

"…… 이 나라 모두가 한 삼동 들판같이 삭막해 있네. 나라꼴도, 백성들도 다 이리 피폐해 있어……. 언제든 저 고구려 땅, 드넓었던 만주와 중원을 도모해야겠다고 생각하시던 태조께서는 뛰어난 무인이셨지…….”

불길을 내뿜던 유수의 눈빛과 목소리를 떠올리면 잠시 온몸의 피가 뜨겁게 용솟음쳐 올라오다가 명치끝에 머문다.

무덤의 형체조차 드러나지 않게 암장(暗葬)된, 육신도 없이 머리통만 묻혀 있는 조위총과 그의 하나뿐인 아들 경……. 단숨에 개경까지 정복해 버릴 것 같았던 서경유수, 조위총의 영혼은 지금 어디에 남아 있기라도 하는 것일까.

마라는 고개를 젖혀 얼굴 위로 한없이 쏟아져 내려오는 눈을 그대로 맞는다.

눈은 벌써 사흘째였다.

사흘 전에도 마라는 같은 자리에 서서 온몸으로 눈을 맞았다.

그 때 눈보라 속을 까치 두 마리가 깍깍거리며 머리 위를 맴돌다가 나뭇가지에 앉았다. 까치 소리에 채리의 시선이 잠깐 그 까치 쪽을 향했다. 깍깍거리는 소리에 흔들리던 시선이 흰색으로 덮인 무덤 쪽을 향했다.

"당신 아버님 산소요……. 동생 경도 그 곁에 묻혀 있고…….”

그러나 그 뿐, 채리의 눈은 원래의 멍한 시선으로 되돌아가 버렸다. 채리의 손은 차게 얼어 있었다.

…… 당신을 그리 아끼던 당신 아버님이 묻혀 있소. 동생도 여기 누워 있고……. 마라가 작은 소리로 다시 중얼거려 보았지만

채리에게는 마라의 음성이 바람 소리나, 까치 소리와 별반 다르지 않은 것 같았다.

"내려갑시다. 내려가서 붓이라도 잡아봅시다."

"사람은 무엇이건 기댈 곳이 있으면 살아가게 마련이다."

채리가 어느 날 청자 그릇 앞에 우두커니 앉아 있더라는 말은 조부에게서 들었지만 넋을 놓고 초벌구이된 황토 빛깔을 바라보고 있는 채리의 모습을 발견하면서 마라는 세상이 더욱 아득해진 느낌이었다.

황토 빛깔 접시와 주전자들이 늘어 놓인 마루 한쪽에 채리는 붓을 든 채 움직이지 않고 있었다. 난이 그려진 청자 그릇을 무심하게 바라보고 있는 채리의 모습을 발견하고 할아버지는 그녀 앞에 물감 그릇과 붓을 가져다 주었다고 했다.

"네 아비는 손에 붓을 쥐면서 살아갈 힘을 얻었느니라."

그가 그녀 앞에 찻잔을 놓았다.

찻잔 쪽에 잠시 옮겨왔던 채리의 눈동자는 황토 빛깔의 유현한 세계로 빠져들어가 버린 듯 변화가 없었다.

"사람 힘으로 할 수 있는 일이란 게 아무것도 없다는 생각이 자주 든다⋯⋯. 우리 힘으로 저리 쏟아지는 눈발조차 멈추게 하지 못하는 것 아니더냐? 봄 날 숲 속, 작은 풀꽃 하나 어디 사람 손으로 피우게 할 수 있더냐?"

마라는 그 날도 혼자 언덕을 치달아올라 조위총과 그의 아들 경의 머리를 수습해서 묻은 무덤 앞에서 눈을 맞았다.

눈발이 얼굴을 할퀴어 대는 산등성이에 서서 그는 잠시 눈발 속에서 가부좌의 자세로 움직이지 않던 사부 허정(虛淨)의 모습도 떠올렸다.

이의민이 최충헌 형제에게 주살(誅殺)을 당하고 난 뒤, 행방이 묘연했던 두두을(豆豆乙) 노인이 신선이 되어 구름을 타고 날아가는 것을 보았다는 소문도 들었다. 금강산 구룡(九龍)폭포 아래서 목욕을 하는 노인을 본 사람도 있다는 이야기도 있었다.

그러나 지금 마라에게는 지나온 몇 해의 시간이 한 밤의 꿈처럼 자꾸 현실감이 없어져 갔다. 그는 눈보라 속을 바람처럼 치솟아올라 등성이 하나를 다시 넘었다. 그리고 얼굴도 본 적 없는 아버지와 어머니의 무덤 앞에 털썩 꿇어앉았다.

"마라야, 이걸 좀 보아라."

산을 내려온 마라 앞에 할아버지가 상기된 얼굴로 초벌구이 항아리 하나를 들어 보였다. 채리가 언제 붓을 대었는지 초벌구이 항아리 위에 난삽한 그림이 그려져 있었다.

"기댈 것이 있으면 사람은 살아가기 마련인 게다."

"……."

"무얼 그린 것으로 보이느냐?"

황토 빛깔 바탕 위에 번져나간 붓 자국은 거칠기는 했지만 날짐승의 형태를 하고 있었다.

"날짐승…… 까치 같아 보입니다."

"그래, 까치…… 네 아비는 그토록 난(蘭)만 그리더니……."

날아오르는 형상의 까치 두 마리. 갑자기 마라의 귓속으로 윙

웅거리는 바람 소리가 들려오기 시작했다.

…… 우리 혼인해요. 지금 당장…… 뒤엉킨 덩굴나무 마른 줄기 위에는 녹다 만 눈덩어리들이 꽃봉오리처럼 하얗게 매달려 있었고 그때 머리 위를 지나던 까치들.
"이제 머리를 풀어줘요. 무섭지 않아요. 난 안 무서워요."
무섭지 않다고 중얼거리고 있는 채리의 음성은 그러나 몹시 떨리고 있었고 모든 것이 새로 시작되고 있었다.
살갗에 와 닿는 눈의 감촉, 눈꽃을 달고 있는 활엽수 가지, 산까치. 솔방울에 매달려 있다가 바쁘게 다른 솔방울로 옮겨가는 방울새들, 그 노란 색 날개깃털…… 그것들이 전혀 새로운 느낌으로 다가오고 있었을 때 머리 위를 날아오르던 까치들…….
마라는 질끈 눈을 감으며 어금니를 악물었다.

자남산 산자락의 오후.
상장군 최충헌과 아들 우(瑀)를 옹위하여 도방의 병사가 20여 명, 평소 그림자처럼 충헌 곁을 지키는 김약진과 조카뻘의 박진재 장군, 그 수하 병사들 외에도 매 사냥 때 숨어 있는 꿩을 날리는 '털이꾼'으로 동원된 미조이, 만적, 효삼, 복삼 등 노비들의 수효도 10여 명이었다.
녹다 만 잔설이 그늘진 골짜기에 쌓여 있었지만 하오의 자남산 하늘은 청명하고 맑았다. 국사에 쫓겨 매 사냥 같은 한가한 여가를 즐길 겨를이 없었지만 그간 나라 안의 질서도 대강은 잡혀 최충헌 장군도 장성해 가는 아들과 모처럼 자리를 했던 터였다.

삼국시대부터 매 사냥이 있어 왔고, 궁중에서도 매 사육과 매 사냥을 담당하는 관청인 응방(鷹坊)을 두었을 만큼 매를 길들여 매 사냥을 하는 일이 한때는 활발했었다. 그러나 계속된 전란으로 궁중에 있던 응방도 유명무실되어 버린 것이 여러 해였다.

얼마 전 부관 김약진이 최충헌 집의 문객 중에 대대로 매 사냥을 해왔다는 사내를 알게 되어, 그간 노비 몇을 묶어 응방(鷹坊)을 마련했던 것이 충헌의 아들 우(瑀)에게는 좋은 놀이거리가 되어 있었던 것이다.

매를 길들여 사냥감을 잡는 사람을 '수알치'라 하고, 매 사냥을 위해 '수알치'를 따라가 잔솔밭이나 풀밭에 숨어 있는 꿩을 날게 하고, 토끼를 도망가게 하는 사람을 '털이꾼'이라 부른다.

산에 올라 얼마 되지 않았을 때, 우(瑀)의 가죽토시 팔뚝에 앉아 있던 송골매 한 마리가 '털이꾼'들의 함성과 함께 눈가리개를 벗기자, 장끼 한 마리를 향하여 청명한 하늘을 향해 솟구쳐 올랐다.

일행의 눈이 날아오른 장끼를 두 발로 움켜쥐며 낙하하는 송골매로 향했고, 우(瑀)가 말 배를 걷어차며 송골매가 내려앉은 언덕을 치닫고 있었다.

매가 낚아챈 꿩을 집어들고 언덕을 내려오는 벌겋게 된 아들 얼굴을 바라보는 충헌의 만면에 웃음이 번진다.

"제법 컸구나……. 하기야 제 몫을 할 나이도 되었다."

이제 열여섯.

아들 쪽을 향한 장군의 얼굴에 미소가 사라지기도 전에 '털이꾼' 들이 또다시 내지른 함성에 장끼 두 마리가 서로 반대쪽으로 날아올랐다. 우의 팔목에서 송골매가 또 한번 허공을 향해서 솟구쳐 오르는 것이 보였다. 같은 시간, 충헌의 활에서도 화살 한 대가 반대쪽으로 날아오르던 꿩을 향했다.

와, 하는 환성 속에 매 발톱에 매달린 장끼의 화사한 깃털이 햇빛에 부시게 빛났고, 반대쪽에서도 머리통에 화살이 박힌 채 무지개색으로 날개를 편 장끼 한 마리가 떨어져 내리고 있었다.

뒤이어 얼굴이 상기된 아들 우가 꿩 두 마리를 들고 자랑스럽게 충헌 앞으로 다가왔다.

"…… 너, 이 김장군 말을 들어 보았느냐? 이 아비 활 솜씨에 아부를 하는구나……. 예로부터 가장 경계해야 할 사람 중 그 첫째가 눈앞에서 굽신거리고 아부하는 자라는 것이 진리로 되어 있느니…… 우(瑀), 너도 그것만은 명심해 두어야 한다. 눈앞에서 아부하는 자, 언제 돌아서서 등에 비수를 날릴지 모르는 것."

"도련님 무예는 무과(武科) 급제 수준을 넘었지 싶습니다."

"앞으로 이 나라는 칼이나 활 잘 쓰는 사람만으로는 안 된다. 칼 잘 쓰고, 활 잘 쏘는 사람들이야 민초 속에서 찾아낼 수도 있고, 길러낼 수도 있는 것이다……. 그 활 쏘고, 칼 쓰는 사람들을 모이게 하는 사람, 그 무사들이 제 마음을 털어놓고 의지하고 싶은 사람…… 그런 사람이 필요하게 된다…… 내 말뜻을 알겠느냐?"

"깊이 명심하겠습니다."

"무기를 들고, 싸움터에 나가 적장을 베는 일이 아니고, 나라의 동량(棟梁)들이 오늘같이 매를 날려 꿩을 잡으면서 흘러가는 강물도 내려다보고 떠가는 구름도 바라보는 그런 세상이 와야 할 것이다. 또 그리 되어야 한다."

김약진은 잠시 장군의 얼굴을 우러러본다.
오랫동안 장군의 곁은 지켜오면서 근래 장군이 조금씩 변하고 있다는 생각을 해본다.
"네가 돌보는 그 매들이 몇 해씩이나 되었느냐?"
"황해도에서 새끼 때 온 이놈은 2년이 되었습니다."
"그래, 그놈은 몇 해나 더 네 곁에 둘 생각이더냐?"
"무슨 말씀이신지요?"
"매라는 것이 원래 야생 속에서 살아가는 축생…… 그게 사람 손에서 길이 들고, 주인의 뜻에 따라 꿩이나 토끼를 잡는다. 그러나 그 매도 언제인가 늙어갈 것이 아니더냐?…… 늙어서 눈도 잘 안 보이고 발톱도 약해지고…… 그 때는 무용지물…… 그것을 생각해 보았는지 묻고 있다."
"길들인 매도 5년 안에만 산으로 돌려보내면 저희 무리에 섞여서 살아갈 야성을 찾는다 들었습니다."
최우는 빠르게 김약진의 얼굴에 피어오르는 미소를 보았다.
충헌 역시 김약진 쪽으로 눈을 돌렸다.
"앞으로도 지금처럼 김약진 장군을 네 친 숙부거나 큰 형으로 생각하거라."

저쪽 등성이 쪽이 웅성거리더니 박진재가 타고 있던 말이 건너편 등성이를 차고 오르는 모습이 보였다.
"박장군이 멧돼지나 노루를 본 모양입니다."
잠깐 읍을 해 보인 최우가 건너편 언덕으로 다시 말을 모는 뒷모습을 충헌의 시선이 천천히 뒤따라갔다.
"애비는 젊은 날…… 죽이고, 내치는 일만 해왔으니…… 저놈은 애비가 내치고 버린 사람들을 거두고, 또 나누고…… 그런 성정으로 자랐으면 싶네만……."
"도련님은 생각이 깊으십니다."
저쪽 등성이에서 함성이 들리는 것으로 보아 박진재가 짐승을 쏘아 쓰러뜨린 듯싶었다.
함성과 웃음소리들이 자남산 골짜기를 누비는 동안 맑던 오후의 햇살이 조금씩 기울어지기 시작하고 있었다.
"하산하세. 우리는 그만……."
최충헌이 해가 기울어가는 서쪽 하늘로 고개를 돌렸다.
그 때 박진재가 병졸 둘에게 멧돼지의 발을 묶어 장대에 꿰어 짊어지우고, 말을 달려 충헌 앞으로 가까이 왔다.
중돼지였다.
박진재의 자랑스러워 보이는 얼굴에 땀방울이 번들거렸다.
"말을 달려본 지 너무 오래 되었습니다. 그러니 요사이 허벅지에 살만 붙어서요."
"오래 싸움이 없어도 무사에게는 그것도 고역이지……."
박진재는 최충헌(崔忠獻)의 처가 쪽으로 조카뻘 장수였다.
명종 26년 대정(隊正)으로 있을 때, 충헌이 권력을 잡는 데 결정적인 역할을 했던 인물 중의 하나였다.

"대감께서는 내려가시는 대로 이 멧돼지를 구우셔서 약주 한 잔 하십시오. 저는 모처럼만에 밖에 나왔으니, 허벅다리살도 좀 뺄 겸 두어 마리 더 잡아다가 저희 애들에게도 고기맛을 좀 보게 하렵니다."

"형부시랑이 멧돼지 두어 마리 더 잡아가겠다는데 이 삼한 땅에서 누가 그걸 막나? 아마 여기 산신령도 그걸 가로막지는 못할 듯싶네. 안 그런가?"

충헌이 껄껄거리며 웃음을 날렸다.

"대감님…… 그리고 지금 노비 두 놈만 제게 하사(下賜)하시지요. 몰이꾼이 두엇 더 있어야겠습니다."

"헛허허…… 그러니 결국 이 멧돼지를 내가 비싸게 사게 된 셈일세그려. 안 그런가?"

꿩을 날려주고, 짐승을 쫓아주던 노비 10여 명이 웅크리고 있던 잔솔밭에서 일어섰다. 박진재의 눈이 빠르게 그 노비들을 훑어갔다. 그의 눈길이 큰 봄집의 노비 하나와 그 곁의 노비에게 멈추었다.

최충수에게서 혀가 잘려나간 충국과 효삼(孝三)이었다.

"그럼 저놈 둘을 제가 멧돼지 값으로 받겠습니다."

맑았던 하늘이 석양이 되어가면서 구름이 몰려들며 낮아지고 있었다. 만적과 미조이 등 사냥에 따라나섰던 노비들은 산 위에 충국과 효삼을 남겨둔 채, 말을 탄 병사들을 뒤따라 산을 내려가기 시작했다.

그 날 저녁, 사냥이 있던 날은 자주 그래왔듯 최충헌 대감댁 뒤뜰에서는 고기와 술로 잔치가 벌어졌다. 박진재가 쏘아 잡은 멧돼지 한 마리로야 식구들 모두를 먹이기에 턱도 없었지만 후원에서는 이미 미리 잡아 둔 돼지고기와 국물이 가마솥에서 펄펄 끓고 있었고, 허연 쌀밥과 떡까지 푸짐하게 준비되어 있었다.

그간 최충헌은 일당 백의 무사들 50여 명으로 도방(都房)을 만들어 저택에서 숙식을 같이하면서 그를 호위하게 하고 있었다.

원래 도방(都房)은 경대승이 한때 실권을 잡으면서 궁중 내에 두었던 친위군이었다.

실권자와 생사를 같이 하기로 맹세한 무사들을 모아 잠을 잘 때도 길게 다듬은 목침을 한꺼번에 같이 나란히 베고 잘 만큼 경대승에게 충성을 맹세했던 무리들이어서 그 위세도 대단했지만 경대승의 급격한 병사와 함께 해체되어 버린 제도였다.

최충헌이 신변 안전을 위해 집안에 모아들인 무사들은 관군이 아닌 최충헌 개인의 사병(私兵)이었다. 그러나 그 사병들이 과거 궁궐 내에 있었던 도방(都房)과 비슷한 역할을 하면서 도방이라고 칭하지 않았지만 자연스럽게 도방으로 불리고 있었다.

"우, 네가 김약진 장군께 한 잔 따라 올려라."

서쪽 하늘에 떠 있던 초승달이 구름 낀 산마루에 걸리면서 동쪽 하늘의 별들이 빛을 발하기 시작했다.

만적은 술자리의 소란스러운 소리에서 어린 시절 동경의 김풍 장군 후원을 다시 떠올렸다. 동경의 그 후원에서도 사냥이 끝나면 저녁에 화톳불을 밝히고 병사들이 잔치를 벌였었다.
 한 순배씩 걸쭉한 곡주(穀酒) 한 대접씩이 돌아간 뒤, 만적과 미조이 사이로 어둠 속에서 사내 하나가 조심스럽게 기어들었다.
 생각에 잠겼던 만적의 팔을 사내가 가만히 흔든다.
 "효삼(孝三)이?"
 "바로 가 보아야 할 곳이 있소. 지금……."
 효삼이 헐떡거리는 음성으로 수근거렸다.
 "병풍바위 바로 아래쪽으로."
 효삼이 어둠 속으로 자취를 감춘 뒤 술이 한 잔씩 더 돌아갔다.
 만적은 소변 마려운 듯 고의춤을 붙잡고 모닥불 앞을 빠져나갔고, 뒤이어 미조이 역시 후원의 어둠 속으로 기어들었다.
 "충국이 놈이 죽었소."
 효삼이 손등으로 눈물을 훔치면서 어금니를 으드득 갈면서 중얼거렸다.
 "박진재의 화살에 맞아서……."
 "뭐? 충국이가?"

 해가 기울어갈 때까지 산에 남았던 박진재가 갑자기 말을 세우고 주위를 둘러보았다고 한다. 최충헌이 가솔들을 데리고 산을 내려가고 나서는 그 때까지 이상하게 짐승이 한 마리도 눈에 뜨이지 않았다고 한다.
 말을 멈춘 박진재가 충국이와 효삼을 불러세웠다고 한다.
 "어찌해서 노루 새끼 한 마리도 얼씬하지 않는 거냐? 아무래도 너희 두 놈이 짐승들을 미리 다 도망시킨 게 아니더냐?"

"……."

"멧돼지 새끼, 노루 새끼들이 갑자기 다 어딜 갔느냐고 묻지 않느냐? 썩 대답하지 못하느냐?"

그 때 충국이 똑바로 박진재를 올려다보면서 뭐라고 소리를 냈지만 혀가 잘린 터라 짐승이 울부짖는 듯한 이상한 소리가 되어 나왔다.

"허허허, 이놈 봐라. 사람 말을 해야지, 짐승 소리로 말하면 내가 어찌 알아먹느냐? 여봐라. 지금 이놈이 뭐라고 하는 게냐?"

다시 충국의 입에서 괴상한 소리가 나오자 갑자기 박진재의 손에 들렸던 채찍이 충국을 휘감았다. 그 바람에 몸이 기우뚱하던 충국이 몸에 감긴 채찍 끝을 붙잡아 힘껏 끌어당겨 버렸다. 그러자 이번에는 말 위에 앉았던 박진재의 몸이 휘청거렸다. 그러나 박진재는 수없이 싸움터를 누볐던 무장이었다. 몸을 바로 세우면서 어느 새 차고 있던 장검을 휘둘러 채찍 중간을 잘라 버리자 채찍 끝을 잡고 있던 충국의 커다란 몸뚱이가 땅바닥에 내팽개쳐졌다.

"핫하하하…… 그래, 잘 되었다. 네놈은 지금부터 곰이다. 다른 한 놈은 노루가 되어라…… 자, 내가 서른을 셀 동안 곰하고 노루하고 힘껏 내 곁에서 도망을 가거라……. 내 화살을 피하는 날쌘 멧돼지는 살아남아 멧돼지 굴로 돌아가고, 화살을 맞으면 간을 꺼내 내 술 안주를 할 것이다……. 자, 어서 뛰어 도망을 가라……, 하나…… 둘…… 셋…… 넷……."

엉겁결에 둘은 곰과 노루가 되어 나무 사이를 헤치며 갈 지(之)자로 내달아 뛰기 시작했다. 두 사람이 작은 시냇물을 건넌 것이 제 자리에서 서른을 세고 난 박진재가 말 배를 걷어찬 것과 거의 동시였을 것이라 했다. 개울을 건너 어두워지는 숲 그림자 사이를 둘은 뛰며 구르며 달렸다고 한다. 뒤이어 그들 어깨 사이로 귓등으로 씽씽거리며 화살이 연속하여 날아들기 시작했다.

"사냥꾼에게야 토끼보다야 노루가 낫고, 노루보다는 멧돼지가 더 나은 것 아니냐?"

"……"

"그 다음에는 호랑이를 쫓고, 그 다음이 두발 짐승을 쫓는 게 아니더냐?"

박진재의 목소리를 바람 소리에 섞어 들으면서 둘은 죽을 힘을 다해 나무가 많은 지형 쪽으로 뛰어 달렸고, 조금 앞서 달리던 충국이 갑자기 몸을 돌려 돌멩이 한 개를 집어 박진재를 향해 던졌다고 한다. 말이 돌멩이에 맞았던지 잠깐 멈칫했다.

그러나 곧 다시 화살이 날아들었고, 등성이 하나를 넘어 달리던 그들이 절벽을 만나 방향을 바꾸려던 순간 화살 한 대가 충국의 등을 꿰뚫었다는 것이다. 쓰러지는 충국 쪽으로 몸을 돌리려던 효삼 역시 날아온 화살이 오른팔에 박히면서 발이 허방을 딛으면서 절벽 아래로 굴러 떨어졌다고 했다.

"핫하하하……, 멧돼지는 제 창자가 터지면 창자를 이빨로 끊고 도망을 치는 법이다."

어두워지는 골짜기에 서늘하게 울려 퍼지는 박진재의 웃음소리를 들으면서 효삼은 굴러 떨어진 잔디밭 곁, 바위 틈 사이의 어둠에 몸을 추스르며 숨을 참았다고 했다.
 효삼의 오른쪽 팔목에 검붉게 피가 엉켜 붙어 있었다.
 "그놈이 끝내 사람 사냥을 해?"
 순간 만적은 귓속을 왕왕대는 바람 소리를 들었다.
 만적이 갑자기 부드득 이를 갈면서 짐승처럼 포효했다.
 "내 그놈을 죽일 것이다……. 멱을 따고, 간을 꺼내 충국이 시체 앞에 바칠 것이다. 사람을 개, 돼지보다 못하게 여기는 그놈들. 창자를 꺼내 내 갈가리 찢어 까마귀들에게 던져줄 것이다."
 평소 조용하던 만적의 분노에 이글거리는 눈빛에 미조이와 효삼도 섬찍해져 몸을 떨었다.
 "그깟 열 명이고, 스무 명이고 내 손으로 요절을 낼 것이다."
 핏발 선 만적의 눈이 두 사람을 똑바로 향했다.
 나라 안이 비교적 조용해진 요즈음 장수들 중에서 싸움터에서 포로로 잡아와 종이 된 자들을 산으로 데려가 짐승 대신 사냥을 하는 일이 있다는 소문을 들은 적은 있었다. 그러나 혀까지 잘려 나간 충국이 사냥감이 되리라는 상상은 해 보지 않았었다.

 미조이와 효삼이 병풍바위 밑, 굵은 마사(磨砂)흙을 단검과 나뭇가지로 후벼파고 있었다. 구덩이에 충국의 커다란 시신이 눕혀지는 동안에도 만적은 푸들푸들 떨면서 손 끝 하나 움직일 수가 없었다.
 "내가 죽인 거여. 내가 충국이를 죽인 셈이여, 내가……."

충국의 시신 앞에 엎어져 낮게 울음을 터뜨린 만적의 넓은 어깨가 심하게 흔들거렸다.

"노비야 꿩 한 마리, 토끼 한 마리보다 못하지······."

손등으로 굵은 눈물을 훔치던 만적이 품 속에 간직해 두었던 누런 황지 한 장을 꺼내 충국의 가슴 위에 올려놓았다. 미조이의 시선이 화들짝 놀라면서 그 황지에 닿았다. 별빛 아래서도 그 누런 황지 위에 쓰인 글자 한자, 'ㅜ'자가 선명하게 드러났다. 그 때 조심스럽게 미조이도 품 속에서 누런 황지 한 장을 꺼내 두 사람 앞에 놓았다. 황지 위에 'ㅜ'자가 드러나 보였다.

"네놈, 네놈이 누구더냐?"

미조이가 꺼내든 황지를 본 순간, 만적이 갑자기 미조이의 멱살을 움켜잡았다. 너무 갑자기 일어난 사태라 미조이는 벌렁 넘어져 목이 졸린 채 두 팔만 휘저었고, 효삼이 만적의 어깨를 뒤쪽에서 안아 간신히 앞뒤로 흔들었다.

"거짓 대답하면 내가 지금 네놈 숨통을 끊어 억울한 충국이 제삿상 제물(祭物)로 놓을 것이다······."

"이러다 죄 없는 사람 죽겠소."

효삼이 만적의 어깨를 마구 흔들었다.

"때가 되면 노비들 세상을 만들자고······."

두 팔을 허우적대는 미조이가 헉헉거리며 간신히 말을 이었다.

"삼한 땅 노비치고······, 망이 이름 모르는 놈은 없을 것이오."

만적과 효삼의 시선이 맞부딪쳤다.

"비밀을 발설하고 배신하는 자, 동지들이 끝까지 찾아내 먹을

매 사냥

따기로 한 결사단이 최대감댁 안에만 해도 열 명은 되오…….”
“…….”
“개경 바닥을 다 뒤지면 이 황지를 가진 놈들이 이제 100명은 넘을 것이오.”
만적과 효삼의 눈이 잠깐 다시 부딪쳤다가 한꺼번에 미조이의 얼굴로 향했다.
잠시의 침묵 속에 별빛을 받은 여섯 개의 눈이 훨훨 푸른 불꽃을 내며 타오르기 시작했다. 충국의 억울한 죽음이 그 동안 서로 감추어 두었던 비밀을 털어놓는 계기가 될 줄은 몰랐다. 그 날 밤으로 당장 박진재를 찾아가 요절을 내겠다던 만적 역시 망이의 이름이 나오면서 천천히 안으로 분을 삭여갔다.
'…… 혼자로는 힘이 안 되어…… 빗방울이 모여서 시냇물이 되고…… 시냇물이 강이 되고, 소용돌이가 되고…….'
망이가 중얼거리던 말들이 멀리서 들려오고 있었던 것이다.
“목 졸려 죽는 줄 알았소. 처음 볼 때부터 예삿사람이 아닌 것은 짐작을 했지만도…….”
“망이 형님이 그토록 치켜올린 만적 형님이 바로 여기 계셔.”
효삼이 미조이의 어깨를 끌어안았다.
“충국이는 제 맘대로 훨훨 날아다닐 거여. 혼백이 예성강에도 가고, 흥국사에도 가고…….”
만적은 그 날 밤, 미조이를 통해 망이가 얼마 전부터 개경을 드나들고 있다는 소식도 들었다. 몇몇 세도가들 집에 뱀을 잡아다 주고 있다고 했다. 보양식으로 뱀을 달여 먹는 사람들도 있지만,

어떤 세도가들은 여름철 대나무 침상 아래, 무더기로 뱀을 넣어 그 냉기(冷氣)로 피서를 하는데, 망이가 박진재의 집에도 수백 마리 뱀을 가져다 주었다는 것이다. 그 뱀에게 먹일 살아 있는 개구리를 잡으러 나온 그 집 노비에게서 들은 이야기라고 했다.

그러나 망이가 하는 일은 뱀 장수를 가장해 세도가들 집안의 사병(私兵)들 숫자와 집안 무기고(武器庫) 상태를 소상하게 알아내는 것이라 했다.

"인주(人住)라고 들어보았는지 모르겠소⋯⋯. 박진재가 저희 집, 옆 민가를 두 채나 헐어내고 새로 사랑채를 짓는데⋯⋯ 그 사랑채 기둥 밑에다 열두 살, 사내아이들을 하나씩 묻었다는 소문이 있었는데⋯⋯ 그 집 노비들 입에서 나온 말이니 아니 땐 굴뚝에 연기날 것 같지는 않고⋯⋯."

만적이 다시 부드득 이를 갈았다.

최충수를 제거하는 데 공을 세운 박진재는 대장군에 오른 뒤부터는 점점 안하무인이 되어 악행들을 멋대로 저지르는 대표적인 세도가로 소문이 나 있기는 했다.

"사람 사냥하는 놈이 무얼 못하겠나? 다른 놈은 몰라도 내, 그 놈은 내가 직접 멱을 딸 거여⋯⋯. 내, 충국이 앞에 맹세코 그놈 간을 꺼내 바칠 거여."

셋은 잠시 별빛을 받아 파랗게 불을 뿜는 눈들을 마주 보았다.

"억울한 혼령들이 많아. 그 혼령들이 우릴 도울 거여."

세 사람은 한꺼번에 하늘을 본다. 별들, 무수히 많은 밤하늘의 빛들, 그들의 눈으로 별이 들어온다.

눈 속으로 선명하게 기어든 별들은 그들의 가슴을 밝히고, 죽어간 혼령들을 밝히고, 삼한 땅 모두를 밝히고…….

"어차피 피차 만날 사람들이었어."

세 사람은 한참 동안 서로 눈빛의 불꽃을 확인하고 나서, 충국의 시신 위에 흙을 덮었다. 평장(平葬)의 작은 무덤이 만들어졌을 때, 셋은 동시에 꿇어앉아 재배(再拜)를 올렸다.

"앞으로 중요한 일을 상의할 때는 이 자리에서 해야겠어. 충국이도 우리 이야기를 들어야 되고……."

부엉이가 운다. 부우엉, 부우엉.

만적은 자신이 늘 지니고 다니던 단검을 꺼내 제 왼쪽 팔등을 주욱 긁었다. 어둠 속에서 솟아오른 핏빛이 검게 보인다.

그 단검을 미조이에게 내민다. 미조이도 제 팔등의 같은 자리를 긁는다. 효삼에게 그 칼이 넘어간다. 효삼의 팔등에서도 피가 흐른다.

"왕후장상의 피도 다 똑같이 붉은 색이여. 왕후장상이고, 종놈이고, 피 색깔이 다른 게 아녀. 종자가 따로 있는 것이 아녀."

피 흐르는 만적의 팔등에 미조이가 앞서 입을 대었다. 효삼 역시 만적의 팔등에서 흐르는 피에 입을 댄다. 세 사람이 차례로 돌아가며 서로의 피로 입술을 적셨다.

"이제 우리 형제들은 노비가 아녀."

그 날부터 노비들 사이에서는 그간 숨을 죽이며 모의해 왔던 저항의 거사 계획이 구체성을 띠어갔다. 실제 오래 전부터 노비들 사이에서는 꺼지지 않고 군데군데에서 그 저항의 불씨가 타고 있었다.

충청도 공주 땅의 들불처럼 타올랐던 망이의 모반 이외에도 경상도와 전라도에서도 크고 작은 노비들의 반역사건이 있었고, 개경에서 상장군 길인(吉仁)이 최충헌의 집권에 대한 불만으로 일으켰던 모반(謀叛) 때에도 상당수 노비들이 이에 참여했던 터였다.

술사(術士)들의 의견을 쫓아 정부에서는 이의민이 집권하면서 새로 쌓아 길을 낸 낙타교(駱駝橋)에서 저교(猪橋)까지의 제방을 허물기까지 하였다. 제방 가에 버드나무를 심고 새로 만든 이 길로 하여 이의민이 신도재상(新道宰相)으로 불렸던 탓에 노비 출신 재상이 만든 제방을 허물어 노비들의 준동을 막고자 하는 뜻이 있었을 것이다.

산만하게 모의되고 있던 모반 계획은 만적이 끼어들면서 구체화되어 갔다. 한 날 한 시, 관노(官奴)들은 몸담고 있는 조정의 청사 내에서 권신들을 죽이고, 사노(私奴)들은 개경 성내에서 먼저 최충헌 등 자기 집 상전을 죽인 후, 노비 문서를 불태워 버리고 자기네들이 집권을 하자는 것이었다.

고려시대의 불교는 왕실과 귀족 뿐 아니라 일반 서민까지 전 사회계층에 깊이 뿌리내리고 있어서 국가나 개인의 행복과 번영을 기원하는 불교행사가 자주 열렸다. 그 중에서 국가 주재로서 가장 성대하게 열리는 행사가 팔관회(八關會)였다.

팔관회는 물론 낙성(落成)과 사탑(寺塔) 건립 등을 경축하는 불교 행사에도 빠지지 않는 것이 연등(燃燈). 등을 달아 불을 켜 놓음으로써 번뇌와 무지로 가득한 사바(娑婆)세계를 밝게 비춰주는 부처의 공덕을 기리는 뜻이 있어 큰 행사 때의 개경 큰 거리는 밤에도 낮처럼 환하게 불이 밝혀졌다. 이 연등 행사가 벌어지는 동안 노비들의 거사 계획은 빠르게 진행되어 갔다.

사람들이 연등놀이에 얼만큼 정신을 쏟고 있을 때, 그간 은밀히 진행되어 오던 계획들은 구체적으로 확정되어 갔던 것이다.

사방에 등불이 밝혀진 밤이면 그간 별 왕래가 없던 길거리에도 사람들의 왕래가 많아져서 노비들의 연락도 쉬워졌던 것이다.

우선 세도가의 집에 있는 사노(私奴)들은 자남산 기슭, 최충헌 대감의 안집 용마루에 횃불이 오르는 것을 신호 삼아 집안의 무기고를 열어 자기 집 주인과 사병들을 처치하고 집안에 있는 노비 문적(文籍)을 태우고, 관공서에 매어 있는 관비들 역시 같은 시간 관공서를 장악한다는 계획이었다.

홍국사는 대궐과 제일 가까운 관계로 대궐 뜰에서 홍국사의 문에 이르는 길은 5일간이나 밤에 불을 밝혀 전에 없는 장관을 이루었다.

살생하지 말고, 도둑질하지 말며, 간음하지 말고, 헛된 말 하지 말며, 음주하지 말라는 불교의 오대계(五大戒)에, 사치하지 말고, 높은 곳에 앉지 말며, 오후에는 금식해야 한다는 세 가지를 덧붙인 이 여덟 가지 계율을 하루 낮, 하룻밤에 한하여 엄격히 지키게 하는 것으로써 불교의 입문 상징으로 삼는 것이 팔관회의 본래의 뜻이었다.

  그러나 실제 팔관회 의식이 이루어지는 곳은 사방에 향등(香燈)을 달고, 2개의 채붕(綵棚)을 세워 장엄하게 장식, 백희가무(百戲歌舞)가 행해지는 잔치의 성격이 더 강했다.

  궁궐에서는 왕이 의봉루(儀鳳樓)에 나와 앉아 군신의 축하인사와 헌수(獻壽), 그리고 지방관의 축하 표문을 받았으며, 군왕만세와 천하태평을 위한 기원으로 가악(歌樂)이 이루어졌다.

  이처럼 팔관회 때에는 대회가 열리는 밤에 궁중의 넓은 광장 중앙에 커다란 등을 밝히고, 사방에 작은 등을 매달아 궁궐 안을 환하게 밝히고, 술과 다과를 베풀어 음악과 춤이 진행되는 가운데 왕과 신하들이 함께 즐겨서 부처와 천지신명을 즐겁게 하여 나라와 왕실의 편안함과 태평을 빌었다.

  이 기간에는 절이나 고관들 저택만이 아니라 일반 백성들도 집 앞에 등을 내걸고 나그네들에게도 음식을 대접하는 일이 예사여서 거리에는 왕래가 넘쳐나고 지방에서도 개경을 찾아오는 사람들의 수효가 많았다.

  팔관회가 열리면서 밤에도 등불들로 휘황하게 밝아진 개경 시내와 절간에는 남녀노소의 인파가 넘쳐났다.

  사람들의 왕래로 수선스러워진 골목길에서 망이가 만적의 소매를 끌어당겼던 것이다.

  "내가 누구여? 못 만나고 있어도 그간 형제들이 무얼 하는지 손바닥에 훤히 올려놓고 보고 있었구먼그랴……. 나야 내내 구렁이 팔았지……. 내가 잡아다 준 구렁이들 좆 달여먹고, 여름 밤에 평상 밑에 넣어 놓을라고 구렁이 산 놈들이 한둘이 아녀. 우리가 한번 일어서면 지옥행으로 갈 중생들……. 얼마 안 남은 이승에서 마지막 극락 맛 보라고 머잖어 죽을 놈들한테 골고루 멕였구먼……. 아, 그래야 지옥에 가서도 첩년에, 계집종에 이승 살이 좋았던 것, 덜 억울해 할 거 아녀?"

한때 충청 일대를 손 안에 넣어보았던 망이는 만적과 다르게 개경 세도가들 집을 드나들면서 노비들을 착실하게 결속해 놓고 있었던 것이다.

망이가 내놓고 얼굴을 내밀자, 그들 사이의 거사 계획은 속도가 붙고 탄력이 생겼다. 망이를 만난 저녁, 새로 형제의 연을 맺을 동지가 있다는 미조이의 전갈로 만적은 망이와 자남산 자락, 충국의 무덤 앞으로 올라갔다.

반달이 떠 있었다.

그들이 병풍바위 아래 도착했을 때는 한 사내가 꿇어앉아 있고, 그 앞에 미조이가 그들을 기다리고 있었다.

"이 사람인가?"

"형제처럼 지내온 순정(順貞)이구먼. 율학박사 한충유 집 노비로 있는 자인데……."

미조이가 제 단검을 꺼내 꿇어앉아 있는 사내의 입안에 집어넣고 있었다.

큰 일을 꾸미거나, 산 속 생활의 의를 맺을 때 행하던 맹세의 격식을 미조이의 의견에 따라 그간 새 형제들에게 행하고 있었다.

"칼끝을 위아래 이빨로 힘껏 물라."

"……"

"칼끝을 물었으니 하나밖에 없는 목숨, 잘 생각하고 대답해라……. 형제의 연으로 노비 없는 세상 만드는 데 한 목숨 버릴 수 있겠는지 대답해라."

이빨로 칼끝을 물고 있는 사내가 고개를 깊이 끄덕였다.

"네 몸이 잡혀 찢겨 죽어도 비밀을 지킬 것이 확실하더냐?"

사내가 다시 고개를 주억거렸다.

"두 가지 대답을 했다마는 우리 사이, 동지의 처첩이나 재물을 혼자 차지하고자 하는 때에는 동지들의 손에 죽임을 당해도 좋겠느냐?"

"……"

"칼끝 야무지게 물고 하늘을 보아라."

"……"

"이번에는 땅을 보아라."

"……"

"마지막으로……, 형제들의 얼굴을 둘러보고 네가 잘못이 있으면 형제들에게 죽임을 당해도 좋은지 대답해라."

사내가 다시 깊이 머리를 끄덕였다.

"하늘, 땅, 형제 앞에 맹세했으니 형제가 되었다. 입에 문 칼로 네 피를 나누어 주라."

순정(順貞)이 제 팔뚝에 상처를 내어 피 흐르는 팔뚝을 망이와 만적과 미조이, 효삼 앞에 차례로 내밀었다. 돌아가면서 순정의 팔에서 흐르는 피에 나머지 사람들이 입술을 적셨다. 만적과 미조이, 효삼의 팔뚝에서도 피가 흘렀고, 순정이 세 사람의 흐르는 피에 입을 대었다. 그간 이렇게 형제의 연을 맺은 사람이 순정까지 스물로 늘어나 있었다.
"능구렁이, 칠점사, 살무사도 끓여 멕여야 되는디……. 그건 훗날 편한 세상 온 뒤로 밀어두어야겠구먼……, 알겠지?"
망이의 손이 순정의 어깨를 툭 쳤다.
커 보이지 않던 손이 어깨에 닿으면서 쇠뭉치 같은 손 힘에 순정은 흠칠 한 걸음 물러섰다.

丁자(字) 표시 깃발들이 펄럭이는 큰길 한가운데 서 있는 금빛으로 치장한 마차에 만적은 분이의 손목을 쥐고 올라간다.
와와, 환성이 인다. 무수한 소리들. 별빛은 소리가 되어 천둥처럼 우람하게 세상을 채운다. 장군이 되시오. 아니오. 대감이 되시오. 소리들은 수백 수천이 되어 웅웅거린다. 분이가 얼굴 가득 미소를 보이면서 만적을 향한다. 분이의 얼굴이 변해서 매영의 얼굴이 된다…… 아니오, 내가 낳은 자식, 내 손으로 잡은 사냥감, 내 손으로 가꾼 곡식을 먹일 것이오. 이제 심부름할 종은 이 나라에 따로 없소……. 아니오. 저 대감 놈들과 군졸들을 모두 노비로 만들어 코끝을 꿰어 끌고 다녀야 하오. 움막 속에다 개, 돼지하고 같이 살게 해야 하오. 박진재 놈은 골짜기를 뛰게 해서 화살로 쏘아 노루처럼 구워 술안주를 해야 하오. 모든 양반들은 우리가 지나가면 이마를 땅바닥에 대게 하고…….
군중의 환호성은 더욱 높아진다.

……그래야 되오. 그래야 되오……, 그래서는 이 땅에 또 새로운 난(亂)이 일어나게 되오. 앞으로는 이 땅에 다시 노비가 있어서는 안 되오.

만적은 마차를 내려 군중들 속을 걸어간다. 사람들이 길을 비킨다. 우리는 종자가 따로 없고, 핏빛이 푸른 사람이 따로 없다는 걸 알았소. 그것으로 되었소.

별빛은 어느 새 다시 그들의 눈 속에 들어와 부풀어져서 세상을 가득 채웠다가 서서히 다시 그들의 가슴에 모여 차곡차곡 쌓인다.

"우린 죽어도 같이 죽고, 살아도 다같이 사는 거여. 이제."

마지막 거사 계획을 점검하려던 흥국사의 모임에 대표들이 다 모이지 못해서 날짜를 다시 정해 이번에는 보제사에 모여서 마지막 계획을 확인하기로 하였다.

그들 노비들의 결속이 빠르게 진행되고 있는 어느 날, 인파 속에 매영이 섞여 있는 것을 만적은 짐작하지 못했다.

대문에서 두 줄로 큰길까지 등불을 매달아 놓고 사흘째, 저녁이면 나그네들에게 음식을 나누어 주던 최충헌 상장군댁 후원으로 매영이 만적을 찾아들었던 것이다.

소예를 따라 생전 처음 개경까지 오게 되었다고 했다. 만적은 매영을 보는 순간 한동안 움직이지를 못했다.

그러나 곧 그녀의 손을 끌고 자남산 자락 병풍바위 아래까지 단숨에 내달아 올라갔다. 귓속으로 웅웅거리며 태백산에서 들었던 산 울음 소리가 거리의 인파들이 내는 소란 속에서도 확실하게 들려왔고, 몸 속의 피들이 한꺼번에 아우성을 쳐 대었다. 흐릿한 달빛 아래서 잠시 매영의 얼굴을 들여다본 만적은 서둘러 제 몸으로 매영의 온몸을 싸안았다.
"우리 둘, 애기를 만들어야겠어."
만적이 중얼거렸다.
"우리들 씨가 이 삼한 땅에 넘쳐 남아야 되어."
만적의 말소리가 둥둥 떠 있었다. 산 아래 거리 사방에서 불꽃 튀기는 소리, 웃음소리들이 솔바람 소리에 섞여 들려오다가 그 외부의 소리들이 한순간 까마득히 멀어지고 있었다.
"머잖아 곧 제 새끼, 제 여편네는 제가 벌어 먹일 세상이 올 거여. 제 손으로 잡은 짐승, 제 손으로 지은 곡식, 제 여편네, 제 자식 먹일 그런 세상이 될 거여."
만적의 두 손이 매영의 어깨를 감싸쥐었다. 두 손에 너무 힘이 들어가서 매영의 몸이 중심을 잃고 한쪽으로 쏠리며 잡초 위로 무너져 내렸다.
무너져 내린 매영의 적삼을 풀어 헤쳐 맨살에 얼굴을 묻으면서 만적이 서둘러 제 고의춤을 끌러 내렸다. 매영이 땀 흐르는 만적의 얼굴을 가만히 밀어내어 만적의 얼굴을 조금 쓸쓸하게 올려다본다.
"만적이 마음 속에는 분이가 살고 있는 걸 알아."
나뭇가지 사이로 흘러드는 별빛 속에서 매영은 만적의 얼굴을 처음인 것처럼 찬찬히 바라보다가 이마의 두드러진 흉터를 가만히 손끝으로 쓸어본다.

"소예 언니도, 나도…… 그래 우리네 여자들은……."

"분이는 죽었어."

"죽어서도 살아 있는 사람도 있고……, 살아 있어도 죽은 것이나 마찬가지 사람도 있어."

"시방은 우리 둘이 살아 있는 거여. 사내와 계집으로……."

매영의 손끝이 다시 만적의 이마에 난 흉터를 쓸었다. 만적은 목구멍을 밀어 오르는 뜨거운 덩어리를 삼키고 여자의 손을 쥔다. 매영이 갑자기 어깨를 떨며 두 손으로 얼굴을 감싼다. 처음이 아닌데도 이상하게 부끄럽다.

"왕후장상의 씨가 따로 있는 게 아녀. 최충헌 대감도 군졸이었지. 군졸이 대감이 됐어."

만적의 이마에 파인 화인(火印)을 쓰다듬으며 매영은 태백산맥 계곡의 바람 소리를 듣는다..

"꿈을 꿨어. 나도 만적이 꾸었다는 꿈하고 같은 꿈을…… 마차 타고 가는 꿈……. 강물이 퍼런데 사람들이 강가에 모여 마차 탄 우리를 구경하는 꿈을……."

"그렇게 될 거여."

만적은 매영의 허리를 품에 감아 죄어본다.

매영은 자기가 앞서 치마를 걷어올린다. 허벅지 위를 별빛이 핥는다. 천천히 푸른빛으로 별빛이 휘감기는 흰 다리가 꿈틀댄다. 흰 다리가 별빛을 받아 뱀이 된다.

"밭이 좋아 씨가 잘 자랄 거여."

여자의 손이 파르르 떨며 지푸라기를 움켜쥔다. 지푸라기가 부스러진다.

"혹시 백에 하나라도 일이 잘못되어 다시 못 만나도 독하게 맘먹고, 이 삼한 땅 천민의 종자가 없어지는 걸 지켜봐야 해."

만적이 몸을 털고 일어섰다. 그리고 깊이 숨을 들이쉬고, 여자의 눈을 들여다본다.

흥국사(興國寺) 모임이 무산된 후, 보제사로 장소를 바꾸기로 한 후 거사 전 마지막 모임이었다. 만적이 자남산 자락을 치달아 올라오자 바위 밑에 모여 있던 십여 명이 일어선다. 자주 보는 얼굴들, 미조이, 효삼, 복삼, 소삼······. 순정의 모습이 아직 보이지 않는다. 만적의 눈이 거기 평장(平葬)으로 묻혀 있는 충국의 무덤 쪽으로 잠깐 옮겨간다.

"궁내 환관(宦官)들과 궁노(宮奴)들이 뜻을 같이 하기로 약조가 확실히 되었네."

"순정이만 오고 나면 무오일까지 모두 자중해야 할 것이네."

푸드득, 산꿩이 무엇에 쫓기는 듯 밤하늘을 날아오른다. 그들은 흠칫 놀라 너무 적막한 밤 숲을 본다. 교교하다. 가슴이 답답해진다.

"무오일(戊午日) 밤, 경거망동을 해서는 안 되는 것. 꼭 내가 지붕에 올라 횃불을 올릴 때까지 기다려서 한꺼번에 사방에서 일어나야 하네."

만적의 가슴이 가득히 별빛으로 찬다. 만적은 가슴에 품고 있던 丁자가 써진 황지 한 장을 꺼내 본다. 다른 사람도 따라서 품속에서 황지를 꺼내 든다. 하나, 둘, 셋, 넷…… 열여덟…….

  만적은 문득 죽어가던 어머니가 그 때 무슨 말인가, 마지막 했었다고 생각된다. 어머니의 움직이던 입술에서 새어 나온 말을 짐작한다.

  그 때 최충헌 장군댁 후원을 빠져나온 그림자 하나가 어둠 속의 산비탈을 향해 뛰어온다. 갑자기 누군가의 발끝에 걸리면서 여자 한 사람이 발 밑에 나뒹군다. 거친 손 하나가 여자의 머리채를 뒤로 잡아젖힌다. 그녀가 쓰러진다. 키들키들, 조심해서 작은 웃음소리가 어둠 속에 번져간다.

  핫하하하.
  핫하하하.
  갑자기 쩌렁한 웃음소리가 밤을 찢는다 싶더니 횃불이 한 개, 두 개, 산등성이를 밝힌다.
  "핫하하, 핫하하하. 못난놈들."
  쇳소리 같은 웃음소리가 쩌렁하게 신골을 흔들면서 횃불이 바위를 빙 둘러 감싸고, 이어서 갑옷을 입은 김약진이 말에서 뛰어내려 만적 앞에 버티고 섰다.
  "감히 어디서 그런 어리석고 무엄한 생각을……, 어리석은 놈들……. 우리에게 눈도 귀도 없다더냐?"
  "저놈이 감히 어디라고, 허리를 굽히지 못할까?"

뒤에서 들리는 큰 목소리에 만적은 어둠 속에서 갑자기 솟아난 사람들을 본다. 그의 눈이 김약진 장군을 똑바로 마주 본다.

"그래 너희들이 모두 왕후장상이 되고…… 만적, 네놈이 장군쯤 되고…… 이놈아, 박진재 같은 자도 역모가 드러나 주륙을 당하는데……. 핫하하……."

"이제 우리는 노비가 아니여."

외마디 포효와 함께 만적의 몸이 그 자리에서 두어 길을 치솟아 공중에서 회오리를 일으켰다. 포위하고 있던 병사들이 잠시 한 걸음 뒤로 물러서며 주춤했다.

"이 땅에 이제 노비는 없어."

피를 토하듯 만적의 절규가 자남산 골짜기를 또 한번 흔들고 나서 공중에 떠 있던 만적의 몸이 포위망 안으로 다시 내려왔다.

"여봐라! 뭣들 하느냐? 이놈들을 묶지 않고."

김약진이 자기 말에 오르며 또 한번 쩌렁쩌렁한 목소리로 소리쳤다.

"우리는 인제 노비가 아녀."

대장군이 된 박진재가 세력이 커지면서 찾아오는 인재들이 넘쳐나자, 최충헌을 몰아내려던 모의가 발각되어 다리 힘줄을 잘린 채 백령도로 귀양을 간 것이 바로 하루 전 일이었다.

"순정이는 80냥 상금에 양민이 되었다."

허공에서 무수히 펄럭거리던 황지 조각들이 이제는 한 장도 보이지를 않는다. 밤하늘은 별빛으로 가득할 뿐, 그토록 가슴으로 쏟아져 내리던 별빛이 이제 꼼짝도 하지 않는다.

어렸을 땐 별똥이 떨어질 때 소원을 빌었소, 어매가 죽기 전에는. 어매는 별똥이 떨어질 때 소원을 빌면 하늘이 그것을 듣는다고 했소. 어매가 죽고 나서는 헛일인지 알았지만…….

"죽기 전 소원이 지금은 뭐냐?"

"황지 한 장이 갖고 싶소. 丁자가 크게 써진 놈으로 깃대를 만들어 등에다 꽂고 싶소."

회오리바람이 불씨가 꺼져가는 잿가루를 공중으로 날려 올린다. 참나무 몸통 뒤에서 매영의 눈길도 흩날려 공중으로 올라가는 잿가루를 본다.

파수병이 나무에 묶여 있는 만적 앞을 잠시 떠나자, 매영이 타다 남은 황지 한 조각을 주워 재빨리 만적의 품에 넣어준다.

"지아비가 죽으면 지어미도 따라 죽는다 들었소."

"살아서 해야 할 일이 많으면 죽질 못하는 거여."

"모반에 가담한 박진재 무리들이 잘린 머리통들은 소금에 절여 저잣거리에 늘어 놓아라."

"모의에 가담한 공사 노비들이 지금까지 조사로 백여 명입니다. 장군님."

부관 김약진이 최충헌의 표정을 살폈다.

"노비들은…… 주모자들 이외에는 방면하라. 그대로."

"……"

"주모자들은……."

충헌은 힐끗 하늘을 보았다. 금방이라도 비가 쏟아질 듯 무겁고 음산한 하늘이었다.

"주모자들……, 족쇄 채운 놈들은 예성강에 수장한다. 바로 지금 시행하라."

"수장입니까? 장군님."

"바윗돌을 묶어 수장하라. 지금 바로."

충헌은 싸늘하게 말했다. 그러고는 곧바로 뜰로 내려섰다. 습한 봄 안개가 후원의 나무 사이를 축축하게 적시고 있었다.

"활을 가져오라."

빗방울이 떨어지기 시작했다. 구름장이 워낙 낮더니 봄비 같지 않게 굵은 빗방울이 후드득대며 나뭇잎들을 금방 시끄럽게 두드려댔다.

"옷이 젖으십니다. 장군님."

김약진이 손을 맞잡으며 눈치를 살폈으나 충헌은 대꾸 없이 활을 받아 시위를 매기었다. 점점 굵어지는 빗줄기와 컴컴하게 내려앉은 하늘을 향해 화살이 날아올랐다.

한 대.

또 한 대.

화살은 빗줄기와 흐린 하늘 때문에 어디까지 날아올라가는지 보이질 않았다.

"이런 날씨에 화살을 날리면 하늘 끝까지 꿰뚫어 올라간다. 보아라."

쏟아지는 빗줄기 속에서 충헌의 표정은 깎아 놓은 목상처럼 딱딱하게 굳어 있었다. 그는 계속해서 하늘에 구멍이라도 뚫어 버릴 듯이 계속해서 하늘을 향해 화살을 쏘아올렸다.
"나도 곧 강으로 나갈 것이다."
빗줄기가 점점 굵어져 아무것도 보이지 않는데도 충헌은 마지막 화살을 신중하게 매겨 힘을 다해 활시위를 당기고 있었다.

"맨 앞이 만적이여."
거리는 조용하다. 구경꾼들은 숨을 죽이고 죄인들을 호송하는 병사들의 창검이 빛나는 것을 본다. 그리고 행렬이 지났을 때 묵묵히 그 뒤를 따른다. 매영도 사람들 속에 섞여 행렬을 따른다. 그러면서 중얼거린다.
"나도 죽을 거여. 죽고 싶어."
빗발이 돋기 시작한다. 하늘이 더욱 어두워지고 죄수들의 행렬은 드디어 언덕을 내려간다. 군중들은 언덕에 선다. 매영도 언덕에 선다. 빗살이 굵어진다. 사람들이 한둘 흩어져 오던 길을 되돌아간다. 매영은 꼼짝 않고 사람들 사이에서 만적의 모습을 찾아낸다. 빗물에 젖어 만적은 잠시 하늘을 우러러보는 것 같다.

> 萬積, 味助伊 등은 무엄하게도 자기가 몸담고
> 있는 주인들에게 감히 역모를 꾸민
> 大逆을 범했기로 이에 주모자 四十人을
> 오늘 水葬에 처하기로 하노라.

장군 김약진의 쩌렁쩌렁한 음성이 들리고 병사들은 거기 강가에 준비되었던 바윗돌들을 죄수들의 등에 달아맨다.

김약진은 넘실거리는 강물을 천천히 바라본다. 비가 내린다. 비가 강물을 때린다. 이젠 안 된다. 이젠 질서가 다시 파괴되어서는 안 된다. 그는 부르르 턱을 떤다.

등에 짊어진 바위의 무게로 만적은 몸을 못 가누고 모래뻘에 처박힌다. 만적은 애써 고개를 들어 하늘을 본다. 빗방울이 빈번해진다.

어디선가 들리는 소리. 계속 울려나오는 소리. 노비는 죽고 싶다. 죽는 것으로 해방되고 싶어한다. 얼굴에 번져가는 빗물.

만적은 빙긋이 한번 웃었다.

"시킨 자가 있었느냐?"

꼭 두 번째 만적에게 던졌던 김약진의 질문을 만적은 지그시 김약진의 얼굴에 시선을 주는 것으로 대신했었다. 김약진은 다시 한번 물었고, 그 연민의 눈빛 속에서 만적의 눈과 얼굴과 그 '丁'자 표시의 무수한 깃발의 펄럭임을 보았다.

"이 땅에 천민이 없어지지 않는 한 이 싸움은 계속됩니다. 세월이 지나도 우리 같은 천민이 하나만 남아도 이 싸움은 그칠 수가 없습니다."

김약진이 고개를 들어 빗줄기 속에 부옇게 흐려 보이는 백마 위의 최충헌의 모습을 찾는다.

"최충헌 장군이 일으킨 혁명과 네놈들의 반란 음모는 질이 달라……"

약진의 턱수염이 부르르 떨린다.

등뒤에 다듬잇돌 하나씩이 묶인 채 죄수들은 흔들리고 있는 나룻배로 옮겨 실렸다.

우르르릉 꽝꽝.

돌을 등에 지워 묶인 채 나룻배 바닥에 쓰러져 버린 노비들의 몸은 미동도 하지 않았다.

여름날 소낙비 같은 빗줄기가 그칠 성싶지 않게 점점 거세어지면서 하늘과 땅 사이가 빗물로 꽉 차버린 듯했다. 그 빗속을 부관들과 멀찌감치 거리를 두고 백마 한 필이 강이 내려다보이는 언덕 위를 치달아오르고 있었다.

말을 멈춘 언덕 위 충헌의 시선이 강을 향했다. 그러나 빗줄기 때문에 강물도, 강물 위에 떠 있을 나룻배도 도무지 눈에 들어오질 않았다.

엄청난 폭우였다.

비가 쏟아지는 것이 아니고 하늘과 땅 사이가 그대로 물 속이었다. 온 세상이 깊이를 알 수 없는 물 속에 그대로 가라앉는 듯싶었다. 모든 것은 물 가운데 일순 정지해 버리고 바람 소리마저 그 속에 빨려 들어가 세상은 어느 순간 그대로 정적이었다.

언덕과 강의 구별도 강물과 하늘의 구별도 없이 세상은 그저 깊은 어둠과 혼돈뿐, 그 혼돈의 정적이 거의 한 식경이나 계속되는가 하더니 몇 자락의 번개가 하늘을 쪼개면서 세상은 다시 하늘과 땅, 땅과 강물, 강물과 하늘이 구분되기 시작했고 뒤이어 온

매 사냥 333

세상은 천둥 소리에 흔들려 왔다.
 동아줄 같은 빗줄기도 드러나기 시작하고 언덕 위에 앙 버티고 서 있던 한 마리의 백마와 백마 위의 은빛 투구도 천천히 형체를 드러내었다.
 움직이지 않던 최충헌은 또 한번 몇 자락의 번개가 하늘을 가르고 나서 요란스러운 우레가 천지를 뒤흔든 뒤에야 강물 위로 시선을 훑어갔다. 강물은 으르렁거리며 황토색으로 소용돌이를 치고 있을 뿐, 강물 위에는 아무 형체도 눈에 들어오지 않았다.
 '이 삼한 땅에서는 최충헌, 나 한 사람으로 족하다. 이 땅에서는 건방진 생각을 하는 게 아니다.'
 충헌은 천천히 말고삐를 당겼다. 빗줄기는 그의 은빛 투구와 갑옷 위로 여전히 주먹만큼씩이나 굵게 부딪쳐 내렸지만 충헌은 맑은 날씨에 말을 몰 듯 가볍게 말 배를 걷어찼다.
 아무것도 보이지 않는 하늘. 이제 겨우 하늘과 강물이 마주 붙어 있다가 각각 나뉘어져 가고 있었고, 움직이고 있는 구름덩어리들도 어렴풋이 형체를 보이기 시작했다.

"죽고 싶소. 같이 따라죽고 싶소."
 매영은 벌써 수십 번도 더 뇌까린 소리를 다시 중얼거렸다.
"제 사내가 죽으면 아낙도 따라죽는다 들었소. 나 죽고 싶소."
 또 한번 천둥이 요란하게 세상을 뒤흔들어 왔다.
 '기다려야 해. 이 삼한 땅 천민들이 제 아낙, 제 새끼만 벌어 먹이고 움막에서라도 같이 살아가는 날을 매영인 봐야 돼. 그걸 보

고 저승에 와서 말을 해줘야 되는 거여.'

만적의 음성이 천둥 소리 속에서 아스라이 들려왔다.

빗물이 얼굴로, 머리칼로, 온몸을 다 적시고, 가슴 속까지 다 적셔 버린다. 온 세계가 물 속에 흥건히 젖어 버린 속, 매영은 석상(石像)이다. 움직일 수가 없다.

매영은 쓰러지듯 그 자리에 무릎을 꿇는다. 천둥 소리, 빗소리, 물결 소리. 그 속에서 매영은 지아비의 음성을 듣는다.

'아니 되어. 이 삼한 땅에서 종놈의 종자가 사라지는 걸 매영인 봐야 되어. 그걸 보고 와서 말해 주어야 해. 매영이 못 보면 뱃속의 우리 새끼라도.'

그녀의 손이 다시 나무 밑동을 싸안으며 안간힘을 다해서 빗속에서 일어서고 있었다. 빗줄기가 조금 가늘어지자 소용돌이치는 황톳물 위에 나룻배의 형체가 드러났다.

"제가 죽일 놈입니다. 사부님."

"만적이도, 마라, 너도 아직 뜻을 펴기에는 때[時]가 이르지 못한 것을 인력으로 어찌 하겠느냐?…… 수십 겁 윤회의 업보거니 할 뿐…… 허나, 너무 허망하다…… 그래도 어찌겠느냐?"

"사부님. 제가 어찌 사부님을…… 소예 누이를……."

"이제 만적이는 제 마음의 흉터에서도 벗어났느니."

삿갓을 쓰고 있어서 얼굴 표정을 살필 수도 없는 사부 허정의 음성이 떨리고 있음을 마라는 느끼고 있었다.

마라는 온몸을 부들부들 떨면서 부옇게 흐린 강물의 소용돌이

어디만큼에선가 이제 가라앉기 시작할 만적의 모습을 찾기 위해 눈을 치켜떴다. 그러나 흙탕물의 소용돌이만 아득할 뿐 빈 나룻배의 형체뿐이었다.

 마라의 눈길이 허정의 시선을 따라 강 언덕 쪽을 향하다가 나무밑동을 움켜잡고 있는 매영의 모습에 멈추었다.
 그 곁에 소예가 한 그루, 나무가 되어 서 있었다.
 "사내와 계집의 인연이란 질기고 질긴 것이다. 피해갈 수도 벗어날 수도 없는 게 사내와 계집의 인연…… 훗날에라도 인연이 되면……."
 "혹시 사내아이가 태어나거든…… 마라, 너와 소예가 아이의 스승이 되어 주거라."
 허정이 고개를 들어 언덕 위쪽 인마 속을 천천히 움직여 사라져 가는 백마를 찾아 머물렀다.

〈끝〉